KB044040

갱 부

나쓰메 소세키 지음
박현석 옮김

玄 人

갱 부
坑 夫

나쓰메 소세키
夏目漱石

목 차

* 작품 속 단위의 환산

1푼 ─ 0.3㎝

1치 ─ 3.03㎝

1자(척) ─ 30.3㎝

1길 ─ 한 사람의 키 정도, 혹은 3m

1간 ─ 1.818m

1정 ─ 109m

1리 ─ 393m

1되 ─ 1.8ℓ

1말 ─ 18ℓ

1근 ─ 400g, 혹은 600g

1돈 ─ 3.75g

1평 ─ 3.3㎡

1칸 ─ 집의 칸살의 수효를 세는 단위

1첩 ─ 다다미를 세는 단위로 1첩은 약 0.5평

1린 ─ 1센의 10분의 1

1센 ─ 1엔의 100분의 1

아까부터 소나무 숲을 지나고 있는데 소나무 숲이란 것은 그림에서 본 것보다 훨씬 더 길었다. 아무리 가도 소나무만 자라나 있으니 참으로 어찌해볼 도리가 없었다. 내가 아무리 걷는다 해도 소나무 쪽에서 발전해주지 않는다면 어쩔 수 없는 일이다. 차라리 애초부터 버티고 선 채로 소나무와 눈싸움을 하는 편이 나을 뻔했다.

도쿄를 떠난 것은 어제 저녁 9시 무렵이었는데 밤새도록 무턱대고 북쪽을 향해 걷다보니 피로에 지쳐서 졸음이 쏟아졌다. 묵을 여관도 없고 돈도 없었기에 어둠에 둘러싸인 가구라도[1]에 들어가서 잠깐 눈을 붙였다. 잘은 모르겠지만 하치만[2] 신인 듯했다. 추위에 눈을 떠보니 날은 아직 밝지 않았다. 그 다음부터 쉬지 않고 단숨에 여기까지 오기는 했지만 이렇게 끝도 없이 소나무만 늘어서 있어서야 걸을 기운도 나지 않았다.

다리는 상당히 무거워져 있었다. 장딴지에 조그만 쇠망치를 묶어놓은 것처럼 다리를 움직이기가 아주 힘들었다. 겹옷의 엉덩이 부분은 말할 것도 없이 걷어올려 허리춤에 끼웠다. 거기다

---

1) 神楽堂. 신사에서 음악을 연주하는 건물.
2) 八幡. 활과 화살의 신.

속바지도 입지 않았기에 평소 같았으면 달리기시합이라도 가능했을 터였다. 하지만 이렇게 소나무만 계속돼서는 도무지 이겨낼 재간이 없다.

길옆에 갈대발을 쳐놓은 조그만 찻집이 있었다. 갈대발 너머로 살펴보니 진흙으로 만든 부뚜막에 찻물을 끓이는 녹슨 솥이 걸려 있었다. 2자 정도 길 바깥으로 나와 있는 의자 위에서부터 짚신 두어 켤레가 늘어져 있고 작업복인지 방한복인지 모를 옷을 입은 사내가 등을 이쪽으로 향한 채 앉아 있었다.

쉬어 갈까 그냥 지나칠까 망설이며 지나는 길에 곁눈질로 안을 들여다보았는데 그 작업복과 방한복의 중간을 달리는 사내가 갑자기 이쪽을 돌아보았다. 담뱃진 때문에 시커메진 이를 두툼한 입술 사이로 보이며 웃고 있었다. 아차, 하며 약간 불길한 생각이 들려는 순간 상대방의 얼굴이 갑자기 진지해졌다. 지금까지 찻집의 할머니와 어떤 재미있는 이야기를 하고 있다가 별생각 없이, 그냥 그대로 얼굴을 길 쪽으로 돌렸는데 문득 내 면상과 맞닥트리게 된 것인 듯했다. 어쨌든 상대편의 얼굴이 진지해졌기에 드디어 안심을 했다. 안심했다고 생각할 틈도 없이 다시 불길한 생각이 들었다. 사내는 진지해진 얼굴을 진지한 곳에 박아놓은 채, 흰자위의 움직임이 마음에 걸릴 정도의 기세로 내 입에서부터 코, 코에서부터 이마, 그리고 머리 위까지 유심히 타고 올라갔다. 사냥모자의 차양을 넘어서 머리끝까지 올랐다 싶더니 다시 흰자위가 천천히 아래로 내려오기 시작했다. 이번에는 얼굴을 그대로 지나쳐 가슴에서 배꼽 부근까지 오더니 잠깐 멈춰 섰다. 배꼽 부근에는 지갑이 있었다. 32센이 들어 있었다. 허연 눈은 옷 위로 그 지갑을 노린 채 무명으로 된 허리띠를 넘어서 드디어 가랑이에 이르렀다. 가랑이 아래로는 그대로 드러난 정강이가 있을 뿐이었다. 아무리 봐도 봐줄 만한 것은 붙어 있지 않았다. 단지 평소보다 조금 무거워져 있을 뿐이었다. 허연 눈은 그 무거워진 부분을 일부러 빤히 바라보다가 드디어 엄지발가락 자국이 까맣게 묻어 있는 도마 모양의 나막신 바닥까지 내려갔다.

이렇게 적으면 마치 한 곳에 오랫동안 서서 자, 보십시오, 라고 말하기라도 하듯 행동한 것처럼 여겨질지도 모르겠지만, 그렇지 않았다. 사실은 허연 눈동자가 움직이기 시작하는 것을 보자마자 갑자기 찻집에서 쉬고 싶은 마음이 사라졌기에 총총걸음으로 걷기 시작했다고 생각하고 있었다. 그럼에도 불구하고 그 생각이 약간 미덥지 못한 것이었던 듯, 내가 엄지발가락에 힘을 주어 나막신을 비틀기 직전에는 벌써 허연 눈의 운동이 끝나 있었다. 억울하게도 상대방은 동작이 빨랐다. 빤히 바라봤으니 틀림없이 시간이 걸렸을 것이라고 생각한다면 커다란 착각이다. 빤히 바라본 것임에는 틀림없다, 참으로 침착했다. 그러나 그럼에도 무척이나 빨랐다. 찻집 앞을 지나가면서 세상에는 묘한 작용을 가진 눈도 있는 법이라고 생각했을 정도였다. 그야 어찌됐든, 그렇게 천천히 바라보기 전에 빨리 돌아설 방법은 없었던 것일까? 실컷 놀림을 당하고 난 뒤에, 이제 그만 돌아가게, 더 이상 볼일이 없으니, 라는 말을 듣고 나서야 그럼 물러나겠습니다,

라며 일어선 것이나 다를 바 없는 꼴이다. 이쪽은 한심하기 짝이 없었다. 저쪽은 득의양양이었다.

걷기 시작해서부터 5, 6간을 가는 동안에는 이상하게 화가 났다. 그러나 불쾌함은 5, 6간 만에 곧 사라져버렸다. 그런가 싶더니 다시 다리가 무거워졌다. ─다리가 이 모양이니. 하긴, 조그만 쇠망치를 양쪽 다리에 묶은 채 걷고 있으니 민첩하게 행동할 수 있을 리 없지. 그 빤히 바라보는 허연 눈에게 당한 것도 반드시 내 특유의 멍청함 때문이라고만은 말할 수 없겠네. 이렇게 바꿔서 생각을 해보니 하찮은 일이 되었다.

게다가 이런 일에 신경을 쓰고 있을 처지가 아니었다. 일단 뛰쳐나온 이상 이제는 무슨 일이 있어도 집에 돌아갈 수는 없는 일이었다. 도쿄에조차 있을 수 없는 몸이었다. 설령 시골이라 할지라도 자리를 잡을 마음은 없었다. 중간에 쉬면 뒤에서부터 따라붙을 것이었다. 어제까지의 승강이질이 머릿속을 헤집고 돌아다니기 시작하면 어떤 시골에서도 견딜 수 없을 것이었다. 그렇기 때문에 그저 걷는 것이었다. 그러나 특별히 목적이 있는 발걸음도 아니었기에 얼굴 앞의 모든 풍경이 뿌예서 마치 잘못 구운 사진처럼 흐릿했다. 게다가 그 흐린 것이 언제 갤지 알 수도 없었으며 단지 막연하게 끝도 없이 앞길에 펼쳐져 있었다. 적어도 내가 살아 있는 동안에는 50년이고 60년이고, 아무리 걸어도 또 뛰어도 여전히 펼쳐져 있을 것임에 틀림없었다. 아아, 따분하다. 걷는 것은 가만히 있을 수 없기 때문에 걷는 것일 뿐, 이 흐릿한 앞길에서 벗어나기 위해 걷는 것은 아니었다.

벗어나고 싶어도 벗어날 수 없다는 사실은 너무나도 잘 알고 있었다.

도쿄를 떠난 어젯밤 9시부터 이처럼 체념을 하고는 있었지만 막상 걷기 시작하고보니, 걸으면서도 제정신이 아니었다. 다리도 무겁고 신물이 날 정도로 소나무의 행렬이 계속됐다. 그러나 다리보다도, 소나무보다도 마음속이 가장 괴로웠다. 무엇을 위해서 걷는 것인지 알 수도 없고, 또 걷지 않으면 한시도 살아갈 수 있을 것 같지 않을 정도의 고통이란 그리 흔치 않은 것이리라.

뿐만 아니라 걸으면 걸을수록 벗어날 수 없는 흐릿한 세계 속으로 점점 더 깊이 잠겨 들어가는 듯한 기분이 들었다. 뒤돌아보면 해가 내리쬐고 있는 도쿄는 이미 다른 세상이 되어 있었다. 손을 내밀어보아도 다리를 뻗어보아도 이 세상에서는 닿지가 않았다. 완전히 별천지였다. 그런데도 따뜻하고 밝은 도쿄는 여전히 눈앞에 생생하게 떠올랐다. 이봐, 라고 그늘에서 불러보고 싶어질 정도로 밝게 보였다. 그러나 그와 동시에 발끝이 향하고 있는 이 길은 막막한 것이었다. 나는 이 막막함 속으로—목숨이 붙어 있는 한 펼쳐져 있을 이 막막함 속으로— 휘청휘청 걸어 들어가는 것이니, 두려웠다.

이 흐릿한 세계가 흐릿한 대로 만연하여 정업(定業)이 다할 때까지 앞길을 가로막는다면 견딜 수 없으리라. 멈춰 선 한쪽 발을 불안에 휩싸인 채 한 걸음 앞으로 내딛으면, 한 걸음 불안 속으로 들어서는 셈이 된다. 불안에 쫓겨서, 불안에 끌려서 어쩔 수 없이 움직인다면 아무리 걸어도, 아무리 걸어도 결론이 날

리가 없다. 평생 결론이 나지 않을 불안 속을 걸어가야 하는 것이다. 차라리 흐릿한 것이, 점점 더 어두워지는 편이 낫겠다. 어두워진 곳을 다시 어두운 쪽으로 걸어 들어가면 머지않아 세계가 암흑이 돼서 자신의 눈으로 자신의 몸을 볼 수 없게 되리라. 그렇게 되면 마음이 편할 것이다.

얄궂게도 내가 가는 길은 밝아지지도 않았고, 또 그렇다고 해서 어두워지지도 않았다. 어디까지고 반음반청(半陰半晴)의 모습이었으며 어디까지고 거두어낼 수 없는 불안이 드리워져 있었다. 이래서는 사는 보람이 없다, 그렇다고 해서 죽을 수도 없는 일이다. 어디든 사람이 없는 곳으로 가 혼자서 살고 싶다. 그것이 불가능하다면 차라리······.

차라리 하며 포기도 해보았지만 이상하게도 특별히 가슴이 덜컥 내려앉지는 않았다. 지금까지 도쿄에 머무는 동안 차라리 하며 무분별한 행동을 하려 했던 적도 종종 있었지만 그럴 때마다 가슴이 덜컥 내려앉지 않은 적이 없었다. 나중에서야 오싹해져서, 아이고 다행이다, 라고 생각하지 않은 적도 없었다. 그런데 이번에는 애초부터 가슴이 덜컥 내려앉지도 오싹해지지도 않았다. 가슴이 덜컥 내려앉든, 오싹해지든 될 대로 되라는 식의 불안함이 가슴 가득 번져 있었던 것이리라. 게다가 차라리를 단행하는 것이 반드시 오늘이 아니어도 된다는 안도감이 어딘가에 있었던 모양이다. 내일이 될지 모레가 될지, 경우에 따라서는 일주일이 걸릴지, 또 여차하면 무기한 연기해도 상관없다는 속셈이 있었던 탓일지도 몰랐다. 게곤의 폭포3)든 아사마(浅間)의 분화구든 아직은 멀리 떨어져 있다는 사실 정도는 나도 모르는 사이에 느끼고 있었던 것이리라. 도착해서 막상 상황이 눈앞에 닥치지 않는다면 누가 가슴이 덜컥 내려앉겠는가? 따라서 차라리를 단행해보자는 마음도 든 것이었다. 전면이 흐릿한 이 세계가 고통이고, 이 고통에서 가슴이 덜컥 내려앉지 않을 정도로 벗어날 가망이 있다고 생각된다면 무거운 다리도 앞으로 내딛는 보람이 있는 것이다. 처음에는 이 정도의 결심이었던 듯하다. 그러나 이것은 나중에 생각한 심리 상태의 해부다. 그 당시에는 단지 어두운 곳에 가면 좋겠다, 어디가 됐든 어두운 곳에 가지 않으면 안 된다며 오로지 어두운 곳만을 목표로 걷기 시작했을 뿐이었다. 지금 생각해보면 어리석게 느껴지지만 특정한 경우에 처하게 되면 우리는 죽음을 목적으로 하여 나아가는 것을 최소한의 위자(慰藉)라고 생각하게 된다. 단지 목표로 하는 죽음은 반드시 멀리에 있어야만 한다는 것도 사실일 것이라 여겨진다. 적어도 나는 그렇게 생각한다. 너무 가까이에 있으면 위자가 될 수 없는 것이 죽음이라는 것의 운명이다.

그저 어두운 곳에 가고 싶다, 가야만 한다고 생각하면서 구름을 잡는 듯한 심정으로 걷고 있자니 뒤에서부터 이봐, 이봐, 라며 부르는 사람이 있었다. 제아무리 영혼이 방황할 때라도 부르는 소리가 들리면 반응을 한다는 것은 이상한 일이다. 나는 별 생각

---

3) 華厳の瀑. 도쿄의 북쪽에 위치한 닛코(日光)에 있는 폭포. 후지무라 마사오라는 제일고등학교 학생이 유서를 남기고 자살한 이후 자살의 명소로 유명해졌다.

없이 뒤돌아보았다. 대답하기 위해서라는 의식조차 없었다는 것은, 사실이다. 그러나 뒤돌아보고 나서야 비로소 깨달았다. 나는 아까 그 찻집에서 채 12간도 떨어져 있지 않았다. 그 찻집 앞의 길에 작업복과 방한복의 혼혈아가 나와서, 담뱃진투성이 이를 그대로 드러낸 채 자꾸만 나를 부르고 있었다.

어젯밤에 도쿄를 떠난 이후로 아직 사람과 이야기를 나눈 적이 없었다. 다른 사람이 말을 걸어올 것이라고는 꿈에도 생각지 못했다. 말을 걸게 할 자격은 어디에도 없다고 자신하고 있었다. 그런데 갑자기 부르는 소리가 들렸기에 —초라한 치열(齒列)이었지만 그대로 드러낸 채 웃는 얼굴을 보이며 자꾸만 손짓을 했기에 멍하니 돌아봤을 때의 심정이 자연스럽게 분명해짐과 동시에 나의 다리는 어느 사이엔가 그 남자 쪽으로 움직이기 시작했다.

솔직히 말하자면 이 남자의 얼굴도 복장도 동작도 그다지 마음에 들지 않았다. 특히 조금 전에 허연 눈으로 빤히 쳐다봤을 때는 뭔지 모를 혐오감이 가슴속에 싹트기 시작했을 정도였다. 그런데 겨우 12간도 가기 전에 이전의 감정은 어디론가 사라져버리고 그 대신 일종의 따스함을 띤 마음가짐으로 되돌아간 것은, 어떤 이유에서인지 알 수가 없다. 나는 어두운 곳으로 가야만 한다고 생각하고 있었다. 따라서 찻집 쪽으로 되돌아가기 시작해서는 나의 목적과 반대가 되는 방향으로 되돌아가는 셈이 된다. 어두운 곳에서 한걸음 물러선다는 의미가 되는 것이다. 하지만 그 물러섬이 왠지 모르게 기뻤다. 그 후 여러 가지로 경험을 해보았지만 이와 같은 모순은 어디에나 나뒹굴고 있다. 결코 나만이 아닐 것이라고 생각한다. 요즘에는 성격 따위 애초부터 존재하지도 않는 것이라 생각하고 있다. 소설가들은 곧잘 이런 성격을 쓰겠다, 저런 성격을 만들어보겠다며 자랑스럽다는 듯 이야기한다. 독자들도 그 성격이 이렇다는 둥, 저렇다는 둥 아는 척을 하며 이야기하지만 그것은 전부 거짓말을 쓰면서 즐거워하거나 거짓말을 읽으며 기뻐하는 것이리라. 사실을 말하자면 성격이라고 정의할 수 있는 것은 존재하지도 않는다. 사실을 소설가 따위가 쓸 수 있을 리 없으며 썼다 할지라도 소설이 될 염려는 없을 것이다. 진짜 인간은 묘하게 정리하기 어려운 법이다. 신이라 할지라도 애를 먹을 정도로 정리하기 어려운 물체다. 어쩌면 나 자신이 아무래도 정리를 할 수 없게 생겨먹었기에 다른 사람들도 나와 마찬가지로 정리할 수 없는 인간일 것임에 틀림없다고 지레짐작하고 있는 것일지도 모른다. 그렇다면 실례에 해당한다.

어쨌든 되돌아서서 사내 옆까지 갔더니 방한복이 자못 친근한 목소리로,

"젊은 양반."

이라고 말하면서 커다란 턱을 약간 목깃 속으로 잡아당겨 내 이마 부근을 응시했다. 나는 어정쩡한 곳에 갈색 다리 두 개를 세운 채,

"무슨 용건이라도 있으십니까?"

라고 정중하게 물었다. 그런데 평소 같았으면 그런 방한복이 젊은 양반이라고 부른다고 해서 기분 좋게 대답을 할 내가 아니었다. 대답을 했다 해도 응이나 뭐야, 라는 말로 끝냈을 것이라

생각한다. 그러나 그 순간에 한해서만은 인상이 좋지 않은 방한복과 내 자신이 완전히 동등한 인간이라는 생각이 들었다. 특별히 이해관계 때문에 일부러 저자세를 취한 것은, 결코 아니었다. 그러자 방한복 쪽에서도 나를 같은 정도의 인간이라 판단한 것 같은 어조로,

"형씨, 일을 해볼 생각은 없수?"

라고 말했다. 나는 지금까지 어두운 곳으로 가는 것 외에는 볼일이 없는 몸이라고 각오를 하고 있었기 때문에 아닌 밤중에 홍두깨처럼 일을 해볼 생각이 없느냐는 말을 들었을 때는 뭐라고 대답을 해야 좋을지 전혀 알 수가 없어서 드러난 정강이로 버티고 선채 어이가 없다는 듯 입을 벌리고 멍하니 상대방을 바라보았다.

"형씨 일을 해볼 생각은 없수? 어차피 일을 하지 않을 수는 없을 거 아닌가?"

라고 방한복이 다시 한 번 되물었다. 다시 한 번 질문을 받았을 때는 나의 마음도 그럭저럭 대답을 할 수 있을 정도로까지는 눈앞의 상황을 이해할 수 있게 되었다.

"일을 해도 상관은 없지만."

이게 나의 대답이었다. 그러나 임시방편이라 할지라도 어쨌든 이런 대답이 입에서 나올 정도로 내 머리가 간신히 정리 되었다는 것은 단순하지만 일련의 과정을 거쳤다는 말이 된다.

나는 어디로 가는 것인지는 알 수 없었지만 어쨌든 사람이 없는 곳으로 갈 생각이었다. 그런데도 뒤를 돌아서 방한복 쪽으로 걷기 시작했으니, 걷기 시작하면서 나 스스로에 대해 가엾다는

생각이 들었다. 왜냐하면 제아무리 방한복이라 할지라도 인간이 기 때문이었다. 인간이 없는 곳으로 가야 할 사람이 인간 쪽으로 되돌아가는 것이니 인간의 인력이 그처럼 강하다는 사실을 증거하는 것임과 동시에 자신이 뜻한 바를 벌써부터 배반하지 않을 수 없을 정도로 내 자신이 나약한 인간이었다는 사실까지도 증거를 하는 것이었다. 간단하게 말하자면 나는 어두운 곳으로 갈 마음이었지만 사실은 어쩔 수 없이 가는 것이니 무엇이든 걸리는 것이 생기면 옳다구나 하면서 평범한 사바세계에 머물 생각이었던 것이라 여겨진다. 다행스럽게도 방한복 쪽에서 먼저 붙들어주었기에 별 생각 없이 다리가 뒤쪽으로 걷기 시작해버린 것이었다. 말하자면 자신의 커다란 목적에게는 면목이 서지 않는 배신을 잠깐 해본 것이라 할 수 있다. 따라서 방한복이 일을 해볼 생각은 없느냐고 나오지 않고, 자네 들판으로 할 텐가 아니면 산으로 할 텐가라고 말을 꺼내기라도 했다면 한동안 안심하고 잊을 뻔했던 목적이 흠칫 떠올라 갑자기 어두운 곳이나 사람이 없는 곳이 무서워져서 소름이 돋았을 것임에 틀림없다. 그럴 정도로 사바세계에 집착하는 마음이, 돌아선 순간에 이미 싹트기 시작한 것이었다. 그렇게 해서 방한복이 부르면 부를수록, 방한복 쪽으로 다가가면 다가갈수록 그 사바세계에 집착하는 마음이 걸음을 옮길 때마다 더욱 커진 것인 듯했다. 마지막으로 허옇게 드러난 정강이 두 개가 막대기처럼 방한복의 정면에 버티고 섰을 때는 그 사바세계에 대한 집착이 최고조에 달한 순간이었다. 그 순간에 일을 해볼 마음은 없느냐고 물은 것이었다. 초라한 방한복이었지만 아주 능란하게 내 심리 상태를 이용한 권유였다. 뜬금없는 질문에 한동안은 멍한 상태였지만 멍한 상태에서 정신을 차리고보니 나는 어느 사이엔가 사바세계의 인간이 되어 있었다. 사바세계의 인간인 이상은 먹지 않을 수가 없었다. 먹기 위해서는 일을 하지 않을 수 없었다.

"일을 해도 상관은 없지만."

대답은 아무런 어려움도 없이 내 입에서 흘러나오기 시작했다. 그러자 방한복은 그렇겠지, 그럴 거야, 라고 말하는 듯한 표정을 지었다. 이상하게도 나는 그 표정이 당연한 것이라고 수긍을 했다.

"일을 해도 상관은 없지만, 대체 무슨 일을 하는 건가요?" 라고 나는 여기서 다시 한 번 되물어보았다.

"아주 큰돈을 벌 수 있는데 해볼 마음은 있나? 큰돈을 벌 수 있다는 건 보장을 할 수 있어."

방한복은 기분이 좋다는 듯한 태도로 빙그레 웃으며 내 대답을 기다렸다. 어차피 방한복의 웃음이었으니 애교로도 그 무엇으로도 받아들여지지는 않았다. 애초부터 웃는 만큼 손해를 보게 생겨먹은 얼굴이었다. 그러나 그 웃음이 이상하게도 정겹게 느껴져서,

"네, 해보겠습니다." 라고 수락해버렸다.

"해보겠다고? 그거 잘 됐군. 자네 돈을 많이 벌 수 있을 거야."

"그렇게 많이 벌지 않아도 상관은 없지만……."

"응?"

이때 방한복은 묘한 소리를 냈다.

"대체 무슨 일입니까?"

"할 거라면 얘기를 해주겠지만, 할 거지, 자네? 이야기하고 난 다음에 싫다고 하면 곤란한데. 틀림없이 할 거지?"

방한복은 지나치다 싶을 정도로 다짐을 두었다. 그래서 나는,

"할 생각입니다."

라고 대답했다. 그러나 이 대답은 전처럼 자연스럽게 나오지는 않았다. 말하자면 배에 힘을 주고 한 대답이었다. 웬만한 일이라면 해버릴 생각이었지만 만일의 경우에는 발뺌을 할 생각이었던 듯하다. 그렇기에 한다고 말하지 않고 할 생각이라고 말했던 것이리라. ―이렇게 자신에 관한 일을 남의 일처럼 적는다는 것이 어딘가 이상하기는 하지만 원래부터 인간은 흐리멍덩한 것이니 아무리 자신의 신변에 관한 일이라 할지라도, 이렇다며 분명하게 단언할 수는 없는 법이다. 하물며 과거의 일에 대해서는 내 일이든, 남 일이든 별반 다를 것이 없다. 모든 것이, 였을 것이다로 변화해버린다. 무책임하다는 말을 듣게 될지도 모르겠지만 그것이 사실이니 어쩔 수가 없다. 앞으로도 분명하지 않다 싶은 부분은 이런 식으로 쓸 생각이다.

이쯤에서 방한복은 이야기가 거의 결정된 것이라 받아들이고,

"그럼, 우선 안으로 들어오게. 천천히 차라도 마신 뒤에 이야기할 테니."

라고 말했다. 특별히 이견도 없었기에 찻집으로 들어가 방한복

옆에 앉으니 입이 비뚤어진 마흔 살 정도의 여주인이 묘한 냄새가
나는 차를 따라 내주었다. 차를 마셨더니 갑자기 생각이라도
났다는 듯 배가 고파오기 시작했다. 고파오기 시작한 것인지,
고팠는데 깨닫지 못했던 것인지 알 수 없었다. 지갑에 32센이
들어 있었다. 뭐라도 좀 먹을까 생각하고 있는데,

　"자네, 담배는 태우는가?"

라며 방한복이 '아사히4)' 봉투를 옆에서부터 내밀었다. 남을
생각할 줄 아는 마음이 꽤나 좋았다. 봉투의 모서리가 찢어진
것은 어쩔 수 없는 일이었지만 어딘지 약간 더럽게 때가 묻어
있는 데다가 납작하게 눌려 있어 안에 있는 담배가 뭉쳐 한
덩어리처럼 여겨졌다. 소매가 없는 방한복이기 때문에 넣을 곳이
궁해서 배두렁이의 주머니에라도 쑤셔넣어두는 모양이었다.

　"고맙습니다, 괜찮습니다."

라고 거절을 했더니 방한복은 특별히 실망하는 기색도 없이
자신이 뭉쳐진 것 중에서 한 대를, 손톱에 때가 낀 손가락 끝으로
끄집어냈다. 아니나 다를까 담배는 주름투성이가 되어 칼날처럼
휘어 있었다. 그래도 터진 곳은 없는 듯 뻑뻑 빨아들이자 코에서부
터 연기가 나왔다.

　"형씨, 몇 살이나 됐수?"

　방한복은 나를 형씨라고 부르기도 하고 자네라고 부르기도
하는 듯했는데 무엇으로 구별을 하는 건지는 알 수 없었다. 지금까

---

4) 朝日. 담배의 이름.

지의 상태로 추측해보자면, 돈을 벌 수 있다는 얘기를 할 때는 자네가 되고 평소에는 형씨로 돌아가는 것처럼도 보였다. 아무래도 돈을 버는 일에 상당히 신경이 쓰이는 모양이었다.

"열아홉 살입니다."

라고 대답했다. 실제로 당시는 틀림없이 열아홉 살이었다.

"아직 젊구면."

이라고 입이 비뚤어진 여주인이 뒤돌아서서 쟁반을 닦으며 말했다. 뒤돌아서 있었기에 어떤 얼굴을 하고 있는지는 보이지 않았다. 혼잣말을 한 것인지 방한복에게 말을 한 것인지 아니면 나를 상대하려는 생각이었던 것인지도 알 수가 없었다. 그러자 방한복은 자못 기세가 오른 모습으로,

"그래, 열아홉이라니 젊기도 하군. 한참 일할 때야."

라며 무슨 일이 있어도 일을 해야만 한다는 듯한 어조였다. 나는 말없이 의자에서 일어났다.

정면에 막과자를 올려놓은 대가 있고 귀가 떨어져나간 과자상자 옆에 커다란 접시가 있었다. 위에 파란 행주가 덮여 있는 밑으로 둥근 튀김만두가 삐져나와 있었다. 나는 그 만두가 먹고 싶어졌기에 자리에서 일어나 과자를 올려놓은 대 앞까지 갔는데 옆에 가서 만두를 담은 접시를 가만히 들여다보니 무시무시할 정도의 파리였다. 게다가 그것들이 접시 앞에 내가 멈춰 서자마자 발소리에 휙 사방으로 흩어지기에 어럽쇼, 라고 생각하며 마음을 진정시키고 잠시 튀김만두를 살펴보고 있자니 흩어졌던 파리들이 이제는 커다란 바람이 지나갔으니 걱정할 것 없다고 합의를

보기라도 했다는 듯 다시 휙 하고 만두 위로 날아들었다. 말라버린 누런 만두피 위에 검고 작은 점들이 아무렇게나 생겨났다. 손을 내밀까 생각한 순간에 갑자기 검은 반점들이 맑은 밤의 별자리들처럼 종횡으로 행렬을 시작했기에 약간은 질려버려서 멍하니 접시를 내려다보고 있었다.

"만두를 잡수실라우? 아직 새 거라우. 그저께 막 만들었으니까."

여주인은 어느 사이엔가 쟁반 닦기를 마치고 과자가 놓인 대 건너편에 서 있었다. 나는 갑작스럽게 눈을 들어 여주인을 보았다. 그러자 여주인은 무슨 생각을 했는지 느닷없이 마디가 굵은 손을 접시 위로 가져가,

"아이고, 파리가 많기도 하지."

라고 말하며 내민 손을 옆으로 세워 두어 번 좌우로 흔들었다.

"잡수실 거면 집어주지."

여주인은 곧 선반 위에서 나무 접시를 하나 내려 기다란 대나무 젓가락으로 만두를 획획획 집어올리더니,

"이쪽이 좋겠지?"

라며 나무 접시를 내가 앉아 있던 의자 위로 가져갔다. 나는 하는 수 없었기에 다시 원래의 자리로 돌아가 나무 접시 옆에 앉았다. 내려다보니 벌써 파리가 날아와 있었다. 나는 파리와 만두와 나무 접시를 바라보며 방한복을 향해서,

"하나 드시겠습니까?"

라고 물어보았다. 이것은 단지 '아사히'에 대한 답례를 위한 것만

은 아니었다. 얼마쯤은 방한복이 그저께 튀긴 파리투성이 만두를 먹을지 먹지 않을지 시험해보자는 생각도 있었던 듯하다. 그러자 방한복은,

"이거, 미안하구먼."

이라고 말하며 별다른 고민도 없이 가장 위에 있는 녀석을 집어 볼이 미어지도록 입에 물었다. 입술이 두꺼운 입을 우물거리고 있는 것을 관찰해보니 그렇게 나쁘지만도 않은 듯했다. 그래서 나도 과감하게 이쪽 편 밑에서부터 비교적 깨끗한 것을 집어들어 입을 쩍 벌렸다. 기름의 맛이 혓바닥 위로 흘러들었다 생각할 틈도 없이 그 안에서부터 씁쓸한 만두소가 느닷없이 미각을 범하기 시작했다. 그러나 상황이 상황인 만큼 특별히 아차 싶은 생각은 들지도 않았다. 어려움 없이 만두소와 만두피와 기름을 꿀꺽 위 안으로 밀어넣어버리자 자연스럽게 손이 다시 나무 접시 쪽으로 내밀어졌으니, 이상한 일이었다. 방한복은 이때 벌써 두 번째 만두를 해치우고 세 번째 만두로 옮겨가고 있었다. 나에 비하면 속도가 매우 빨랐다. 그렇게 먹는 동안에는 말을 하지 않았다. 일에 관한 것도 돈벌이에 관한 것도 전부 잊어버린 듯했다. 그랬기에 일곱 개의 만두는 숨을 두어 번 쉬는 동안에 없어져버리고 말았다. 더구나 나는 겨우 두 개밖에 먹지 못했다. 나머지 다섯 개는 눈 깜빡할 사이에 방한복에게 당해버리고 만 것이었다.

제아무리 뒷걸음질을 칠 정도로 더러운 것이라 할지라도 일단 개시를 하고 나면 다음부터는 그렇게 신경에 거슬리지 않고

먹을 수 있는 법이다. 이것은 나중에 광산에 가서 절실할 정도로 체험을 한 일인데, 지금은 대수롭지 않은 진부한 진리가 되어버렸지만 그 당시에는 만두를 먹으면서 약간은 어이가 없다는 생각이 들 정도로 더 먹고 싶다는 마음이 들었다. 게다가 배가 고팠었다. 또 거기다 상대가 방한복이었다. 그 방한복이 아무렇지도 않다는 듯 모래가 묻은 만두를 덥석덥석 먹는 모습을 보자 약간은 경쟁심리도 생겨나서 신경 따위 있어봤자 아무 짝에도 쓸모가 없다, 신경을 쓰는 만큼 손해라는 마음도 생겨났다. 그래서 나는 결국 여주인을 불러서 만두를 더 달라고 부탁했다.

이번에는 '하나 드시겠습니까.'라고도, 아무런 말도 하지 않고 나무 접시가 의자 위에 올라오자마자 내가 먼저 하나를 입 안 가득 밀어넣었다. 그러자 방한복도 '이거 미안하구먼.'이라고도, 뭐라고도 말하지 않고 말없이 하나를 입으로 밀어넣었다. 다음으로 내가 다시 하나를 밀어넣었다. 다음에 방한복이 다시 하나를 밀어넣었다. 서로 번갈아가며 볼이 미어지도록 여섯 개까지 왔을 때 딱 하나가 남았다. 다행스럽게도 그것은 내가 집을 순서였기에 방한복이 손을 내밀기 전에 내가 입에 넣어버렸다. 그런 다음에 다시 더 달라고 했다.

"자네, 잘도 먹는구먼."

이라고 방한복이 말했다. 나는 잘도 먹을 생각도 아무것도 없었지만 말을 듣고보니 잘도 먹고 있음에 틀림이 없었다. 그러나 이것은 처음에 방한복 쪽에서, 나는 먹고 싶지 않았던 것을 우적우적 먹어보여 내 식욕을 유혹한 결과가 가장 커다란 원인인 듯했다.

그런데 방한복은 전부가 나의 책임하에 잘도 먹고 있는 것이라는 듯한 말투였다. 따라서 나는 왠지 방한복에게 변명을 해보고 싶다는 생각이 들기도 했지만 변명할 말이 얼핏 떠오르지 않았다. 단지 뜬구름을 잡기라도 하듯 방한복에게도 책임이 있을 것이라고 생각했을 뿐, 어떤 책임인지는 알 수가 없었기에 입을 다물고 있었다. 그러자,

"자네, 튀김만두를 무척 좋아하나보군."

이라고 이번에는 말했다. 만두도 만두 나름이지 그저께 튀긴 모래투성이, 파리투성이 만두를 좋아하는 것은 아니었다. 그렇다고 해서 실제로 세 접시까지 시켜서 먹은 것을 싫어한다고는 물론 말할 수 없었다. 따라서 이번에도 입을 다물어버렸다. 그때 찻집의 여주인이 갑자기 입을 열었다. ―

"우리 집 만두는 소문난 만두이기 때문에 모두들 맛있어 하며 먹는다우."

여주인의 말을 들은 순간 나는 왠지 모르게 놀림감이 되고 있는 것 같다는 생각이 들었다. 그래서 더욱 굳게 입을 다물어버렸다. 말없이 듣고 있자니,

"더할 나위 없이 맛있지."

라고 방한복이 말했다. 진심에서 하는 소리인지 듣기 좋으라고 하는 소리인지 구분이 되질 않았다. 어쨌든 만두는 아무래도 상관없으니 중요한 노동문제에 대해서 들어보고 싶다는 생각이 들었기에,

"조금 전에 하신 말씀 말인데요. 사실은 저도 여러 가지 사정이

있어서 일을 해서 밥을 먹지 않으면 안 될 몸인데, 대체 어떤 일을 하는 겁니까?"

라고 내가 먼저 말을 꺼내보았다. 방한복은 정면의 과자를 올려놓은 대를 바라보고 있었는데 이때 갑자기 얼굴만을 내 쪽으로 돌려서,

"자네, 많은 돈을 벌 수 있을 거야. 거짓말이 아니야, 정말로 돈벌이가 되는 얘기니까 꼭 해보도록 하게."

라고 또 다시 나를 자네라고 부르면서 자꾸만 돈을 벌게 하고 싶어 했다. 이쪽으로 돌아앉아 나를 유혹하려고 노력하는 얼굴을 보니 광대뼈 밑이 자연스럽게 늘어졌고 늘어진 살이 다시 턱의 골격에서 각이 져 있었다. 거기에 바깥에서 들어오는 빛의 각도 때문에 콧방울 아래에서부터 활 모양으로 생긴 주름이 깊이 패어 보였다. 그 모습을 본 나는 왠지 모르게 돈 버는 일이 무서워졌다.

"저는 그렇게 많이 벌지 않아도 됩니다. 하지만 일을 하기는 하겠습니다. 신성한 노동이라면 무엇이든 하겠습니다."

방한복의 뺨 주위에 어럽쇼, 하는 풍경이 잠깐 보이더니 곧 활 모양의 주름을 좌우로 벌리고 담뱃진투성이 이를 거침없이 드러내 보이면서 일종의 특유한 웃음을 지어 보였다. 나중에 생각해보니 방한복에게는 신성한 노동이라는 말의 의미가 잘 통하지 않았던 모양이었다. 적어도 인간이라는 것이 돈벌이라는 의미조차도 모르면서 까탈스럽게 그럴 듯한 소리만 해대니 가엾다는 생각이 들어 방한복은 웃은 것이었다. 나는 조금 전까지만

해도 죽을 마음으로 있었다. 죽지는 않는다 할지라도 사람이 없는 곳으로 갈 생각이었다. 그것을 이루지 못했기에 살기 위해서 일을 할 마음이 든 것일 뿐이었다. 돈벌이가 된다느니 안 된다느니 하는 문제는 애초부터 머릿속에 없었다. 그때뿐만이 아니었다. 도쿄에서 아버지의 신세를 지며 살 때부터 없었다. 없었을 뿐만 아니라 돈벌이에 연연하는 것을 매우 경멸하고 있었다. 일본 어디를 가든 그 정도의 생각은 누구나 가지고 있을 것이라고 생각했을 정도로 믿고 있었다. 그랬기에 아까부터 방한복이 돈을 벌 수 있다, 돈을 벌 수 있다고 말하는 것을 들을 때마다 무엇 때문일까 하고 이상하게 생각하고 있었다. 물론 비위에 거슬리는 것은 아니었다. 비위에 거슬릴 만한 처지도 아니고, 경우도 아니었 기에 전혀 아무렇지도 않았지만 그것이 인간에 대한 최고의 감언(甘言)으로, 권유하는 방법 중에서 가장 효과적인 것이라고 는 꿈에도 생각지 못했었다. 그래서 방한복의 비웃음을 산 것이었 다. 비웃음을 사고서도 조금도 깨닫지 못했다. 지금 생각해보면 한심하기 짝이 없다.

　일종의 특별한 웃음을 웃고 난 방한복은 그 웃음이 가라앉기 직전에,

　"형씨, 대체 지금까지 일을 해본 적이 있기는 한 거요?"
라며 약간은 진지한 어조로 물었다. 일을 해본 적이 있으나 마나, 어제 막 집에서 뛰쳐나온 판이었다. 내 경험 가운데서 일을 해본 것이라고는 격검(擊劍) 훈련과 야구 연습 정도뿐이지 돈을 벌어서 먹고 산 적은 아직 단 하루도 없었다.

"일을 해본 적은 없습니다. 그러나 지금부터는 일을 해야만 하는 처지입니다."

"그렇겠지. 일을 해본 적이 없다면……, 그럼 자네는 아직 돈을 벌어본 적도 없겠군."

이라며 당연한 걸 물었다. 대답할 필요가 없었기에 입을 다물고 있자니 찻집 여주인이 과자를 올려놓은 선반 뒤쪽에서,

"일을 할 바에는, 돈을 벌어야지."

라고 말하며 자리에서 일어났다. 방한복이,

"지당하신 말씀. 돈을 벌려고 해도 요즘에는 돈을 벌 만한 일이 그렇게 많지가 않아."

라며 얼마간 나에게 은혜를 베푸는 것이라는 듯 대답한 것을,

"그럼."

이라며 얼마간 깔보는 듯이 흘려듣고 뒤쪽으로 나가버렸다. 이 그럼이라는 대답이 묘하게 마음에 걸려서 어쩌면 아직 그 뒤가 있을지도 모르겠다고 생각한 탓인지 별 생각 없이 뒷모습을 지켜보고 있자니 커다란 해송의 밑동 부근으로 가서 노상방뇨를 시작했기에 갑자기 얼굴을 돌려 방한복 쪽으로 향했다. 방한복은 바로,

"나나 되니까, 형씨, 생면부지 타인에게 이런 귀가 솔깃한 얘기를 하는 거야. 이건 다른 사람들 같으면 틀림없이 맨입으로는 이야기할 리가 없는 기똥찬 일이야."

라며 다시 은혜를 베푸는 것이라는 듯 말했다. 나는 귀찮았기에 얌전히,

"감사합니다."
라고 형식적으로 대답해두었다.

　"사실은 이런 일인데 말이지."
라며 방한복이 바로 말했다. 나는 말없이 듣고 있었다.

　"사실은 이런 일인데 말이지. 동산(銅山)에 가서 일을 하는 건데 내가 주선을 해주기만 하면 바로 갱부가 될 수 있어. 바로 갱부가 될 수 있다니 대단하지 않은가?"

　어떤 대답을 원하고 있는 것 같다는 느낌이 들기는 했지만 나는 아무래도 방한복의 장단에 맞춰서 그렇습니다, 라고 대답을 할 수가 없었다. 갱부라고 하면 광산의 구멍 속에서 일을 하는 노동자임에 틀림없다. 세상에는 노동자의 종류가 아주 많지만 그중에서도 가장 힘들고 가장 하등한 것이 갱부라고 생각한 순간, 바로 갱부가 될 수 있다는 것은 대단한 일이라는 말을 들었으니 장단을 맞춰주고 자시고 할 문제가 아니었다. 뭐라고? 라는 생각이 들 정도로 내심 적잖이 놀랐다. 갱부 밑에 아직도 갱부보다 하등한 종족이 있다는 말은, 섣달그믐 다음에 아직도 여러 날이 남아 있다는 말과 같은 정도로 내게는 거의 상상도 할 수 없는 일이었다. 솔직히 말해서 방한복이 이런 이야기를 하는 것은 나를 아직 어린아이라 얕잡아보고 적당히 사람을 속이려는 것이 아닐까 하는 생각이 들었을 정도였다. 그러나 뜻밖에도 상대방은 진지했다.

　"누가 뭐래도 처음부터 바로 갱부가 될 수 있으니까. 갱부는 아주 편하다고. 잠깐 사이에 돈이 아주 많이 모여서 좋아하는 일을 할 수 있어. 그리고 은행도 있으니까 맡겨두고 싶으면 얼마든지 맡겨둘 수도 있고. 안 그런가, 안주인 양반, 처음부터 갱부가 된다는 건 꽤 재미가 좋은 일이지."

라며 여주인 쪽으로 얘기의 방향을 가져가자 여주인은 아까의 뒤편에서 일어서며 볼일을 마치고 난 그대로의 얼굴로,

"그렇고말고, 지금부터 갱부가 되면 4, 5년 지나는 동안에는, 비명이 나올 정도로 모이겠지. —열아홉 살 아닌가. —한참 일할 때야. —지금 모아두지 않으면 손해지."

라고 한 마디 한 마디 사이를 두어 혼잣말처럼 말을 했다.

그러니까 이 여주인도 꼭 갱부가 되어야 한다고 말하고 싶은 듯한 어조로, 방한복과 완전히 똑같은 의견을 가지고 있는 것처럼 보였다. 물론 그것은 상관없는 일이었다. 또 그렇지 않다 해도 전혀 상관없었다. 이상하게도 이때처럼 얌전한 기분이 든 것은 내가 태어난 이후로 처음 있는 일이었다. 상대방이 그 어떤 잘못된 주장을 해도 나는 그저 네, 네, 하며 듣고 있었을 것이라 생각한다. 솔직히 말하자면 지난 1년 동안 행해온 좋지 못한 행동과 의리와 인정과 번민 등이 파열하여 대충돌을 일으킨 결과 정처 없이 여기까지 떨어져버린 것이니 어제까지의 내 자신을 생각해보면 도저히 이렇게 온화해질 수 없을 터였지만 실제로 이때는 사람을 거스르겠다는 마음은 약에 쓰려 해도 생겨나지가 않았다. 그리고 또한 그것을 모순이라고도 이상한 일이라고도 생각지 않았다. 아마도 생각할 여유가 없었던 것이리라. 인간 가운데서 정리가 되어 있는 것은 몸뿐이다. 몸이 정리되어 있으니 마음도 똑같이

정리되어 있는 것이라 생각하여 어제와 오늘 전혀 반대가 되는 일을 하면서도 역시 원래대로의 자신이라고 아무렇지도 않게 그냥 넘어가는 부분들이 상당히 많다. 뿐만 아니라 일단 책임문제가 대두되어 자신의 변심을 힐책당할 때조차도, 아니 나의 마음에는 기억이 있을 뿐 사실은 전부 따로따로이기 때문이라고 대답하는 사람이 없는 것은 어째서일까? 이와 같은 모순을 종종 경험해온 나조차 억지스러운 일이라고 생각하면서도 약간은 책임감을 느끼고 있는 듯하다. 그렇다면 인간은 아주 편리하게 사회의 희생이 되도록 생겨먹은 것이다.

동시에 나의 제각각인 영혼이 갈팡질팡 불규칙적으로 활동하는 현상을 목격하고, 나를 타인처럼 관찰한 객관적인 진상을 통해서 결론을 생각해보자면, 인간만큼 믿지 못할 것도 없다. 약속이나 맹세와 같은 것들은, 자신의 영혼을 자각한 사람에게는 도저히 행할 수 없는 행동들이다. 또한 그 약속을 방패삼아 상대방을 호되게 몰아세우는 만행은 물정 모르는 촌스러운 행동의 극치다. 약속을 실행하는 대부분의 경우를 주의 깊게 잘 살펴보면 어딘가에 억지스러움이 있음에도 불구하고 그 억지스러움을 애써 숨기고 모르는 체하며 실행하는 것일 뿐이다. 결코 영혼의 자유로운 행동이 아니다. 이 사실을 일찍부터 깨달았다면 쓸데없이 사람을 원망하거나 번민하거나 괴로운 나머지 집을 뛰쳐나오는 일은 하지 않았을지도 모른다. 설령 뛰쳐나왔다 할지라도 이 찻집까지 와서 방한복과 여주인에 대한 자신의 태도가 어제까지의 나와는 전혀 다르다는 사실을, 타인을 볼 때처럼 침착하게 비교할 만큼의 여유가 있었더라면 조금은 깨달았을 것이다.

안타깝게도 당시의 내게는 자신에 대한 연구심이라는 것이 전혀 없었다. 단지 분해서, 괴로워서, 슬퍼서, 화가 나서 그리고 가여워서, 미안해서, 세상이 싫어져서, 인간임을 완전히 버릴 수가 없어서, 초조해서 어쩔 줄 몰랐기에 무작정 걷다가 방한복에게 걸렸고 튀김만두를 이제 막 먹은 것이었다. 어제는 어제, 오늘은 오늘, 한 시간 전은 한 시간 전, 30분 뒤는 30분 뒤, 단지 눈앞의 마음 외에는 마음이라는 것이 전부 사라져버렸고 평소부터 연결되어 있다는 느낌이 들지 않던 영혼이 점점 부풀어 오르기 시작해서 실제로 있는 건지 없는 건지 굉장히 불분명했으며 또한 지난 1년 동안의 커다란 기억이 비극적인 꿈처럼 몽롱하게 한 덩어리의 불길한 기운이 되어 허공 멀리까지 끝도 없이 드리워져 있는 것 같다는 기분이었다.

그랬기에 평소의 나 같았으면 어째서 갱부가 되는 것이 좋은 일이냐는 둥, 어째서 갱부보다 하등한 사람이 있는 것이냐는 둥, 나는 돈을 버는 것만을 목적으로 일을 하는 사람이 아니라는 둥, 돈을 벌기만 하면 뭐가 좋은 것이냐는 둥 이런저런 논리를 펼쳐서 가능한 한 자기를 주장하지 않고는 그냥 넘어가지 않았을 것을 그냥 얌전히 물러나 있었다. 입만 조용한 것이 아니라 마음속에서도 저항할 마음이 전혀 생기지 않았다.

아무래도 이때의 나는 단순히 일을 할 수만 있다면 좋다는 생각만을 가지고 있었던 듯하다. 적어도 일을 할 수만 있다면, ─적어도 이 들뜬 영혼이 오체(五体)안에, 방황을 하면서도 머물 수만 있다면, —다시 말해서 끝내 죽지 못하는 것을 억지로 죽여버릴 정도의 무리를 범하지 않는 한은, 갱부 이상이든 갱부 이하든 돈을 벌든 돈을 못 벌든 전혀 문제가 되지 않았던 것이라 여겨진다. 단지 일자리만 생긴다면 그것으로 그만이니 일의 등급이나 성질이나 결과에 대해서 내 의견과 서로 맞지 않는 그 어떤 허풍을 떨더라도, 또 그 허풍이 단지 나를 유혹하기 위해서 하는 타산적인 허풍이라 할지라도, 또 그 허풍을 받아들이면 이지의 인간으로서의 내 인격에 적지 않은 오점이 남을 우려가 있다 할지라도 전혀 마음에 걸리지 않았던 것이다. 이러한 때에는 복잡한 인간도 한없이 단순해지는 법이다.

　게다가 갱부라는 말을 들었을 때 왠지 모르게 즐겁다는 마음이 들었다. 나는 첫 번째로 죽을지도 모른다는 결심으로 집을 뛰쳐나온 것이었다. 그것이 두 번째에는 죽지 않아도 좋으니 사람이 없는 곳으로 가고 싶다는 생각으로 옮아갔다. 그것이 또 어느 사이엔가 자리를 바꿔 세 번째에는 어쨌든 일을 하자는 생각으로 변화해버렸다. 그런데 막상 일을 하게 되고보니 평범한 일보다는 두 번째에 가까운 편이 좋다, 한 걸음 더 나아가서 말하자면 첫 번째와 인연이 있는 편이 바람직하다. 첫 번째, 두 번째, 세 번째로 나도 모르는 사이에 마음이 변해온 듯하지만, 변해온 마음의 상태는 어영부영하는 사이에 인연을 끌고 미끄러져 떨어지면서도 뒤돌아서 원래 있던 곳을 그리워하며 떠밀려가는 것이었다. 그저 일을 하겠다는 결심이 두 번째를 털어버릴 만큼 엉뚱한 것도 아니었으며 첫 번째와 교섭을 중단할 만큼 멀리에 있는 것도 아닌 듯했다. 일을 하면서 사람이 없는 곳에 있고 죽음과 가장 가까운 상태에서 작업을 할 수 있다면, 마지막 결심을 뜻한 바대로 수행하면서 얼마간은 처음의 목적도 이룰 수 있게 되는 셈이다. 갱부라고 하면 이름이 나타내고 있는 것처럼 구멍 안에서 해를 보지 않는 일이다. 사바세계에 있으면서 사바세계 밑으로 잠겨 들어가 어두운 곳에서 광석, 흙덩이를 상대로 세상의 목소리는 듣지 않아도 된다. 틀림없이 음울할 것이다. 그곳이 지금의 내게는 가장 적합하다. 세상에 사람들은 헤아릴 수도 없이 많지만 나만큼 갱부에 적합한 사람은 결코 없을 것임에 틀림없다. 내게 있어서 갱부는 천직이다. —라고 물론 여기까지 명료하게 생각한 것은 아니었지만 단지 갱부라는 말을 들은 순간에는 이유도 없이 음울한 기분이 들었고 그 음울한 기분이 또한 이유도 없이 기뻤다. 지금 돌이켜 생각해보면 역시 아무래도 남의 일처럼 받아들여질 뿐이다.

그래서 나는 방한복을 향해 이렇게 말했다.

"저는 열심히 일을 할 생각이니 갱부로 만들어주시겠습니까?"

그러자 방한복이 꽤나 느긋한 태도로,

"바로 갱부가 되기란 좀처럼 쉬운 일이 아니지만 내가 주선하기만 하면 틀림없이 될 수 있어."

라고 말하기에 나도 그런가보다 하고 한동안 입을 다물고 있었더니 찻집 여주인이 다시 참견을 했다.

"조조(長藏) 씨가 말만 잘해주면 갱부는 된 거나 다름없지."

나는 이때 처음으로 방한복의 이름이 조조라는 사실을 알게 되었다. 그 뒤로 함께 기차를 타기도 하고 내리기도 할 때 나도 이 사내를 붙잡고 두어 번 조조 씨라고 부른 적이 있었다. 그러나 조조를 한자로 어떻게 쓰는지는 지금도 알지 못한다. 여기에 쓴 것은 물론 내 멋대로 쓴 것이다. 처음으로 집을 뛰쳐나온 사람의 코를 갑자기 잡아당겨 생각지도 못했던 방향으로 향하게 한, 이른바 내 생활 상태에 일대 전환을 가져다준 사람의 이름을 입으로는 기억하고 있으면서도 붓으로는 쓸 수 없다는 것은 이상한 일이다.

어쨌든 이 조조 씨와 찻집의 여주인이 틀림없이 갱부가 될 수 있다고 보장을 하기에 나도 될 수 있을 것이라 생각하고,

"그럼, 모쪼록 잘 좀 부탁드리겠습니다."

라고 부탁했다. 그러나 이 찻집에 앉아 있는 사람이 어떻게 해서, 어디로 가서, 어떤 수순을 밟아서 갱부가 되는 건지 그 부분에 대해서는 전혀 알 수가 없었다.

워낙에 저쪽에서 자꾸만 권하기에 잘 좀 부탁드리겠다고 말한 것이니, 조조 씨가 어떻게든 할 것임에 틀림없으리라는 생각이 들어 뒷일은 묻지 않고 입을 다물었다. 그러자 조조 씨가 기세 좋게 방한복의 엉덩이를 의자에서 일으켜 세우더니,

"그럼 지금부터 바로 떠나기로 하지. 형씨, 준비는 다 됐는가? 놓고 가는 물건 없도록 조심하게."

라고 말했다. 나는 집에서 나올 때 몸에 걸친 옷 말고는 빈 몸으로 나왔기에 몸 외에는 놓고 가는 물건이 있을 리 없었다. 그래서,

"아무것도 없습니다."

라며 일어섰다가 여주인과 얼굴을 마주하게 되고서야 깨달았다. 중요한 튀김만두 값을 잊고 있었다. 조조 씨는 나 몰라라 하는 표정으로 벌써 반쯤은 갈대발 바깥으로 나가서 길을 바라보고 있었다. 나는 품속에서 32센이 든 지갑을 꺼내 만두 세 접시 값을 치르고 내친 김에 찻값으로 5센을 주었다. 만두 값은 끝내 잊어버려서 기억이 나지 않는다. 그러나 그때 여주인이,

"갱부가 되어 한밑천 잡으면 돌아가는 길에 또 들르슈."

라고 말한 것을 기억하고 있다. 그 뒤에 갱부는 그만두었지만 결국 이 찻집에는 들를 기회가 없었다. 그런 다음 조조 씨의 뒤를 따라서 그 신물이 날 정도의 소나무 숲으로 나와 외줄기 길을 발등에까지 먼지를 일으켜가며 걸어가자니 조금 전에는 길고 길었던 것에 비해서 이번에는 의외로 빨리 지나올 수 있었다. 어느 사이엔가 소나무가 없어지자 이타바시(板橋) 가도에 있는 것과 같은 초라한 역참(驛站)의 입구가 나왔다. 역시 이타바시 가도에서처럼 허름한 승합마차가 지나다니고 있었다. 한발 앞으로 나섰던 조조 씨가 뒤를 돌아보며,

"형씨, 마차를 탈 텐가?"

라고 묻기에,

"타도 괜찮습니다."

라고 대답했다. 그러자 이번에는,

"타지 않아도 괜찮은가?"

라고 반대가 되는 것을 물었다. 나는,

"타지 않아도 괜찮습니다."

라고 대답했다. 조조 씨가 세 번째로,

"어떻게 할 겐가?"

라고 말했기에,

"아무래도 상관없습니다."

라고 대답했다. 그러는 동안에 마차는 멀리로 가버렸다.

"그럼, 걷기로 하세."

라며 조조 씨는 걷기 시작했다. 나도 걷기 시작했다. 앞을 바라다보
니 지금 지나간 마차의 먼지가 햇빛에 뒤섞여서 거리가 탁해진
것처럼 누렇게 보였다. 그 사이에 사람들의 통행이 점점 많아졌다.
거리의 풍경이 갈수록 훌륭해졌다. 결국에는 우시고메(牛込)의
가구라자카(神楽坂)만큼이나 붐비는 곳으로 나왔다. 이 부근의
가게의 모습이나 사람들의 모습이나 의복은 도쿄와 조금도 다를
바가 없었다. 조조 씨 같은 사람은 거의 찾아볼 수 없었다. 내가
조조 씨에게,

"여기는 뭐라고 하는 거리인가요?"

라고 물었더니 조조 씨는,

"여기? 여기를 모른단 말인가?"

라며 놀라는 듯했지만 웃지도 않고 바로 가르쳐주었다. 그렇게
해서 그곳의 이름을 알게 되었지만 여기서는 굳이 밝히지 않기로
하겠다. 내가 이 번화한 거리의 이름을 몰랐던 것을 굉장히 이상한
일이라 느꼈던지 조조 씨는,

"형씨, 대체 어디 출신인가?"

라고 물었다. 생각해보면 지금까지 조조 씨가 내 과거나 경력에

대해서 끝내 한마디도 물은 적이 없었던 것은 사람을 주선하는 남자의 행위로써 약간은 지나치게 무심하다는 생각이 들었지만, 이 남자는 그런 일에 아주 냉담한 성격이라는 사실을 나중에야 알게 되었다. 이때의 질문은 단지 나의 무지함에 놀란 결과 나온 호기심에 지나지 않았다. 그 증거로 내가,

"도쿄입니다."

라고 대답했더니,

"그런가."

라고 말한 뒤로는 아무것도 묻지 않고 나를 잡아끌듯 해서 어떤 골목으로 꺾어져 들어갔다.

솔직히 말하자면 나는 상당한 지위를 가진 사람의 아들이었다. 복잡한 사정이 있었기에 더는 견딜 수가 없어서 집을 뛰쳐나오기는 했지만 반드시 아버지에 대한 불평이나 반항심만 가득한 무분별한 사람은 아니었다. 그냥 세상이 싫어진 결과로써 우리 집까지 재미가 없어졌다는 생각이 들더니 이제는 아버지의 얼굴도 친척의 얼굴도 도저히 참고 볼 수가 없게 되어 있었다. 이거 큰일이라는 생각이 들어서 끈기 있게 마음을 되돌리려 했지만, 늦었다. 견뎌봐야겠다며 여러 가지로 조급해 하면 조급해 할수록 더욱 싫어졌다. 결국에는 끈기의 뚜껑이 단번에 펑 하고 열려서 인내의 진용이 한꺼번에 무너져내렸다. 그날 밤 마침내 집을 뛰쳐나오고 만 것이다.

일의 발단을 살펴보면 중심에는 한 명의 소녀가 있다. 그리고 그 소녀의 곁에 또 한 명의 소녀가 있다. 이 두 소녀의 주위에

아버지가 있다. 친척이 있다. 세상이 빈틈없이 둘러싸고 있다. 그런데 첫 번째 소녀의 나를 대하는 태도가 둥글어지기도 하고 모가 나기도 했다. 그러면 무슨 업보인지 나도 둥글어지기도 하고 모가 나기도 하지 않을 수 없었다. 그러나 나는 그렇게 둥글어지기도 하고 모가 나기도 하면 두 번째 소녀에 대해서 미안해해야 할 약속을 가지고 태어난 인간이었다. 나는 나이가 어린 것에 비해서는 자신의 입장을 잘 알고 있었다. 그러나 미안하다고 생각하면 생각할수록 더욱 둥글어지기도 하고 모가 나기도 했다. 결국에는 형태뿐만 아니라 조직까지도 변하기 시작했다. 그것을 두 번째 소녀가 원망스럽다는 듯 바라보았다. 아버지도 친척들도 보고 있었다. 세상 사람들도 보고 있었다. 나는 내 마음이 늘어지기도 하고 줄어들기도 하고 굽어지기도 하고 뒤틀리기도 하는 것을 어떻게든 숨기려고 노력했지만 워낙 첫 번째 소녀가 조금도 그만둬주지를 않고 멋대로 늘어트려 보이기도 하고 줄여 보이기도 했기 때문에 끝까지 숨길 수가 없었다. 아버지에게도 친척들에게도 들켜버리고 말았다. 몹쓸 녀석이 되어버렸다. 몹쓸 녀석이 아니라고는 나 자신도 생각지 않았지만 점점 캐물어보니 몹쓸 녀석이라는 의미가 상당히 달랐다. 그래서 여러 가지로 변명을 해보았지만 좀처럼 들어주질 않았다. 내가 하는 말은 조금도 믿지 않는 아버지의 버릇이 가장 불리하게 작용하는 것이라고 생각한 동시에 첫 번째 소녀의 곁에 있으면 앞으로 어떻게 될지 모른다, 경우에 따라서는 실제로 변명을 할 수 없는 몹쓸 일이 벌어질지도 모르겠다는 생각이 들었다. 그렇지만 아무래도 멀어질 수가 없었다. 게다가 두 번째 소녀에 대해서는, 안 됐다, 미안하게 되었다는 마음이 날이 갈수록 격해졌다. ―이런 식으로 삼방, 사방에서부터 양립할 수 없는 감정이 공격해 들어와 오색의 실이 엉킨 것처럼 이쪽 실을 당기면 저쪽 실이 물리고 저쪽을 느슨하게 하면 이쪽이 조여지는 식으로 헝클어진 머리를 아무래도 풀 수가 없었다. 여러 가지로 생각을 해서 나 스스로에게 정나미가 떨어질 정도로 변명을 해보았지만 도저히 내 생각처럼 정리를 할 수가 없다는 하나의 결론에 도달했을 때―드디어 깨달았다. 그러니까 내가 괴로워하고 있는 것이니 내 스스로 괴로움을 멈추게 할 수밖에 방법이 없는 것이다. 지금까지는 내가 괴로워하고 있으면서도 나 이외의 사람을 움직이면 어떻게 든 내게 유리한 해결 방법이 있을 것이라며 오로지 바깥만을 바라보고 있었다. 다시 말하자면 거리에서 사람과 맞닥뜨렸을 때 나는 버티고 선 채로 상대방을 진흙탕 쪽으로 피하게 할 방법만을 궁리하고 있었던 것이다. 나는 움직이지 않고 지금 그대로, 상대방만 내 생각대로 움직이게 하려 하는 불가능한 일을 해보려 했던 것이다. 자신이 거울 앞에 서 있으면서 거울에 비친 자신의 모습에만 신경을 쓴들 어떻게 될 일이 아니다. 세상의 규율이라는 거울이 쉽게 움직일 수 없는 것이라면 내가 거울 앞을 떠나는 것이 무엇보다도 현명한 판단이다.

그래서 나는 이 복잡한 관계 속에서 나만 홀연 모습을 감추자고 결심했다. 그런데 정말로 모습을 감추려면 자살을 하는 것 외에는 달리 방법이 없었다. 그래서 때때로 자살을 시도해보았다. 그러나 시도를 할 때마다 가슴이 덜컥 내려앉아서 그만둬버리고 말았다. 자살은 아무리 연습을 해도 실력이 향상되지 않는다는 사실을 드디어 깨달았다. 갑자기 자살을 할 수 없다면 자멸하면 될 것이라는 생각이 들었다. 그러나 앞서도 이야기한 것처럼 나는 상당한 신분이 있는 아버지를 가지고 있어서 조석으로 부족함이 없는 신분이었기 때문에 집에 있어서는 자멸을 할 방법이 없었다. 아무래도 도망칠 필요가 있었다.

도망을 친다 하더라도 이 관계를 잊을 수는 없을 것이라고도 생각했다. 혹은 잊을 수 있을 것이라고도 생각했다. 요컨대 해보지 않고는 알 수 없는 일이라고 생각했다. 설령 번민이 도망치는 나를 따라온다 할지라도 그것은 나만의 일이다. 뒤에 남은 사람들은 나의 도망 때문에 틀림없이 편안해질 것이라고 생각했다. 뿐만 아니라 도망을 친다 해도 언제까지고 도망을 치는 것은 아니었다. 갑자기 자멸을 하기는 어려웠기에 우선은 그 첫걸음으로써 도망을 쳐보자는 것이었다. 따라서 도망을 쳐보아도 역시 과거에 쫓겨서 괴로울 것 같으면 그때 천천히 자멸할 계획을 세워도 늦지는 않을 것이었다. 그래도 안 되면 그때는 자살을 해보이겠다. —이렇게 써놓고 보니 나는 참으로 한심한 인간이 되어버렸지만 사실을 노골적으로 말하자면 이 정도의 일에 지나지 않으니 어쩔 수가 없다. 또 이렇게 쓴다면 그야말로 하찮아지지만, 그 당시의 흐릿한 마음가짐을 흐릿한 마음가짐 그대로 기술한다면 그것만으로도 소설의 주인공이 될 자격은 충분히 있을 것이라고 생각한다.

그렇게 하지 않더라도 실제로 그 당시 두 소녀의 모습이라든가 나날이 변하는 국면의 전환이라든가 나의 걱정이라든가, 번민이라든가, 아버지의 의견이나 친척들의 충고라든가 이런저런 것들을 있는 그대로 써내려간다면 아주 재미있는 이야기가 되겠지만 그럴 만한 실력도 없고 시간도 없으니 그것은 그만두고 일단 시작한 갱부 사건만을 이야기하기로 하겠다.

어쨌든 이런 이유로 나는 결국 도망을 친 것이니 처음부터 살아 있으면서 매장을 당할 각오이기도 했고 또 스스로 매장해버릴 생각이기도 했지만 아버지의 이름이나 과거의 역사는 제아무리 자포자기하는 심정이 되었다 할지라도, 조조 씨에게는 이야기하고 싶지 않았다. 조조 씨뿐만이 아니었다. 그 어떤 사람에게도 이야기하고 싶지 않았다. 다른 사람들은커녕 가능하다면 나 자신에게조차 이야기하고 싶지 않을 만큼 한심한 마음으로 휘청거리고 있었다. 그랬기 때문에 조조 씨가 사람을 알선하는 사내에게는 어울리지 않게 나의 신변에 대해 한마디도 묻지 않았던 것을 이상하다고 생각하면서도, 내심으로는 기뻤다. 솔직히 말하자면 당시 나는 아직 거짓말 하는 것을 제대로 연습하지 않았었으며 속인다는 것을 아주 나쁜 일이라고 생각하고 있었기 때문에 그런 질문을 받았다면 틀림없이 난처해했을 것이다.

거기서 조조 씨를 따라 골목으로 접어들어 걷자 1, 2정쯤 지나서 갑자기 번화가의 모습은 드문드문해지고 그 사이로 논의 조각들이 가느다랗게 내보였다. 앞쪽은 그렇게 번창했지만 번창한 것은 양옆의 거리일 뿐이라는 사실을 깨달은 순간 다시 갑자기 골목으로 꺾여져 들어갔고 다시 번화한 곳으로 나왔다. 그 끝이 정거장이었다. 기차를 타지 않고는 갱부가 되는 수속이 끝나지 않는다는 사실을 이 순간 드디어 알게 되었다. 사실은 광산의 출장소라도 이 마을에 있어서, 우선은 그곳으로 갔다가 거기서 다시 관계자가 산으로 호송해 가는 것이라 생각하고 있었다.

이에 정거장에 들어가기 5, 6간 앞에서,

"조조 씨, 기차를 타는 겁니까?"

라고 뒤에서부터 불러 물어보았다. 내가 그 사람을 조조 씨라고 부른 것은 이때가 처음이었다. 조조 씨는 살짝 뒤를 돌아보았는데 생면부지의 타인이 자신의 이름을 부른 것을 이상히 여기는 기색도 없이 바로,

"응, 타야 해."

라고 대답하더니 정거장으로 들어갔다.

나는 정거장의 입구에 서서 생각을 해보았다. 저 사람은 과연 나와 함께 기차를 타고 광산까지 갈 생각인 걸까? 그렇다면 그것은 너무나도 친절한 행동이었다. 누가 뭐래도 처음 보는 내게 이렇게 정중하게 친절을 베푼다는 것은 이상한 일이었다. 어쩌면 그는 사기꾼일지도 모를 일이었다. 나는 별것도 아닌 일을 새삼스럽게 퍼뜩 깨닫고는 갑자기 기차에 타기가 싫어졌다. 차라리 다시 정거장을 뛰쳐나갈까 생각하여 지금까지 승강장 쪽으로 향해 있던 발을 입구 쪽으로 되돌렸다. 그러나 아직 발걸음을 옮길 만큼의 결심은 하지 못한 듯, 멍하니 정거장 앞에 있는 찻집의 빨간 발을 바라보고 있자니 갑자기 커다란 목소리가

멀리서부터 들려와서 나를 불러 세웠다. 나는 그 목소리를 들음과 동시에 그 소유자가 조조 씨이며 소나무 숲에서 들은 것과 같은 목소리라는 사실을 깨달았다. 뒤돌아보니 조조 씨는 멀리서 얼굴만 비스듬하게 내밀어 이쪽을 보고 자꾸만 머리를 위아래로 흔들었다. 아무래도 몸은 변소의 벽에 가려져 있는 듯했다. 오랜만에 부르는 것이다 싶어서 조조 씨의 얼굴을 목표로 걸어갔더니,

"형씨, 기차를 타기 전에 볼일을 봐두는 게 좋을 거요."

라고 말했다. 나는 그럴 필요가 없었기에 일단 거절을 해봤지만 좀처럼 승낙할 것 같지 않았기에 조조 씨와 나란히 서서, 더러운 이야기지만, 소변을 보았다. 그 순간 나의 생각이 다시 바뀌었다. 나는 몸 외에는 아무것도 가지고 있지 않다. 빼앗으려 해도 사기를 당하려 해도, 명예도 재산도 없기 때문에 애초부터 가망이 없는 물건이다. 어제의 자신과 오늘의 자신을 혼동하여 조조 씨를 두려워한 것은, 면직을 당했으면서도 봉급의 차압 때문에 고민을 하는 것과 같은 일이다. 조조 씨는 교육을 받은 사내는 아닐 테지만, 내 모습을 보고 한눈에 사기를 칠 만한 사람이 아니라는 사실을 간파하는 데는 교육이고 뭐고 필요하지 않을 터였다. 따라서 어쩌면 내게 갱부 자리를 알선해주고 나중에 알선료를 받으려는 것일지도 모르겠다고 생각했다. 그것은 그것대로 상관이 없었다. 월급 중에서 얼마간을 떼어주면 그만이라고 생각하며 볼일을 보았다. ─사실은 내가 이만큼의 결론에 이르기까지에는 짧은 시간 동안이었지만 이 정도의 수고와 추론을 필요로 했다. 이 정도로 수고를 했으면서도 아직 조조 씨가 알선업자라는

사실을, 이른바 순수한 의미에서의 알선업자라는 사실을 깨닫지 못한 것은 나이가 열아홉이었기 때문이다.

나이가 어리다는 것은 실로 손해가 되는 일이어서, 이처럼 알선업자 가까이까지 이렇게 저렇게 해서 도달했으면서도 어쩌면 호의에서 베푸는 친절이 아닐까 생각하여 엉뚱한 기분에 사로잡혔으니 우스운 일이 아닐 수 없다.

사실은 둘이서 볼일을 보고 어슬렁어슬렁 3등 대합소의 입구까지 왔을 때 나는 비교적 예의를 갖춰서 조조 씨에게 이런 말을 했다.

"당신이 일부러 거기까지 데려다주신다는 건 죄송한 일이니, 이쯤에서 충분할 듯합니다."

그러나 조조 씨가 대답도 하지 않고 이상한 얼굴로 말없이 나를 바라보았기에, 감사를 전하는 방법이 잘못된 것인가 싶어서,

"여러 가지로 보살펴주셔서 감사합니다. 지금부터는 저 혼자 갈 테니 이제 신경을 그만 쓰셔도 되겠습니다."

라고 말하며 몇 번이고 머리를 숙였다. 그러자,

"혼자서 갈 수 있겠나?"

라고 조조 씨가 말했다. 이때만은 형씨를 생략했던 듯하다.

"까짓것 갈 수 있습니다."

라고 대답했더니,

"어떻게?"

라고 되묻기에 약간 당황했지만,

"지금 당신이 가르쳐주시면 그곳에 가서 당신의 이름을 말하고

어떻게든 해보겠습니다."

라며 우물쭈물 말을 했더니,

　"형씨, 내 이름 정도로 당장에 갱부가 될 수 있다고 생각한다면 그건 커다란 착각이야. 갱부는 그렇게 쉽게 될 수 있는 게 아니야."

라고 반박을 당했다. 하는 수 없이,

　"하지만 죄송해서."

라며 변명 겸 사례를 했더니,

　"그렇게 어려워할 거 없어, 그곳까지 데려다줄 테니 걱정하지 말게. ―옷깃만 스쳐도 인연인 걸세. 하하하하하."

라고 웃었다. 그래서 나는 마지막으로,

　"정말 감사합니다."

라고 인사를 해두었다.

　그런 다음 둘이서 벤치에 나란히 앉아 있자니 정거장으로 사람들이 점점 몰려들었다. 대부분은 시골사람들이었다. 개중에는 조조 씨처럼 작업복 겸 방한복을 입은 데다 멜대까지 멘 사람도 있었다. 그런가 하면 광택이 있는 앞치마를 두르고 묘하게 우그러트린 중절모를 쓰고 있는 도쿄풍의 상인도 있었다. 그 외의 이런저런 사람들의 발소리와 목소리로 벤치의 사방이 웅성거리기 시작했을 때 매표구의 창이 달그락 하고 열렸다. 기다리던 무리들이 서둘러 자리에서 일어나 모두가 철망 앞으로 모여들었다. 이때 조조 씨의 태도는 침착하기 짝이 없는 것이었다. 예의 칼날처럼 휘어져 올라간 '아사히'를 두툼한 입술 사이에 물면서 그 각진 얼굴을 슬쩍 내 쪽으로 돌려,

"형씨, 기찻삯은 있는가?"

라고 물었다. 다시 한 번 나의 미숙함을 발표하는 것 같지만, 사실을 말하자면 기찻삯에 대해서는 그 순간까지도 내 머릿속에는 조금도 떠오르지 않았었다. 기차를 타는구나 생각하면서도 돈을 얼마나 내야 하는 건지, 혹은 돈을 낼 필요가 있는 건지에 대해서는 아예 생각도 하지 못했으니 어리석음의 극치라 할 수 있다. 한없는 어리석음을 인정하면서도 이 질문을 만나기 전까지는 공짜로 탈 수 있는 양 평온한 마음으로 있었던 것이 사실이다. 잘은 모르겠지만 아무래도 내 마음속에는 조조 씨에게 들러붙어 있기만 하면 어떻게든 해줄 것이라는, 의지하는 마음이 묘하게 잠재되어 있었던 듯하다. 단지 나 스스로는 결코 그렇게 생각하지 않았었다. 내 일이었지만 지금에 와서도 그랬다고는 쉽게 말을 할 수가 없다. 그러나 그런 안심하는 마음이 없었다면 제아무리 바보라 할지라도 열아홉이라 할지라도 정거장에 와서 기찻삯의 기, 자조차 생각하지 못했다는 것은 있을 수 없는 일이다. 그런 주제에 이렇게 의지하고 있는 조조 씨에게, 이제 보살펴주지 않아도 된다는 둥, 지금부터는 혼자서 가겠다는 둥 쉽사리 동행을 거절한 것은 어떤 이유에서였을까? 나는 종종 이런 경우에 직면하곤 했는데 그 후에 결국에는 스스로 하나의 이론을 세웠다. ─병에 잠복기가 있는 것처럼 우리의 사상이나 감정에도 잠복기가 있다. 이 잠복기간에는 자신이 그 사상을 가지고 있으면서도, 그 감정에 제어당하면서도 조금도 자각을 하지 못한다. 또한 이 사상이나 감정이 외계와의 관계로 의식의 표면에 떠오를 기회가 없으면 평생 그 사상이나 감정의 지배를 받으면서도 스스로는 결코 그런 영향을 받은 기억이 없다고 주장을 하게 된다. 그 증거로 이처럼 쉴 새 없이 반대가 되는 행위, 언동을 하게 된다. 그러나 그 행위, 언동을 곁에서 지켜보면 모순으로 느껴진다. 자기 스스로도 의아하게 생각하는 경우가 있다. 의아하게 생각하지 않는다 할지라도 뜻밖의 괴로움을 겪게 되는 경우가 생겨난다. 내가 앞서 말했던 소녀 때문에 괴로워했던 것도 역시 이렇게 잠복해 있는 것을 자각하지 못했기 때문이었던 것이다. 이 정체를 알 수 없는 것이 자신의 마음을 조금이라도 범하기 전에 극약이라도 주사하여 철저하게 죽일 수만 있다면 인간의 수많은 모순이나 세상의 수많은 불행은 일어나지 않았을 것이다. 그러나 그렇게 뜻처럼은 되지 않으니 인간에게도 내게도 안타깝기 짝이 없는 일이다.

그래서 나는 조조 씨로부터 '형씨, 기찻삯은 있는가?'라는 질문을 받았을 때 적잖이 당황했다. 32센 가운데서 만두 값과 찻값을 빼고 나니 아무것도 남는 것이 없었다. 기찻삯도 없는 주제에 갱부가 되겠다고 아는 듯한 표정으로 받아들였다니, 나는 약간 뻔뻔스러운 인간이었다는 사실을 깨닫자 갑자기 뺨이 뜨거워졌다. 그 당시의 일을 생각하면 내 자신이 사랑스럽게 느껴진다. 그런데 지금은 가령 전차 안에서 꾼 돈을 갚으라는 독촉을 받았다 할지라도 단지 난처해 할 뿐, 결코 창피해 하지는 않을 것이다. 하물며 알선업자인 조조 씨 같은 사람에게 신성한 수치(羞恥)의 혈색을 보이는 불경한 짓은 꿈에서라도 할 마음이 없다.

어떤 이유에서인지 나는 조조 씨에게 기찻삯은 있다고 대답하고 싶었다. 그러나 실제로는 없으니 거짓말을 할 수는 없었다. 거짓말을 내뱉은 채로 일을 마무리 지을 수 있다면 대담하게 거짓말을 하기로 했겠지만 어쨌든 당장 표를 사야 하는데 그 직전에 거짓말을 한다면 금방 들통이 나고 말 것이니 그럴 수도 없는 일이었다. 그렇다고 해서 기찻삯이 없다고 대답한다는 것은 너무나도 커다란 고통이었다. 아직 어린아이였기 때문에 그것도 완전히 어린아이가 아니라 약간은 성장을 한, 철이 든, 번민을 하고 있는, 하찮은 상식이 있는 것 같기도 하고 없는 것 같기도 한 아이였기 때문에 더더욱 형편이 좋지 않았다. 그래서 기찻삯이 있다고도 없다고도 말하기 어려웠기에,

"조금 있습니다."

라고 대답했다. 그것도 묻자마자 즉석에서 막힘없이 나왔으면 좋았을 것을 참으로 죄송하다는 듯 뺨을 붉힌 뒤에 굉장히 송구하다는 태도로 대답했으니, 바보가 따로 없다.

"조금이라니, 형씨, 얼마나 가지고 있나?"

라고 조조 씨가 되물었다. 조조 씨는 내가 뺨을 붉혀도 송구하다는 태도를 보여도 전혀 신경을 쓰지 않았다. 단지 얼마나 가지고 있는지를 듣고 싶은 모양이었다. 그러나 정작 중요한 나는 얼마를 가지고 있는지 알 수가 없었다. 어쨌든 다해서 32센 있던 중에서 만두 세 접시를 먹었고 찻값으로 5센을 주었으니 남은 것은 많지 않았다. 있으나 마나 별 차이가 없을 정도의 것이었다.

"아주 조금입니다. 도저히 다 낼 수 있을 것 같지는 않습니다."

라고 솔직하게 말했더니,

"모자란 부분은 내가 내줄 테니 상관없어. 어쨌든 있는 거 전부 내놓게."

라며 생각했던 것보다는 아무렇지도 않다는 듯 말했다. 나는 이때 1센이나 2센짜리 동전을 헤아리는 것은 참으로 체면이 안 서는 일이라고 생각했으며, 있는 것을 없다고 숨기려는 것처럼 보이기는 싫었기에 그 지갑을 꺼내서 지갑째 조조 씨에게 건네주었다. 그 지갑은 악어가죽으로 만든 아주 고급품이었는데 아버지로부터 받을 때도, 이건 비싼 물건이라는 해설을 오래도록 들어야만 했던 사치품이었다. 조조 씨는 지갑을 받아들고 잠깐 바라보더니,

"흠, 싸구려는 아니군."

이라고 말한 뒤 안은 살펴보지도 않고 배두렁이의 주머니에 넣어버렸다. 안을 살펴보지 않은 것은 좋았지만,

"그럼 내가 표를 사다줄 테니 틀림없이 여기에 앉아 있어야 해. 나와 떨어졌다가는 갱부가 될 수 없으니."

라며 다짐을 해두고 벤치에서 멀어져 빠른 걸음으로 매표소 쪽으로 가버렸다. 살펴보니 인파 속을 헤집고 들어가서는 뒤도 돌아보지 않고 표를 살 순서를 기다리고 있었다. 아까 소나무 숲에 있는 찻집을 나와서 조금 전까지, 조조 씨는 시종일관 내 곁에 들러붙어 있었고 가끔 떨어지면 변소에서도 얼굴을 내밀어 부를 정도였는데 지갑을 받아들고 표를 살 때는 마치 나를 잊은 사람처럼 보였다. 사람들이 너무 많아서 이쪽으로 시선을 돌릴

여유가 없었던 것이리라. 그 반면에 나는 열심히 조조 씨의 뒷모습을 지켜보며, 표를 사는 순서가 한 사람 한 사람 줄어들 때마다 조조 씨가 매표구로 다가가는 모습을 멀리서 이상하게 신경을 쓰며 바라보고 있었다. 지갑은 훌륭한 것이었지만 안을 열어보면 동전이 나올 뿐이다. 열어보고, 뭐야 이것밖에 들어 있지 않아, 라며 조조 씨가 놀랄 것임에 틀림없었다. 모자란 부분을 얼마나 더 내야 하는 걸까 하며 쓸데없는 걱정으로 마음을 졸이고 있자니 머지않아 조조 씨가 아무렇지도 않다는 얼굴로 돌아왔다.

"자, 이게 형씨 걸세."

라고 말하며 빨간 표를 한 장 건네줬을 뿐 얼마가 모자랐다고도 말하지 않았다. 겸연쩍었기에 나도 단지,

"감사합니다."

라며 받기만 했을 뿐 기찻삯에 대해서는 말을 꺼내지 않았다. 지갑에 대한 것도 그냥 그대로 내버려두었다. 조조 씨도 지갑에 대해서는 그 이상 말을 하지 않았다. 그랬기에 지갑은 결국 조조 씨에게 준 셈이 되어버리고 말았다.

그런 다음 둘이서 드디어 기차에 올랐다. 기차 안에서는 특별히 이렇다 할 일도 일어나지 않았다. 단지 내 옆에 뾰루지투성이인, 짓누른 눈에 곰보 자국이 있는 사내가 탔기에 갑자기 기분이 나빠져서 맞은편으로 자리를 옮겼다. 당시의 상태를 지금 와서 잘 생각해보면 참으로 우스웠다. 집을 뛰쳐나와서 갱부로 전락하겠다고까지 결심을 했으니 웬만한 일에는 넌덜머리를 내지 않을 듯했지만 그래도 역시 더러운 것의 곁에는 가까이 있고 싶지

않았다. 그런 식이었으니 자살하기 전날이라 할지라도 짓무른 눈 옆에서는 도망을 쳤을 것임에 틀림없다. 그렇다고 해서 매사 이처럼 꼼꼼하게 구분을 짓는가 하면 꼭 그렇지만도 않으니 참으로 할 말이 없다. 무엇보다 조조 씨와 찻집의 여주인을 만났을 때, 평소의 내게는 어울리지도 않게 끽소리도 하지 않고 진심으로 얌전하게 있었다. 논의도 주장도 기개도 아무것도 찾아볼 수 없었다. 물론 이것은 아주 배가 고팠을 때의 일이니 약간은 감안을 해서 생각하는 것이 지당한 일이겠지만 결코 배고픔 때문만은 아니라고 여겨진다. 아무래도 모순—또 모순이 나왔으니 그만두기로 하자.

나는 내 자신의 삶 중에서도 가장 다채로웠던 당시의 모험을 여유만 있으면 떠올려보는 버릇이 있다. 떠올려볼 때마다 지난날의 내 일이니 망설임 없이 해부의 칼을 휘둘러 종횡 십자로 내 심정을 난도질해보는데 그 결과는 언제나 천편일률로, 한마디로 말하자면 모르겠다는 것이다. 옛날 일이니 잊어버린 것이라고 말해서는 안 된다. 이처럼 절실한 경험은 내 평생에 두 번 다시 없었다. 스무 살 이하의 무분별함에서 온 무모함이니 그 앞뒤가 뒤엉켜서 제대로 파악할 수 없는 것이라고 평해서는 더더욱 안 된다. 경험 당시에는 앞뒤가 뒤엉켜서 무턱대고 망동(妄動)을 하지만, 그 망동에 이르기까지의 경과는 훗날의 차분해진 머리의 비판을 기다리지 않으면 도저히 이해할 수 없는 것이다. 이 광산으로 간 일도 옛날의 꿈처럼 여겨지는 지금이기에 이 정도로 사람들에게 이해할 수 있도록 쓸 수 있는 것이다. 정취가 사라졌기에 속속들이 써내려갈 수 있는 용기가 생긴 것이라고만은 말할 수 없다. 그 당시의 나를 지금의 눈앞으로 끌어내서 미주알고주알 연구할 여유가 없다면 설령 이 정도라도 도저히 쓸 수 없었을 것이다. 세상 사람들은 그 당시, 그 자리에서 쓴 경험이 가장 정확하다고 생각하지만 커다란 착각이다. 당시의 사정이라는 것은 순간의 객기에 사로잡혀서 어처구니없는 오류를 전하기 쉬운 법이다. 내가 광산으로 간 일도 그 당시 그대로의 기분을 일기에라도 적어놓았다면 틀림없이 젖비린내 나고 허세가 가득하고 거짓이 많은 것이 되었을 것이다. 이렇게 사람들 앞에 내놓고 한 번 읽어보시라고 할 만한 것은 도저히 되지 못했을 것이다.

내가 짓무른 눈의 재난을 피해서 맞은편으로 자리를 옮기자 조조 씨는 나와 짓무른 눈을 잠깐 흘깃 쳐다봤을 뿐, 역시 원래의 자리에 앉은 채 움직이지 않았다. 조조 씨의 신경이 나보다 상당히 강건하다는 데에는 약간 경탄을 하지 않을 수 없었다. 뿐만 아니라 아무렇지도 않다는 듯한 얼굴로 짓무른 눈과 이야기를 나누는 데 이르러서는 약간 정나미가 떨어졌다.

"또 산에 가는가?"

"응, 또 한 명 데리고 가네."

"저 사람인가?"

라며 짓무른 눈이 내 쪽을 보았다. 조조 씨는 이때 무엇인가 대답을 하려 했겠지만 문득 나와 얼굴이 마주쳤기에 그대로 두툼한 입술을 다물고 고개를 옆으로 돌려버렸다. 그 얼굴을 따라서 얼굴을 돌리고 짓무른 눈이,

"또 벌이가 쏠쏠하겠구먼."

이라고 말했다. 나는 이 말을 듣자마자 바로 창밖으로 얼굴을 내밀었다. 그리고 창에서부터 침을 뱉었다. 그러자 그 침이 기차의 바람 때문에 내 얼굴로 날아왔다. 매우 불쾌했다. 앞의 좌석에서는 낯선 남자 둘이 이야기를 주고받고 있었다.

"도둑이 들었다고 치자고."

"좀도둑인가?"

"아니, 강도일세. 거기다 칼이나 뭐 그런 걸로 협박을 했을 때 말일세."

"응, 그래서."

"그래서 주인이 어차피 도둑이니 가짜 돈을 줘서 돌려보냈네."

"응, 그 다음은?"

"나중에 도둑이 가짜 돈이라는 사실을 알고 그곳의 주인은 가짜 돈을 쓰는 사람이다, 가짜 돈을 쓰는 사람이다, 라고 사방으로 떠들고 다녔네. 그놈이 그놈이지만 어느 쪽의 죄가 더 무겁다고 생각하나?"

"어느 쪽이냐니."

"그 주인과 도둑놈 말일세."

"글쎄."

라며 상대방은 해결에 고민을 하고 있었다. 나는 졸음이 왔기에 창에 머리를 기댄 채 깜빡 졸았다.

잠들면 갑자기 시간이 사라져버린다. 따라서 시간의 흐름이 고통일 때는 잠을 자는 것이 최고다. 죽어도 틀림없이 마찬가지일 것이다. 그러나 죽는다는 것은 쉬운 일 같지만 그렇게 쉬운 일이 아니다. 우선 평범한 사람은 죽는 대신에 잠으로 대체하는 편이 훨씬 편리할 것이다. 유도를 하는 사람이 때때로 친구에게 목을 졸라달라고 하는 경우가 있다. 여름의 긴 해에 몸이 묵지근할 때는 숨도 쉬지 않은 채 5분이나 죽어 있다가 숨을 불어넣으면 되살아난 것처럼 기분이 좋아진다—단, 이것은 다른 사람들의 얘기다. —나는 혹시 숨이 끊어진 채 그대로 죽어버리는 것이 아닐까 하는 걱정 때문에 한 번도 그 거친 치료법을 부탁한 적이 없었다. 수면에 이 정도의 효험이 있을 리는 없겠지만 그 대신 다시 살아나지 못할 위험도 수반되지 않으니 걱정거리가 있는 사람, 번민이 많은 사람, 고통을 견딜 수 없는 사람, 특히 자멸의 첫 걸음으로써 산 채로 갱부가 되려는 사람에게는 자연의 커다란 선물이다. 그 자연의 선물이 우연하게도 지금 내 머리 위로 내려왔다. 고맙다는 말을 할 틈도 없이 잠에 빠져버려서 살아 있는 이상은 반드시 그 경과를 자각하지 않을 수 없는 시간을 완전히 잊고 말았다. 그런데 잠에서 깨어났다. 나중에 생각해보았더니, 기차가 움직이는 동안에 잠이 들었기 때문에 기차가 멈추자 잠이 균형을 잃고 어딘가로 날아가버린 것이었다. 나는 잠이 들어버리면 시간의 경과만은 잊지만 공간의 운동에는 여전히 반응을 보이는 능력이 있는 듯하다. 따라서 정말로 번민을 잊기 위해서는 역시 정말로 죽지 않으면 안 된다. 단지 번민이 없어졌을 때는 다시 살아나고 싶을 것이 틀림없으니 솔직하게 이상을 말하자면 죽기도 하고 살기도 하고 번갈아가면서 하는 것이 가장 좋다. —이런 내용을 적으면 왠지 익살맞은 우스갯소리를 하고 있는 것 같지만 결코 그런 가벼운 생각으로 하는 말이 아니다. 진심으로 진지하게 이야기하고 있는 것이다. 그 증거로 이러한 이상은 단지 지금 과거를 회상해보고 재미삼아 흥을 돋우기 위해 적당히 덧붙인 것이 아니다. 실제로 기차가 멈춰서 갑자기 눈을 떴을 때 여기에 적은 그대로의 느낌이 들었다. 한심한 느낌이기에 우습게 여겨지겠지만, 그 당시에는 솔직히 이처럼 한심한 느낌이 들었으니 어쩔 수가 없다. 이 느낌이 우스우면 우스울수록 나는 당시의 나를 가엾다고 생각한다. 이처럼 상식에서 벗어난 희망을 진지하게 품지 않으면 안 될 정도로 그 당시의 나는 비참한 상황에 처해 있었다는 사실을 분명하게 알 수 있기 때문이다.

내가 문득 눈을 떠보니 기차는 벌써 멈춰 있었다. 기차가 멈췄다는 생각보다도 나는 기차에 타고 있었구나 하는 생각이 먼저 떠올랐다. 떠오르자마자 조조 씨가 있었다, 갱부가 되기로 했다, 기찻삯이 없었다, 집을 뛰쳐나왔다, 이랬다, 저랬다, 라며 마치 열두어 개의 랬다가 우글우글 한 덩어리가 된 듯 머릿속에서부터 한꺼번에 솟아올랐다. 그 빠르기를 말하자면 말로 표현할 수 없다고 해야 할지, 전광석화 같다고 평해야 할지, 참으로 무시무시할 정도였다. 어떤 사람이 물에 빠져 죽으려는 그 찰나에 자신이 살아온 과거를 크고 작은 일과 관계없이 생생하게 눈앞에서 보았다고 하는 이야기를 후에 들은 적이 있는데 당시 나의 경험으로 미루어보아 그것은 결코 거짓말이 아니리라. 다시 말하자면 그 정도로 빠르게 내 자신이 실제 세계에 처해 있는 입장과 경우를 자각한 것이었다. 자각함과 동시에 갑자기 싫다는 생각이 들었다. 단순하게 싫다는 말로는 도저히 형용할 수 없지만 그렇다고 해서 달리 서술할 방법도 없는 마음이니 단지 싫다고만 해두겠다. 나와 같은 마음을 경험한 적이 있는 사람이라면 단지 이것만으로도 아, 그거 말이로군, 이라며 바로 느낄 수 있을 것이다. 또한 경험한 적이 없다면 그것이야 말로 행복이다, 절대로 알 필요가 없다.

그러는 동안에 같은 차량에 타고 있던 사람 두엇이 자리에서 일어났다. 밖에서도 두어 명이 올라탔다. 어디에 앉을까 하는 눈빛으로 두리번두리번 하는 사람과 놓고 가는 물건은 없는가 하는 얼굴빛으로 허둥지둥하는 사람과, 그리고 특별한 용무도 없이 자세를 바꾸어 창밖으로 고개를 내밀거나 하품을 하는 사람들이 한꺼번에 하나가 되어 모든 동요의 상태로 세상을 무너트려가기 시작했다. 나는 내 주위 사람들이 전부 활동하기 시작한 것을 자각했다. 자각함과 동시에 나는 보통 사람들과는 달리 모두가 활동할 때조차 다른 사람에게 정신이 팔려서 기분이 움직이지 않는 외톨이라는 생각이 들었다. 소매가 스쳐 지나고 무릎을 맞대고 있으면서도 영혼만은 마치 인연도 관계도 없는 타계에서 흘러들어온 유령과 같은 기분이었다. 지금까지는 그럭저럭 남들처럼 상태를 유지해왔지만 기차가 멈추자마자 세상은 갑자기 활발해져서 위로 올라갔다. 나는 갑자기 음울해져서 밑으로 내려가서 도저히 교제가 불가능하다는 생각이 들자 등과 가슴의 두께가 피식 하고 줄어 내장이 얇은 한 장의 종이처럼 짜부라졌다. 순간 영혼만이 땅 밑으로 빠져나가버렸다. 참으로 변명의 여지가 없을 만큼 부끄러운 마음으로 흔들거리며 오그라들어 있었다.

그때 조조 씨가 일어나 다가와서,

"형씨, 아직 잠이 덜 깼나? 여기서 내릴 거야."

라고 주의를 주었다. 그제야 간신히 그렇구나, 라고 깨닫고 자리에서 일어났다. 영혼이 땅 밑으로 빠져나가는 도중이라도 손발에 피가 흐르는 동안에는 부르면 되돌아오니 이상한 일이다. 그런데 이것이 조금 더 격렬해지면 생각처럼은 영혼이 몸으로 다가와주지 않는다. 이후 타이완 해상에서 조난을 당했을 때는 영혼에게 상당한 미움을 받아서 굉장히 고생을 한 적이 있었다. 무슨 일에나 위에는 또 위가 있는 법이다. 이것이 끝이다, 막다른 곳이다, 라고 생각하여 안심하고 덤볐다가는 어처구니없는 꼴을 당하게 된다. 그러나 내게 있어서 이때는 이 마음이 가장 새로웠을 뿐만 아니라 아주 씁쓸한 경험이었다.

조조 씨의 방한복의 엉덩이 냄새를 맡으며 개찰구에서 밖으로 나오니 커다란 역참마을의 길이 나왔다. 외줄기 길이었지만 생각보다 넓고, 뿐만 아니라 마음가짐이 분명해질 정도로 똑바로 뻗어 있었다. 나는 이 넓은 한길 가운데 서서 저 멀리에 있는 역참마을 바깥을 내려다보았다. 그 순간 일종의 묘한 기분이 들었다. 그 기분도 내 생애 가운데서는 새로운 것이니 곁들여서 여기에 적어두겠다. 나는 허파의 바닥이 빠져서 영혼이 도망치려

하는 것을 간신히 불러 세워서 얼마간 인간다운 마음이 되어 역참마을 가운데로 얼굴을 막 내민 참이었기에 영혼이 들이쉬는 숨에 따라서 가까스로 태(胎) 안으로 돌아왔을 뿐, 아직 흔들거리는 상태였다. 차분함은 조금도 없었다. 따라서 이 세상에 있어도, 이 기차에서 내려도, 이 정거장에서 나와도, 또 이 역참마을의 한가운데 서 있어도 이른바 영혼이 마지못해서 어쩔 수 없이 작용을 해준 것이지 결코 진심으로 자신의 일이라고 인식한 전문 직책이라고는 여겨지지 않았을 정도로, 둔탁한 의식의 소유 자였다. 거기서 어질어질하고 있는, 정신이 아득해진, 모든 것에 흥미를 잃은 옴팡눈을 열어보니 지금까지는 기차의 상자에 담겨서 상하, 사방 모두 사각으로 잘려 있던 한계가 눈 깜빡할 사이에 외줄기 길을 따라서 10정쯤 달려나갔다. 게다가 그 끝에 철철 넘쳐흐를 듯한 산이 내 눈을 가로막으면서도 방해가 되지 않는 거리를 유지하고 있어, 흐릿한 내 눈을 푸름 속으로 빨아들이고 있었다. ―그래서 왠지 모르게 지금 말한 것과 같은 기분이 든 것이었다.

　무엇보다도 대도지[5]라는 성어가 있을 정도로 평탄하고 똑바로 뻗은 길은 맺힌 것 없이 상쾌한 법이다. 좀 더 알기 쉽게 이야기하자면 눈을 현혹하지 않는다. 걱정하지 말고 이쪽으로 오라고 손짓하는 것처럼 생겼기 때문에 조금도 사양하거나 어렵게 생각할 필요가 없다. 뿐만 아니다. 오라고 하는 대로 외줄기

---

5) 大道砥. 도로가 평탄함을 말함.

길의 뒤를 따라가면 어디까지든지 갈 수 있다. 기이하게도 눈이 옆골목으로 향하지 않는다. 길이 똑바로 계속되고 있을수록 눈도 똑바로 나가지 않으면 답답하고 또한 불쾌하다. 외줄기 대도는 눈의 자유행동과 평행하여 생겨난 것이라고 나는 굳게 믿고 있다. 그리고 좌우의 집들을 바라보면—그것은 기와지붕도 있고 초가지붕도 있지만— 기와지붕이네 초가지붕이네 그런 차이는 없다. 멀리로 가면 갈수록 점점 지붕이 낮아져 몇 백 채나 되는 집이, 하나의 철사에 일정한 경사를 유지하기 위해서 저쪽 끝에서부터 이쪽까지 꿰어놓은 것처럼 나란히 비스듬하게 한 줄기 선을 그리며 어디까지고 뻗어 있다. 그렇게 해서 나아가면 나아갈수록 지면에 가까워진다. 내가 서 있는 곳 좌우의 2층 건물 등은—여관이었던 것으로 기억하고 있는데— 올려다봐야 할 정도의 높이였지만 역참마을 바깥의 처마를 들여다보면 손가락 사이에 들어올 것 같다고 여겨질 정도로 낮았다. 그 중간에 가게의 발이 바람에 움직이고 있기도 하고 아래쪽에 널을 댄 장지에 커다란 대합 등이 그려져 있기도 해서 약간의 변화는 물론 있었지만, 처마 끝의 선만을 멀리까지 따라가 보면 10리가 0.5초 만에 눈 안으로 뛰어들었다. 그 정도로 명료했다.

앞서도 말한 것처럼 나의 영혼은 숙취에 빠진 몽골로 어디까지고 흐릿해 있었다. 그런데 정거장에서 나오자마자 느닷없이 이 명료한—장님에게조차 명료한 이 풍경과 딱 맞닥뜨리게 된 것이었다. 영혼은 놀라야만 했다. 또 실제로 놀랐다. 틀림없이 놀라기는 했지만 지금까지 어영부영 마지못해 배회하던 타성을 단번에 떨쳐내기까지는 약간의 시간이 필요했다. 내가 앞서 말한 일종의 묘한 기분이라는 것은 영혼이 돌아서기 전, 풍경이 참으로 명료하다고 느껴지기기까지, —그 짧은 순간에 일어난 기분이었다. 이 풍경은 이처럼 한가롭고 이처럼 명백하고 지금까지의 내 정서와는 전혀 어울리지 않게 기세가 좋은 것이었지만, 내 영혼이 어라 하며 진심으로 이 외계를 대면하기 시작한 것을 마지막으로 아무리 밝아도 아무리 한가로워도 전부 실세계의 사실이 되어버리고 말았다. 실세계의 사실이 되어버리면 제아무리 훌륭한 빛이라 할지라도 고마운 마음이 줄어들게 된다. 다행스럽게도 나는 내 영혼이 어떤 특수한 상태에 있었기 때문에—밝은 외계를 밝다고 느낄 만큼의 능력은 가지고 있으면서도 그것을 실감이라고 자각할 정도로는 작용이 날카롭지 않았기 때문에— 이 곧게 뻗은 길, 이 곧게 뻗은 처마를 사실과 똑같은 밝은 꿈이라고 본 것이었다. 이 세상이 아니면 볼 수 없는 명료한 정도와 그에 따른 상쾌하고 시원한 쾌감 속에서 타계의 환영에 접하는 것과 같은 기분이 든 것이었다. 나는 커다란 길의 한가운데 서 있었다. 그 길은 참으로 길게, 어디까지고 외줄기로 뻗어 있었다. 걸어가면 그 외곽까지 갈 수 있었다. 틀림없이 이 역참마을을 빠져나갈 수 있었다. 좌우의 집들을 만지려면 만질 수도 있었다. 2층에 오르려면 오를 수도 있었다. 가능하다는 사실을 분명하게 알고 있으면서도 가능하다는 관념을 완전히 유실하여 단지 절실한 감능(感能)의 인상만을 눈동자 속으로 받아들이며 서 있을 뿐이었다.

나는 학자가 아니기 때문에 이러한 심정을 무엇이라고 해야 하는지 알지 못한다. 안타깝게도 이름을 모르기 때문에 이렇게 길게 쓰게 되었다. 학문이 있는 사람이 보자면 그런 일을 이렇게 길게, 라며 비웃을지도 모르겠지만 어쩔 수가 없다. 그 후에도 이와 비슷한 심정을 종종 경험한 적이 있었다. 그러나 이때처럼 강하게 일어난 적은 없었다. 따라서 어쩌면 무엇인가의 참고가 될지도 모르겠다는 생각에서 일부러 여기에 쓴 것이다. 단 이러한 심정은 일어나자마자 곧 사라져버리고 말았다.

바라보니 해는 벌써 기울고 있었다. 초여름, 해가 길 무렵이었으니 햇볕으로 판단하자면 아직 4시가 조금 지난 시각, 틀림없이 5시는 되지 않았을 것이다. 산에서 가까운 탓인지 날씨는 생각했던 것보다 좋지 않았지만 실제로 해가 나와 있을 정도였으니 나쁘다고는 말할 수 없었다. 나는 비스듬하게, 기다란 한 줄기 마을을 비추는 태양을 바라봤을 때 저쪽이 서쪽이라고 생각했다. 도쿄를 나와서 북쪽으로 북쪽으로 달려왔지만 기차에서 내리고 보니 방향을 전혀 알 수가 없었다. 이 마을을 똑바로, 마을에 뻗어 있는 길을 따라서 내려가면 끝이 산이고 그 산은 방향으로 미루어봐서 역시 북쪽에 있으니 나와 조조 씨는 변함없이 북쪽으로 가는 것이라고 생각했다.

그 산은 거리로 봐서 상당히 멀리 떨어져 있는 것처럼 여겨졌다. 높이도 결코 낮지 않았다. 색은 새파랬는데 옆에서부터 햇빛이 드는 곳만 빛나는 탓인지 그늘 쪽은 파란 안쪽이 거뭇거뭇하게 보였다. 하지만 이것은 햇빛 때문이 아니라 삼나무와 노송나무가 많은 때문인지도 몰랐다. 어쨌든 울창하고 산이 깊은 모습이었다. 나는 기울기 시작한 태양에서 눈을 옮겨 그 푸른 산을 바라보았을 때, 저 산은 봉우리가 하나일까 혹은 산줄기가 뒤로 이어져 있는 것일까를 생각했다. 조조 씨와 나란히 점점 산 쪽으로 걸어가면서 보니 아무래도 건너편에 보이는 산 너머, 또 그 너머가 끝없이 연결되어 있고 그렇게 산들이 전부 북쪽으로 북쪽으로 이어져 있는 것이라고밖에 달리 생각되지 않았다. 이것은 우리들이 산 쪽으로 걸어갔지만 그저 가기만 할 뿐 좀처럼 산기슭에 발이 닿지 않았기 때문에 산이 뒤로 뒤로 물러나는 것 같다는 느낌이 든 결과라고도 말할 수 있었다. 또한 해가 점점 기울어서 그늘진 쪽은 푸른 산의 윗부분과 푸른 하늘의 아랫부분이 서로의 본분을 잊고 적당히 서로의 영역을 침범하고 있었기 때문에 바라보는 내 눈에도 산과 하늘의 구별이 분명하지 않아서 산에서 하늘로 눈을 옮겼을 때 드디어 산을 떠났다는 의식을 망각하여 역시 계속되는 산으로서 하늘을 보았기 때문이라고도 말할 수 있었다. 그리고 그 하늘은 매우 넓었다. 그리고 끝도 없이 뻗어 있었다. 그리고 나와 조조 씨는 북쪽으로 향했다.

나는 어젯밤에 도쿄를 나와서 센주(千住)에 있는 대교까지 왔을 때 겹옷의 엉덩이를 허리춤에 찔러넣은 채 소나무 숲에 들어서서도, 찻집에 앉았을 때도, 기차에 탈 때도 정강이를 그대로 드러내고 있었다. 그래도 더울 정도였다. 그런데 이 마을에 들어선 뒤부터는 맨 정강이가 왠지 싸늘한 느낌이 들었다. 싸늘하다기보다는 쓸쓸했던 것이리라. 조조 씨와 말없이 발만을 움직이고 있자니 마치 가을의 가운데를 지나가고 있다는 느낌이 들었다. 그런데 나는 다시 배가 고팠다. 번번이 배가 고파졌다는 말만을 쓰는 것은 저속한 일이며 또한 이러한 때에 배가 고파졌다는 것은 아무래도 시적이지 못하지만 어쩔 수가 없다. 실제로 나는 배가 고팠다. 집을 나선 이후로 그저 걷기만 했을 뿐 인간이 먹을 만한 것은 먹지 않았기 때문에 곧 배가 고파졌다. 아무리 기분이 좋지 않더라도 번민이 있다 할지라도 영혼이 빠져나가려 할지라도 배만은 얼마든지 고픈 법이다. 아니 그렇게 말하기보다는 영혼을 진정시키기 위해서는 밥을 바치지 않으면 안 된다고 말하는 편이 더 적당할지도 모르겠다. 품위가 떨어지는 이야기지만 나는 조조 씨와 나란히 길의 한가운데를 걸으며 좌우로 눈을 돌려 양쪽에 있는 음식점을 들여다보듯 하며 기다란 마을을 내려갔다. 그런데 이 마을에는 음식점이 꽤나 많았다. 여관이나 요리점 같이 고급스러운 곳은 어려울지 몰라도 나나 조조 씨가 들어가도 좋을 만한 선술집풍의 가게는 여기에도 보였고 저기에도 보였다. 그러나 조조 씨는 추호도 밥을 먹을 마음이 없는 듯했다. 조금 전의 승합마차 때처럼 '형씨, 저녁을 먹을 텐가?'라고도 묻지 않았다. 그러면서도 나와 마찬가지로 두리번두리번 양쪽으로 눈을 돌려 무엇인가를 찾고 싶어 하는 듯한 기색이 역력하게 보였다. 나는 당장이라도 조조 씨가 적당한 곳을 찾아내서 저녁을 먹기 위해 나를 데리고 들어갈 것이라 자신했기에 마음을 느긋하게 먹고 참으면서 기다란 마을을 북쪽으로 북쪽으로 내려갔다.

나는 배가 고팠다고 자백을 했지만 쓰러질 정도로 시장하지는 않았다. 위장 속에는 아직도 아까 먹은 만두가 약간 남아 있는 것처럼 느껴지기도 했다. 그렇기에 걷자면 걸을 수도 있었다. 단지 기차에서 내리자마자 침체될 것 같았던 정신이 똑바른 길의 한가운데에 내던져져서 놀라 눈을 떠보니 산촌의 공기가 싸늘하게 저녁 해 사이로 피부를 범했기에 심기일전의 결과로 여기서 무엇인가를 먹어보고 싶어진 것이었다. 따라서 먹지 않는 다면 먹지 않아도 그만이었다. 조조 씨 뭔가 좀 먹게 해주지 않으시겠습니까, 라고 말해야 할 정도로 괴롭지도 않았다. 하지만 어쩐지 입이 심심했기에 자꾸만 가게의 발이나, 오니시메[6]나, 식당에 신경이 쓰였다. 상대인 조조 씨가 다시 미리 약정이라도 했다는 듯 좌우를 들여다보았기에 나는 먹고 싶다는 의욕이 더욱 강해졌다. 나는 이 기다란 마을을 지나면서 우리에게 적당할 것이라 여겨지는 정도의 간이식당을 마침내 9채까지 헤아렸다. 헤아리기를 9채에 이르자 그렇게도 길었던 역참마을도 드디어 끝나려 하고 있었으며 앞으로 1정 정도만 가면 동구 밖으로 나설 것 같았다. 불안하기 짝이 없었다. 그때 문득 오른쪽을 보니 다시 술, 식사라는 간판이 보였다. 그러자 내 마음속에서 이것이 마지막이라는 느낌이 생겨났다. 그래서였는지 퇴색한 처마의 아래쪽, 널을 댄 장지문에 굵은 글자로 적어놓은 술, 식사, 안주라는 글자가 가장 극렬한 인상으로 내 머리에 비쳤다. 그때 비친 글자가 아직도 지워지지 않는다. 술이라는 글자도,

---

6) お煮染. 고기나 채소 등을 조린 음식.

식사라는 글자도, 안주라는 글자도 생생하게 보인다. 이 상태라면 제아무리 늙어빠진다 해도 이 다섯 글자만은 그때 본 것 그대로 종이 위에 쓸 수 있을 것이다.

내가 마지막 술, 식사, 안주를 뚫어져라 바라보고 있자니 이상하게 조조 씨도 열심히 아래쪽에 널을 댄 장지를 바라보고 있었다. 나는 제아무리 고집이 센 조조 씨라도 이번에야말로 먹기 위해서 들어갈 것임에 틀림없다고 생각했다. 그런데 들어가지 않았다. 그 대신 발걸음을 멈췄다. 바라보니 장지 너머에서는 뭔가 벌건 것이 움직이고 있었다. 조조 씨의 얼굴을 살펴보니 아무래도 그 벌건 것을 바라보고 있는 듯했다. 그 벌건 것은 물론 인간이었다. 하지만 조조 씨가 왜 멈춰 서서 그 벌건 인간을 들여다보고 있는 것인지는 도무지 알 길이 없었다. 인간임에는 틀림이 없었지만 단지 어스레하고 벌걸 뿐, 얼굴 모습 등은 물론 분명하지 않았다. 그래도, 라고 생각하며 나도 궁금한 마음에 멈춰 서 있자니 곧 장지 안에서부터 빨강 담요[7]가 뛰쳐나왔다. 아무리 산골이라 할지라도 5월 하늘에 담요는 필요 없을 것이라고 생각하는 사람이 있을지도 모르겠지만 그 남자는 실제로 빨강 담요를 몸에 두르고 있었다. 그 대신 속에는 손으로 만든 홑옷 한 벌만을 입고 있었으니 결국에는 나와 크게 차이가 없는 셈이었다. 그러나 홑옷 한 벌로 견디고 있었다는 것은 나중에 알게 된 일이고 장지 너머에서 뛰쳐나왔을 때는 단지 빨강색뿐이었다.

---

7) 옛날 일본의 시골에서는 방한용으로 담요를 두르고 다니는 풍습이 있었다.

그러자 조조 씨가 갑자기 그 빨강 남자의 곁으로 성큼성큼 걸어가서,

"형씨, 일해볼 생각은 없수?"

라고 말했다. 내가 조조 씨에게 붙들렸을 때 받았던 첫 번째 질문도 역시 '일해볼 생각은 없느냐?'는 것이었기에 나는, 이런 또 일을 하게 만들 생각인가, 라며 적잖은 흥미에 휩싸여 두 사람을 구경했다. 그때 이 조조 씨는 누가 됐든 만만한 젊은이라고 판단되기만 하면 일해볼 생각은 없냐고 묻는 사내라는 사실을 분명히 알게 되었다. 다시 말해서 조조 씨는 일을 하게 만드는 것을 업으로 삼고 있는 것이었지 결코 나 한 사람만을 둘도 없는 적임자라고 생각하여 갱부로 추천한 것은 아니었다. 무릇 어디서 어떤 사람을 몇 명 만나든지 판에 박은 듯한 어조로 형씨 일해볼 마음은 없소, 를 끈질기게 되풀이 할 수 있는 사내일 것이다. 돌아보면 그런 일을 질리지도 않고 오랜 세월 동안 잘도 해왔다는 생각이 든다. 조조 씨라고 천성적으로 형씨 일해볼 마음은 없소, 에 적합했던 것은 아니었으리라. 역시 어떤 사정이나 어쩔 수 없는 일 때문에 형씨를 복습하고 있는 것이리라. 이렇게 생각하면 참으로 죄가 없는 사내였다. 다시 말하자면 특출한 재주가 없어서 다른 일은 할 수 없지만, 다른 일을 하지 못한다고 의식하여 번민하는 기색도 없이 자기가 아니면 형씨를 해낼 수 있는 사람은 천하가 제아무리 넓다 해도 둘도 없을 것이라고 말하기라도 하듯 태평한 얼굴로 해치우고 있는 것이었다.

그 당시 내게 이만큼의 조조관(長蔵観)이 있었다면 상당히

재미있었을 테지만, 워낙 영혼이 도망을 치려다 실패한 도중이었기에 좀처럼 그럴 만한 여유는 생기지 않았다. 이 조조관은 당시의 나를 다른 사람이라 생각하고 젊었을 때의 회상을 종이 위에 옮기는 지금, 비로소 처음으로 떠오른 것이다. 그러니 역시 종이 위에만 머물다 사라져버릴 것이다. 그러나 그때, 그 무렵의 조조관과 비교를 해보면 상당히 차이가 있는 것 같다. —

나는 길에서 주고받는 조조 씨와 빨강 담요의 이야기를 들으며 내가 조조 씨로부터 인격을 조금도 인정받지 못했다는 사실을 알게 되었다. —물론 이런 때에 인격이라는 것은 조금 우습다. 적어도 도쿄에서 뛰쳐나와 갱부로까지 떨어지려는 사람이 인격 운운한다는 것은 기묘한 모순이다. 그것은 나도 알고 있었다. 실제로 지금 붓을 쥐고 인격이라고 썼더니 왠지 어처구니없다는 생각이 들어서 자신도 모르게 웃음이 터져나올 뻔했을 정도다. 자신의 과거를 되돌아보고 웃음이 터져나올 것 같은 지금의 신분을 옛날과 비교해보자면 실로 대단한 것이지만 그 당시에는 도저히 웃음이 터져나올 것 같은 상황이 아니었다. —조조 씨는 명백하게도 내 인격을 인정하고 있지 않았다.

왜냐하면 그가 이 술, 식사, 안주의 안쪽에서 뛰쳐나온 젊은이를 붙들고 나의 2세라도 되는 양 완전히 똑같은 어조와 똑같은 태도와 똑같은 말과, 좀 더 자세히 말하자면 똑같은 열정의 정도로 똑같이 갱부가 되지 않겠냐고 권유했기 때문이었다. 그것을 나는 어째서인지 약간은 괘씸하다고 생각했다. 그 의미를 지금 설명해보자면 대충 이렇게 된 것이리라. —

조조 씨가 말하는 것처럼 갱부가 아주 좋은 직업이라고는, 상식을 전당포에 맡긴 당시의 나로서도 그것이 그럴 듯한 말이라고는 생각할 수 없었다. 우선은 소 다음이 말, 말 다음이 갱부라는 순위이니 갱부가 된다는 것은 불명예라고 여기고 있었다. 자랑은 되지 않는다고 알고 있었다. 따라서 갱부 후보자가 나뿐이라는 생각과는 달리 갑자기 술집의 입구에서 빨강 담요가 되어 나타났다 할지라도 특별히 마음이 상할 정도의 커다란 사건은 아니라는 정도는 잘 알고 있었다. 그러나 그 빨강 담요를 대하는 법이 나를 대할 때와 똑같으면, 똑같다는 점에 불평이 있다기보다, 나는 빨강 담요와 완전히 똑같은 인간이라는 기분이 들게 된다. 다루는 법이 같다는 사실을 확대해나가면 결국에는 취급을 받는 사람이 똑같기 때문이라는 묘한 결론에 도달하게 된다. 나는 어기적어기적 거기에 도착한 것이라 여겨진다. 조조 씨가 일을 하지 않겠냐고 담판 짓고 있는 것은 빨강 담요였지만 빨강 담요가 곧 나였다. 왠지 다른 사람이 빨강 담요를 두르고 서 있는 것이라고는 여겨지지 않았다. 내 영혼이 나를 내버려둔 채로 빨강 담요 속으로 뛰어들어 조조 씨로부터 갱부가 되라는 얘기를 듣고 있었다. 그랬기에 참으로 한심하다는 생각이 들었다. 내가 직접 조조 씨와 응대할 때는 인격이고 뭐고 전부 잊고 있었지만 내가 빨강 담요가 되어, 자네 돈을 벌 수 있다네, 라며 설득 당하고 있는 모습을 옆에 서서 지켜보자니 할 말이 없었다. 나도 역시 이런 사람일까 하는 생각에 약간 흥이 깨져서 빨강 담요를 유심히 관찰했다.

그런데 이상하게도 이 빨강 담요가 나와 똑같은 대답을 했다. 뒤집어쓰고 있는 빨강 담요뿐만이 아니었다, 마음속까지 이 젊은 사내는 나와 똑같은 인간이었다. 이에 나는 참으로 재미없다고 느꼈다. 거기에 또 한 가지 재미없는 일이 겹쳤는데, 조조 씨는 얄미울 정도로 공평하게 내가 빨강 담요보다도 갱부에 더 적합하다는 점을 조금도 보여주지 않았다. 완전히 기계적으로 행동하고 있었다. 내가 선배이니 약간은 내 편을 들어줘도 좋지 않겠냐는 생각이 들 정도였다. —이렇게 보면 인간의 허영심이란 참으로 끝도 없는 것이다. 궁해서 갱부가 되느니 마느니 하는 절박한 상황에서도 나는 이 정도의 허영심을 가지고 있었다. 도둑에게도 의리가 있고 거지에게도 예절이 있는 것도 이와 똑같은 것이리라. —그러나 이 허영심은 내가 곧 빨강 담요라는 사실을 자각하여 크게 재미를 잃은 것보다도 훨씬 더 재미가 없었다.

내가 크게 흥미를 잃고 멍하니 서 있자니 두 사람의 담판이 순식간에 끝나버리고 말았다. 이것은 반드시 조조 씨가 그처럼 솜씨가 뛰어나다는 것을 의미하는 것은 아니다. 빨강 담요가 그처럼 바보였기 때문이었다. 나는 이 사내를 한마디로 바보라고 말했지만 나와 비교해서 경멸하려는 생각이 결코 아니다. 당시의 나는 조조 씨의 이야기를 네, 네 하며 들은 점에서도, 바로 갱부가 되겠다고 승낙한 점에서도, 그 외의 여러 가지 점에서도 이 젊은 사내와 완전히 동등, 즉 바보였던 것이다. 만약 굳이 다른 점을 찾아보자면 빨강 담요를 뒤집어쓰고 있다는 것과 겉옷을 입고 있다는 것 정도의 차이밖에 없었을 것이다. 따라서 바보라고 말한 것은 나와 같이 불쌍한 사람이라는 의미로, 바보라는 말 안에 약간은 동정의 뜻을 담은 것이라고 생각한다.

이렇게 해서 두 바보가 조조 씨의 뒤를 따라서 함께 광산으로 끌려가게 되었다. 그런데 내가 빨강 담요와 어깨를 나란히 하고 걷기 시작한 순간 퍼뜩 정신을 차리고 보니 조금 전까지의 재미없다는 생각은 벌써 사라지고 없었다. 인간의 생각만큼 들락날락하는 것도 없는 듯하다. 있구나 싶어서 안심하면 벌써 없다. 없으니 다행이라고 생각하면, 아니, 있다. 있는 듯 없는 듯, 그 정체는 어디까지 가도 드러나질 않는다. 그 후에 어떤 온천장에서, 심심하기에 여관에 있는 책을 빌려다 읽어봤더니 여러 가지 시시한 불경의 문구가 늘어서 있는 가운데 마음은 3세(三世)에 걸쳐서 얻을 수 없는 것이라고 적혀 있었다. 3세에 걸쳐서라는 것은 과장된 허풍이겠지만 얻을 수 없다는 것은 이런 것을 두고 하는 말이 아닐까 생각한다. 그런데 어떤 사람이 내 이야기를 듣고, 아니, 그것은 염(念)이라는 것이지 심(心)은 아니라며 반대한 일이 있었다. 나는 어느 쪽이든 상관없었기에 아무 말도 하지 않았다. 이런 논의는 전혀 쓸데없는 것이지만 왜 이런 말을 하느냐하면, 세상에는 매우 영리한 인물이면서도 사람의 마음을 전혀이해하지 못하는 사람이 상당히 있기 때문이다. 마음은 고형체(固形体)이니 작년이나 올해나 벌레만 먹지 않았다면 대체로 같은 것이라고 생각하는 데는 참으로 할 말이 없다. 그리고 그처럼 한가로운 생각으로 사람을 마음대로 다루겠다는 둥, 교육을 하겠다는 둥, 자기 생각대로 움직이겠다는 둥 소란을 피우니 놀라지

않을 수 없다. 물조차도 흘러가면 다시 돌아오지 않는다. 우물쭈물
하면 증발해버린다.

어쨌든 지금은, 빨강 담요와 나란히 걷기 시작했을 때 조금
전의 재미없다는 생각이 벌써 증발해버렸다는 사실만을 기억해
두면 될 것이다. ─그리고 나 자신마저 놀랐는데 빨강 담요와
나란히 걷는 것이 유쾌해지기 시작했다. 물론 이 사내는 이바라키
(茨城)인지 어딘지의 시골사람이었는데 코에서 발음이 새는 이상
한 발음을 했다. 이모8)를 에모라고 말했다는 것은 이로부터
뒤의 일화지만 걷기 시작한 순간부터 그다지 듣기 좋은 목소리는
아니었다. 게다가 얼굴이 평범하지가 않았다. 이 사내에 비한다면
각진 턱의, 두툼한 입술의 조조 씨는 위풍당당한 편이었다. 뿐만
아니라 이바라키의 시골만을 돌아다녔을 뿐 지금까지 한 번도
도쿄의 땅을 밟은 적이 없었다. 게다가 빨강 담요에서 묘한 냄새가
났다. 그럼에도 불구하고 나는 이 산골에서 광산으로 가는 길동무
를 얻은 듯한 마음이 들어 기뻤다. 나는 어차피 버린 몸이었지만
혼자서 버리는 것보다는 길동무가 있어주기를 바랐다. 혼자서
몰락하는 것은 둘이서 몰락하는 것보다 쓸쓸한 법이다. 이렇게
분명하게 얘기한다면 실례가 되겠지만 나는 이 사내에 대해서
무엇 하나 마음에 드는 점이 없었지만 단지 함께 몰락해준다는
점이 고마워서 그 때문에 아주 유쾌하다는 생각이 들었다. 그래서
걷기 시작하자마자 약간 말을 걸어봤을 정도로 가까운 사이가

---

8) 芋. 감자라는 뜻.

되어버렸다. 이로 미루어 생각해보건대 강에서 죽을 때는 틀림없이 선원 한두 사람을 끌고 들어가고 싶어질 것이다. 만약 죽어서 지옥에라도 가야 한다면 사람이 없는 지옥보다는 틀림없이 도깨비가 있는 지옥을 택할 것이다.

이렇게 해서 금방 빨강 담요가 좋아져 약 1, 2정쯤 갔더니 다시 배가 고파오기 시작했다. 배고픔을 자주 느끼는 듯하지만 이것은 앞선 배고픔의 계속이지 결코 새로운 배고픔이 아니었다. 순서대로 이야기하자면 우선 정신이 희박해져서 현실감이 가장 부족할 때에 기차에서 내렸고 다음으로 똑바로 뻗은 길을 바로 끝부분의 산까지 내려다보았기에 간신히 제정신이 들었다는 사실은 앞서 이야기한 대로이다. 그것이 계기가 되어 이번에는 식욕이 생겼으며 뒤이어 인격을 인정받지 못하고 있다는 사실을 인식하여 아주 재미없어졌고, 재미없어졌다 싶었더니 갱부 동료가 생겨서 조금은 쇠한 기분을 만회하게 된 것이다. 이렇게 해서 다시 공복을 느끼게 된 것이라고 말한다면 이해가 쉬울 것이다. 한편 배고픔을 느끼기는 했지만 마지막 밥집은 이미 지나친 뒤였다. 역참마을은 이미 끝나가려 하고 있었다. 앞쪽은 어두운 산길이었다. 아무래도 소망은 이루어질 것 같지 않았다. 게다가 빨강 담요는 이제 막 먹은 뒤의 배였기에 씩씩하게 성큼성큼 걸었다. 결국은 손을 들고 말았다. 이에, 에라 모르겠다며 마지막 수단으로 조조 씨에게 말을 걸어보았다.

"조조 씨, 지금부터 저 산을 넘을 겁니까?"

"저 앞에 있는 산 말인가? 저걸 넘어버리면 큰일이지. 저기서 왼쪽으로 꺾어질 거야."

라고 말한 뒤 다시 빠른 걸음으로 걸어나갔다. 더 이상 어쩔 수가 없었다.

"아직 많이 가야 합니까? 저 약간 배가 고픈데요."

라고 드디어 배가 고프다는 사실을 자백했다. 그러자 조조 씨는,

"그런가. 감자라도 먹지."

라고 말하며 곧바로 왼쪽에 있는 감자집으로 뛰어들어갔다. 무슨 약속이라도 한 듯이 거기에 감자집이 잘도 있었다. 과장스럽게 얘기하자면 이야말로 천우(天佑)였다. 지금도 당시의 운 좋은 일의 흐름을 회상해보면 신기할 뿐만 아니라, 기쁘다. 물론 도쿄에 있는 감자집처럼 깔끔하지는 않았다. 거의 말로 표현할 수 없을 정도로 새카맣게 변해버린 감자집으로, 감자집이라고 하자면 감자집이라고 할 수도 있었지만 감자가 전문은 아니었다. 그런데 감자 이외에 무엇을 팔고 있었는지 지금은 잊어버렸다. 먹는 일에 너무 신경을 빼앗겼기 때문이라고도 생각된다.

잠시 후 조조 씨가 두 손으로 감자를 받든 채 새카만 집에서 꾸물꾸물 나왔다. 따로 담은 그릇이 없었기에 두 손을 앞으로 내밀며,

"자, 먹게."

라고 말했다. 나는 눈앞에 내밀어진 감자를 단지,

"고맙습니다."

라고 말하며 바라보고만 있었다. 어느 감자를 집을까 고른 것이 아니었다. 그런 선택권을 허락할 만한 감자가 아니었다. 빨갛고,

까맣고, 가느다랗고, 눅눅해 보이고, 게다가 곳곳의 껍질이 벗겨져 벗겨진 속으로 청록색을 뿌려놓은 듯한 알맹이가 드러나 있었다. 어느 것을 집으나 크게 다를 바 없었다. 그렇다면 한눈에도 참담해 보이는 이 감자의 광경에 진저리가 나서 손을 내밀지 않았는가 하면 그런 것도 아니었다. 내 위장의 상황으로 봐서는 감자 중의 ′ ⁹⁾이라고도 할 수 있는 이 감자를 흔쾌히 음미할 정도의 식욕은 충분히 있었을 것이라 생각된다. 그러나 '자, 먹게.'라며 내민 순간에는 왠지 겁을 먹은 기분이 되어, 드디어 왔구나 하며 손을 내밀지 못했다. 이는 무릇 '자, 먹게.'라고 말하는 방법이 좋지 않았기 때문일 것이다.

내가 감자를 집지 않는 것을 보고 조조 씨는 약간 답답하다는 듯한 눈빛으로 다시,

"자."

라며 그 턱으로 감자를 가리키며 앞으로 내민 손목을, 먹으라는 신호로 약간 움직였다. 잘 생각해보니 감자 때문에 두 손을 움직일 수 없었기에 내가 어떻게든 해주지 않으면 조조 씨는 아무리 감자가 먹고 싶어도 입으로 가져갈 수 없는 상황이었다. 초조해하는 것도 당연한 일이었다. 그 사실을 드디어 깨달은 나는 상박부로 이상한 곡선을 그리며 오른손을 감자까지 가져가려 했는데 가져가는 도중에 감자 하나가 데굴데굴 길바닥으로 굴러 떨어졌다. 그것을 빨강 담요가 곧바로 집어들었다. 집어들었나 싶더니,

---

9) 원문의 차별적 단어를 감추기 위한 표기.

"이 에모10)는 좋은 에모다. 내가 먹어야지."

라고 말했다. 이로써 이 사내가 이모를 에모라고 발음한다는 사실을 알게 되었다.

나는 이때 조조 씨로부터 처음에 3개, 나중에 1개 합쳐서 5개11)를 전후 두 번에 걸쳐서 받은 것으로 기억하고 있다. 그렇게 해서 그것을 정겹다는 듯 먹으며 드디어 역참마을 바깥까지 왔을 때 다시 사건 하나가 일어났다.

마을 바깥에는 다리가 있었다. 다리 밑은 계곡으로 푸른 물이 흐르고 있었다. 나는 드디어 마을이 끝나는구나 생각하면서도 끝내 감자에 마음을 빼앗겨 다리 위에 올라설 때까지 강이 있다는 사실도 눈치 채지 못했다. 그런데 갑자기 물소리가 들려와서 어라, 싶었더니 다리 위에 올라서 있었다. 강이 있었다. 물이 흐르고 있었다. ─참으로 어처구니없는 이야기지만 사실에 가장 가까운 서술을 하자면 어쨌든 이렇게 쓰는 것이 가장 적절할 듯하니 이렇게 써두겠다. 결코 소설가들이 즐겨 쓰는 과장 7할의 형용이 아니다. 이것이 형용이 아니라고 한다면 그 당시 내가 감자를 얼마나 맛있어 했는지가 저절로 분명해진다. 한편 물소리에 놀라 난간에서 아래쪽을 내려다보니 소리가 나는 것도 당연한 일로 강 가운데 커다란 돌이 여럿 있었다. 게다가 그 모습이 참으로 제멋대로 생겨먹어서 마치 물이 흐르는 길을 방해하듯 누워 있기도 하고 튀어나와 있기도 했다. 거기에 물이 마구 부딪쳤

---

10) 각주 8 참조.
11) 3, 1, 5 가운데 하나를 잘못 쓴 듯하다.

다. 그리고 그 물에는 경사가 져 있었다. 산에서 떨어진 기세를 조금씩 뒤로 미루다 따라잡힌 것처럼 튀어올랐다. 따라서 강이라고는 하지만 실제로는 폭이 넓은 폭포를 할부로 늘린 것과 같은 정도의 것이었다. 그렇기 때문에 물의 양이 적은 데 비해서는 아주 격렬했다. 콧대가 높은 도쿄 토박이처럼 무턱대고 부딪쳤다. 그렇게 해서 하얀 거품을 뿜기도 하고, 파란 물엿처럼 되기도 하고, 굽기도 하고, 뒤틀리기도 하면서 밑으로 흘러갔다. 너무나도 요란스러웠다. 마침 해는 점점 기울고 있었다. 올려다보았는데 양지는 어디에도 보이지 않았다. 단지 해가 떨어진 방향만 발그레하게 밝았고 그 밝음을 등에 지고 있는 산만이 눈에 띄게 검푸르게 변하기 시작했다. 때는 5월이었지만 추웠다. 그 물소리만으로도 여름이라고는 여겨지지 않았다. 게다가 지는 해의 빛을 뒤에서 받아 정면은 그늘이 된 산의 색이란, ―그건 대체 무슨 색일까? 단지 형용을 하는 것뿐이라면 보라여도 좋고 검정이어도 좋고 파랑이어도 상관없지만 그 색이 가져다주는 기분을 쓰기란 쉽지 않다. 뭐랄까, 지금 당장이라도 저 산이 움직여서 내 머리위로 와 우르르 뒤덮여버리는 게 아닐까 느껴졌다. 그래서 추웠던 것이리라. 실제로 지금부터 1시간이나 2시간 안에는 내 전후좌우, 사방팔방 전부가 저 산처럼 기분 나쁜 색이 되어 나도 조조 씨도 이바라키 현도 온통 한 가지 색뿐인 세계 안에 둘러싸여버릴 것이 틀림없다는 사실을 은연중에 의식하여, 한두 시간 뒤에 일어날 전체의 색을 한두 시간 전에 지는 해의 한쪽 국부의 색에서 인식했기에 국부에게서 전체를 교사받아 지금 당장 저 산의 색이 퍼질 것이라고 마음 한구석에, 그런 생각이 일었기에 산이 움직이기 시작해서 머리 위로 뒤덮여버리는 것이 아닐까 하는 마음이 일어난 것이라고—나는 지금 책상 앞에서 해부해봤다. 시간만 있으면 하여튼 쓰잘머리 없는 짓을 하고 싶어져서 어찌할 바를 모르겠다. 그때는 단지 추웠을 뿐이었다. 옆에 있는 이바라키 현의 담요가 부러워졌을 정도였다.

그러자 다리 건너편에서—건너편이라고 해봐야 끝은 산이었으며 좌우는 숲이었기 때문에 인가 같은 것은 한 채도 없었다. —실제로 나는 그렇게 갑자기 인가가 끊어져버리리라고는 내가 내 다리로 다리 위를 밟기 전까지는 생각도 못했다. —그 쓸쓸한 산 쪽에서 꼬맹이가 하나 다가왔다. 나이는 열서넛 정도로 싸구려 짚신을 신고 있었다. 처음에는 얼굴을 잘 알아볼 수 없었는데 안 그래도 어둑어둑한 숲 속으로 약간 밝게 지나가는 돌길을 혼자서 이쪽으로 강중강중 걸어오고 있었다. 어디서 어떻게 나타난 것인지 알 수가 없었다. 어두운 나무그늘 밑의 한 줄기 길이 1, 2정 앞에서 빙그르 감아들어가 앞이 보이지 않기 때문에 갑자기 모습을 드러내거나 숨은 것처럼 보이도록 되어 있는 것일지도 몰랐지만 워낙 때가 때였고 장소가 장소였기에 약간 놀랐다. 나는 네 개째 감자를 입에 댄 채 턱을 움직이는 것도 잊고 그 꼬맹이를 한동안 바라보았다. 그러나 한동안이라고 해봐야 겨우 20초 정도에 지나지 않았다. 감자는 그로부터 곧장 먹기 시작했을 것임에 틀림없다.

꼬맹이가 우리를 보고 놀랐는지 놀라지 않았는지 그 점은 분명하게 확인할 수 없었지만 아무런 거리낌도 없이 다가왔다. 5, 6간쯤 앞으로 왔을 때 살펴보니 머리가 둥글고, 얼굴이 둥글고, 코가 둥글고, 전부가 둥글게 생겨먹은 꼬맹이였다. 품질을 놓고 보자면 빨강 담요보다 훨씬 잘 만들어졌다. 우리 세 사람이 나란히 서서 다리 건너편의 좁다란 길을 막고 있는 것이 조금도 무섭지 않은 듯한 모습으로 빠져나가려 했다. 아주 태연한 태도였다. 그러자 조조 씨가 또,

"이보게, 어린 양반."

이라고 불러 세웠다. 꼬맹이는 겁먹은 기색도 없이,

"왜?"

라고 대답했다. 딱하고 걸음을 멈췄다. 그 배짱에는 나도 조금 놀랐다. 과연 이 저물녘에 혼자 산에서 내려올 만큼의 배짱은 있었다. 내가 그 꼬맹이 나이 무렵 때는 밤에 아오야마(靑山)의 묘지를 지나는 것이 약간 무서웠었다. 정말 대단하다며 감탄하고 있자니 조조 씨가,

"감자 먹지 않을래?"

라고 말하며 먹다 남을 것을 활수 좋게 두 개, 꼬맹이의 코앞으로 내밀었다. 그러자 꼬맹이는 쏜 살 같이 두 개 전부를 낚아채듯 받아들더니 고맙다는 말도 다른 어떤 말도 하지 않고 바로 그 첫 번째를 먹기 시작했다. 그 재빠른 행동을 가만히 지켜본 나는 과연 산에서 혼자 내려온 만큼 나오는 약간 수준이 다르구나, 라며 다시 한 번 감탄했다. 그런 줄도 모르고 낯선 꼬맹이는 정신없이 감자를 먹고 있었다. 게다가 입 안 가득 베어 문 것을

침도 섞지 않고 닥치는 대로 삼켰기에 목에서 꿀꺽꿀꺽 소리가 나는 것처럼 느껴졌다. 조금 더 차분하게 먹는 편이 편할 것 같다는 걱정에도 불구하고 당사자는 옆에서 보는 것만큼 괴롭지 않다고 말하기라도 하듯 획획 먹어치웠다. 감자였으니 물론 딱딱하지는 않았다. 아무리 집어삼켜도 목에 상처가 날 리는 없었지만 그 대신 목이 한가득 막혀서 감자가 식도를 지날 때까지는 숨이 막힐 염려가 있었다. 꼬맹이는 그것을 조금도 두려워하지 않았다. 지금 목이 꿀꺽하고 움직였는가 싶으면 또 다시 꿀꺽하고 움직였다. 나중에 삼킨 감자가 앞서 삼킨 감자를 따라잡아 꿀꺽꿀꺽 위로 떨어져가는 것 같았다. 두 번째 감자는 알이 꽤 굵은 것이었지만 그것도 순식간에 사라져버리고 말았다. 그런데도 꼬맹이에게는 결국 아무런 일도 일어나지 않았다. 우리 세 사람은 아무런 말도 하지 않고 세 방향에서 이 꼬맹이가 감자 먹는 모습을 지켜보았는데 세 사람 모두, 먹어치우기까지 한마디도 말을 섞지 않았다. 나는 마음속으로 약간 우습다는 생각이 들었다. 그러나 어딘지 모르게 가엾어 보였다. 그것은 단지 동정심뿐만이 아니었다. 배가 고파서 내가 조조 씨에게 감자를 조른 것은 바로 조금 전의 일로 배고픈 기억이 가엾을 정도로 가까이에 있었지만 이 꼬맹이가 먹는 것을 보니 나보다 두어 배는 더 배가 고팠던 것처럼 보였기 때문이었다. 그제야 조조 씨가,

　"맛있었나?"

라고 물었다. 나는 감자에 손을 내밀기도 전부터 고맙다고 인사를 했을 정도였으니 먹은 뒤의 꼬맹이가 물론 무슨 말이라도 할

줄 알고 있었는데 꼬맹이는 얄궂게도 아무런 말도 하지 않았다. 말없이 서 있었다. 그리고 저물어가는 산을 바라보았다. 나중에 알게 된 일인데, 이 꼬맹이는 완전히 야생으로 감사의 말이라는 걸 전혀 알지 못했다. 그 사실을 알고 난 뒤부터는 대수롭지 않게 생각하게 되었지만 당시에는, 이거 얼굴에 어울리지 않게 무뚝뚝한 녀석이라고 생각했다. 그러나 그 둥근 얼굴을 반쯤 기울여서 높은 산의 거뭇해져가는 정상을 묘한 눈빛으로 바라봤을 때는 다시 가엾다는 생각이 들었다. 그리고 나서 다시 약간 뒤숭숭한 느낌이 들었다. 어째서 뒤숭숭하다는 느낌이 든 것인지는 잘 모르겠다. 조그만 꼬맹이와 높은 산과 황혼과 산골의 역참마을이 어떤 깊은 인연으로 서로 균형을 이루고 있는 것일지도 몰랐다. 시네 글이네 하는 것을 그다지 많이 읽지는 않았지만 아마도 이런 인연에 사뭇 무게가 있어 보이는 것을 더해서 쓰는 것이 아닐지. 그렇다고 한다면 묘한 곳에서 시를 줍기도 하고 글과 맞닥뜨리기도 하는 셈이다. 나는 지난 여러 해 동안 곳곳을 유랑하고 돌아다니며 때때로 이런 인연을 만나게 돼서 나 자신도 이상하다고 느낀 적이 종종 있었다. ─그러나 그것도 침착하게 생각하면 대체로 이해할 수 있는 것임에 틀림없으리라. 이 꼬맹이 도 역시 어렸을 때 들었던, 산에서 꼬맹이가 튀어 나왔지만 변신에 실패한 정도의 것이리라. 그 이상은 쓸데없는 일이니 생각하지 않도록 하겠다. 어쨌든 꼬맹이는 묘한 얼굴을 하고 검은 산의 꼭대기를 바라보고 있었다.

그러자 조조 씨가 다시 물었다.

"너, 어디로 갈 생각이냐?"

꼬맹이는 곧 검은 산에서 눈을 떼고,

"아무 데도 안 가."

라고 대답했다. 얼굴에 안 어울리게 굉장히 무뚝뚝했다. 조조
씨는 아무렇지도 않다는 듯,

"그럼, 어디로 돌아가는 거냐?"

라고 다시 물었다. 꼬맹이도 아무렇지도 않다는 듯,

"어디에도 돌아가지 않아."

라고 말했다. 나는 이 문답을 들으며 더욱 뒤숭숭하다는 느낌이
들었다. 이 꼬맹이는 틀림없이 떠돌이였지만 이렇게 조그맣고
이렇게 쓸쓸하고, 그리고 이렇게 배짱이 좋은 떠돌이를 지금까지
상상해본 적이 없었기 때문에 떠돌이라는 사실을 알면서도 평범
한 떠돌이에 부속하는 연민이나 가엾음과 같은 염려보다도 뒤숭
숭하다는 쪽이 자연스럽게 세력을 얻게 된 것이었다. 물론 조조
씨에게는 그런 감정이 조금도 일어나지 않는 듯했다. 조조 씨는
이 꼬맹이가 떠돌이인지 아닌지 확인을 하기만 하면 그것으로
충분했던 것이리라. 아무 데도 가지 않고 또 어디로도 돌아가지
않는 꼬맹이에게,

"그럼 우리랑 같이 가자. 돈을 벌게 해줄 테니."

라고 말하자 꼬맹이는 생각도 하지 않고 바로,

"응."

이라고 승낙했다. 빨강 담요도 그렇고 꼬맹이도 그렇고, 실로
재미있을 정도로 얘기가 빨리 끝난 데에는 놀라지 않을 수 없었다.

인간도 이 정도로 간단하게 생겨먹으면 서로가 수고를 하지 않아도 될 것이다. 그런데 이렇게 말하는 나 자신이 이 빨강 담요에게도, 이 꼬맹이에게도 지지 않을 만큼 가장 수고를 필요로 하지 않는 사람이었으니 참으로 묘한 일이다. 나는 이 꼬맹이가 간단하게 승낙하는 것을 보고 적잖이 놀람과 동시에 천하에는 나처럼 오른쪽이든 왼쪽이든 권하는 대로 적당히 두둥실 떠서 흘러가는 사람이 꽤나 있다는 사실을 깨달았다. 도쿄에 있을 때는 현기증이 날 정도로 사람들이 움직이고 있어도, 움직이면서 모두 뿌리가 나 있으며, 마침 뿌리가 뽑혀서 움직이기 시작한 것은 천하가 제 아무리 넓다 할지라도 나 하나뿐일 것이라 생각하고 센주에서부터 엉덩이를 걷어붙이고 걷기 시작한 것이었다. 따라서 두려움도 한층 더 컸지만 이 역참마을에서 뜻밖에도 빨강 담요를 손에 넣었다. 빨강 담요를 손에 넣은 지 채 20분도 지나지 않아서 다시 이 꼬맹이를 손에 넣었다. 그런데 두 사람 모두 나보다 훨씬 더 뿌리가 빠져 있었다. 이렇게 동지가 생기면 가는 곳이 산이든 강이든 그다지 괴롭지가 않다. 나는 다행인지 불행인지 중류 이상의 가정에서 태어나 어제 오후 9시까지는 흠잡을 데 없는 도련님으로서 생활을 해왔다. 번민도 도련님으로서의 번민이었던 것은 물론, 번민 끝에 시도한 이 가출도 역시 도련님으로서의 가출이었다. 그랬기 때문에 이번 가출에, 어울리지도 않는 그럴 듯한 의미를 부여하여 스스로를 기특해 하지는 않았지만, 일생의 대사건처럼 생각하고 있었다. 생사의 갈림길인 것처럼 생각하고 있었다. 그도 그럴 것이 도련님의 눈으로 둘러본 세상에 가출을 한 사람은 한 명도 없었다. —가끔 있다고 한다면 신문에만 있을 뿐이었다. 그런데 신문에는 가출이 평면화 되어 한 장의 종이에 떠 있을 뿐으로 이른바 활자상의 가출이기 때문에 아무런 가치도 없는 것이다. 마치 별세계에서 전화가 걸려온 것과 같은 것으로 네, 네 하며 듣기만 할 뿐의 일인 것이다. 따라서 참된 의미에서의 절실한 가출을 한 것은 자신뿐이라는 기특함이 더해지게 된다. 그러나 나는 단지 번민 끝에 그냥 가출을 한 것뿐이지, 시나 미문(美文) 같은 것은 별로 읽은 적이 없기 때문에 내 처지에서 오는 괴로움이나 슬픔을 한 편의 소설이라 여기고 내 스스로가 그 소설 속을 종횡으로 돌아다니며 한껏 괴로워하거나 또는 한껏 슬퍼하거나 동시에 자신의 참상을 외부에서 관찰하여 참으로 시적이라며 감탄할 정도로 깜찍한 생각은 조금도 없었다. 내가 나의 가출에 적합하지도 않은 기특함을 덧붙인 것은, 나의 부족한 경험 때문에 그다지 과장스럽게 생각하지 않아도 될 일을 짐짓 엄청나게 과대평가하여 혼자서 허둥지둥 했다는 사실을 가리키는 것일 뿐이다. 따라서 그 허둥거림이 빨강 담요를 만나고 꼬맹이를 만나 두 사람의 태연한 태도를 봄과 동시에 어느 사이엔가 안정을 되찾았다는 것은 역시 경험이 주는 선물이다. 자백하자면 당시의 빨강 담요와 당시의 꼬맹이는 당시의 나보다도 훨씬 더 훌륭했던 것 같다.

이처럼 간단하게 빨강 담요가 걸려들었다. 꼬맹이가 걸려들었다. 이렇게 말하는 나까지 맥없이 점령당했다는 사실을 종합해서 생각해보면 조조 씨의 장사도 그저 헛수고만 하고 아무것도 얻지 못하는 일만은 아닌 듯했다. 갱부가 될 수 있습니다, 그래요? 될 수 있습니까? 그럼 되겠습니다, 라고 간단하게 승낙하는 바보는 천하가 제아무리 넓다 할지라도 엉덩이를 걷어붙이고 야반도주한 나 정도밖에 없을 것이라 생각하고 있었다. 따라서 조조 씨와 같은 속편한 장사치는 일본에 오직 한 사람만 있으면 충분하며 그것도 그 한 사람이 재수 좋게 나를 만나는 행운을 타고나지 않으면 도저히 장사가 될 리 없을 것이라고 생각했다. 그러니 오카와바타[12]에서 눈 아래의 3자짜리 잉어를 낚는 것보다 훨씬 더 끈기가 필요한 일이라고 진득하니 마음을 먹고 일을 시작하는 것이 당연할 듯했지만, 조조 씨는 애초부터 그런 마음가짐은 필요 없다고 말하기라도 하는 듯한 얼굴로, 그것이 세상에서 가장 평범한 장사라고 사회로부터 공인받은 듯한 태도로 주눅 들지 않고 거리에서 사내들을 붙잡았다. 그러면 이상하게도 그 붙들린 사내들 전부가 바로 응, 이라고 말했다. 왠지 그것이 세상에서 가장 평범한 장사가 아닐까 하는 의심을 불러일으킬 정도로 성공을 했다. 그 정도로 성공을 하는 장사라면 일본에 한 사람으로는 너무나도 부족하다, 몇 명이 있어도 상관없을 것 같다는 기분이 든다. —당사자는 물론 이렇게 생각하고 있을 것이다. 나도 그렇게 생각했다.

이처럼 태평스러운 조조 씨와 그보다 더욱 태평스러운 꼬맹이와 빨강 담요와 그리고 보고 배운 바 있어 한껏 태평스러워져가고

---

12) 大川端. 도쿄 스미다가와 하류의 오른쪽 강변.

있는 나, 이렇게 넷이서 다리 건너편의 오솔길을 왼쪽으로 꺾어져 들어갔다. 그리고 강을 따라서 올라갈 것이니 조심해야 한다는 주의를 받았다. 나는 막 감자를 먹은 뒤였기에 공복이 아니었다. 다리는 어젯밤부터 계속 걸어서 지쳐 있기는 했지만 걸으려면 아직 걸을 수 있었다. 그랬기에 주의를 받은 대로 가능한 한 조심하며 조조 씨와 빨강 담요의 뒤를 따라 걸어갔다. 길이 그다지 넓지 않았기에 네 사람이 한 줄로 나란히 걸을 수는 없었다. 그래서 뒤를 따라 걷기로 했다. 꼬맹이는 몸이 작기 때문에 그 녀석도 한 걸음 뒤처져서 나와 거의 닿을 듯 바싹 따라왔다.

나는 배가 무겁기도 하고 다리가 무겁기도 했기에 말을 하고 싶지 않았다. 조조 씨도 다리를 건넌 다음부터는 형씨를 아예 부를 생각도 안 했다. 빨강 담요는 아까 밥집 앞에서 담판을 지을 때부터 그다지 말이 많은 편은 아니었지만 어떻게 된 일인지 여기에 와서는 더욱 말이 없어져버렸다. 꼬맹이의 말없음은 더욱 심했다. 구멍이 뚫린 막치 짚신이 철벅철벅 소리를 낼 뿐이었다.

이렇게 모두가 입을 다물어버리면 산길은 참으로 조용한 법이다. 게다가 밤이었기에 더욱 쓸쓸했다. 밤이라고는 하지만 아직 해가 떨어진 직후였기 때문에 걸어가는 길만은 그럭저럭 알아볼 수 있었다. 왼쪽으로 떨어져가는 물이 마음 탓인지 조금씩 반짝이는 것처럼 보였다. 그러나 반짝반짝 빛나는 건 아니었다. 거무죽죽하게 움직이는 곳이 왠지 빛나는 것처럼 보이는 것일 뿐이었다. 바위에 부딪쳐서 부서지는 곳은 비교적 뚜렷이 하얗게 되어 있었다. 그리고 그 소리가 좔좔 하며 끊임없이 들렸다. 꽤 시끄러웠다. 그리고 상당히 쓸쓸했다.

그러는 동안에 오솔길이 조금씩 오르막이 되어가는 듯한 느낌이 들었다. 이 정도의 오르막이라면 아무런 문제도 될 것이 없었지만 길이 상당히 울퉁불퉁했다. 바위부리가 강바닥에서부터 이어져 갑자기 지면 위로 솟아올라 있기도 하고 물러나 있기도 한 것이리라. 그 울퉁불퉁한 곳에 나막신이 걸렸다. 심할 때는 내장이 튀어 나올 것만 같았다. 상당히 힘겨워졌다. 조조 씨와 빨강 담요는 산길에 상당히 익숙한 듯 잘 보이지도 않는 나무 밑 어둠을 성큼성큼 잘도 걸어갔다. 그건 그렇다 해도, 꼬맹이가—이 꼬맹이는 정말 신경에 거슬렸다. 막치 짚신을 철벅철벅 울리며 어둡고 울퉁불퉁한 곳을 아무렇지도 않게 건너뛰었다. 게다가 한마디 말도 없이. 낮이었다면 그렇게까지는 생각하지 않았을 테지만 때가 때였던 만큼 어둠 속에서 철벅철벅 소리를 내는 짚신이 마음에 걸렸다. 왠지 박쥐와 함께 걷고 있는 듯한 기분이었다.

그러는 동안에 길이 점점 오르막이 되었다. 강은 어느 사이엔가 멀어졌다. 숨이 찼다. 울퉁불퉁함은 더욱 심해졌다. 귀에서 웅하는 소리가 들려오기 시작했다. 이것이 가출이 아니라 소풍이었다면 훨씬 전부터 이런저런 불평을 늘어놓았을 테지만 자살하지 못했다는 데서 뿌리가 뻗어나간 자멸의 첫 걸음이었기에 힘들어도 괴로워도 누군가에게 생트집을 잡을 수는 없는 일이었다. 그 상대가 누군가 하면 바로 나 외에 다른 사람이 있을 리 없었다. 혹시 있다 하더라도 트집을 잡을 만큼의 용기는 없었다. 그리고 앞의 사람들은 상대가 되어주지 않을 만큼 태평했다. 성큼성큼 걸어갔다. 말조차 하지 않았다. 도무지 파고들 틈이 없었다. 어쩔 수 없이 숨을 헐떡이며, 귀를 윙 하고 울려가며 말없이 얌전하게 따라갔다. 얌전하다는 말은 어렸을 때부터 알고 있었지만 얌전함의 의미를 깨달은 것은 이때가 처음이었다. 물론 이것이 깨달음의 처음이자 마지막이었다는, 웃지 못 할 일이기도 했지만 일단 깨닫고 나니 그 깨달음이 상당히 오랫동안 지속되어 광산 속에서 절정에 달하게 되었다. 얌전함의 극에 달하면 흘려야 할 눈물조차 조심하는 마음에서 흘리지 못하게 된다. 눈물이 흐를 정도라는 비유가 있는데 눈물이 흐를 정도라면 그나마 나은 편이다. 눈물이 흐른다는 것은 웃을 수도 있다는 말에 다름 아니니.

이상하게도 이처럼 얌전하던 사람이 지금은 완전히 바뀌어 얌전함이라고는 조금도 찾아볼 수 없을 뿐만 아니라 타인들로부터는 방자한 사람이라 여겨지고 있다. 그때 신세를 진 조조 씨가 본다면 틀림없이 거만해진 녀석이라고 생각할 것이다. 그러나 지금의 친구들로부터는, 예전에는 불쌍했었다는 평을 들을지도 모른다. 거만해진 것이든, 불쌍했던 것이든 상관없다. 예전에는 얌전했고 지금은 거만한 것이 천연, 자연의 상태다. 인간이란 그렇게 생겨먹은 것이니 어쩔 수가 없다. 여름이 되었는데도 겨울의 마음을 잊지 말고 부들부들 떨고 있으라고 해봐야 소용없는 일이다. 병 때문에 열이 났을 때 소고기를 먹지 않았다고 해서, 평생 다시는 소고기 요리에 손을 대서는 안 된다고 명령을 내리는 것은 그 어떤 높은 지위에 있는 사람에게도 불가능한 일이다. 화장실 갈 때 다르고 올 때 다르다고 곧잘 은혜를 잊고 패씸한 짓을 하지만, 그건 잊는 게 당연한 것이고 잊지 않는다면 거짓말이다. 이렇게 말하면 궤변처럼 들리겠지만 궤변도 그 무엇도 아니다. 가장 솔직하게 말한 것이다. 대체로 인간은 자신을 네모난 불변체(不變體)라고 완전히 착각하고 있기 때문에 엉뚱한 생각을 한다. 주위의 상황이라는 것은 안중에 두지도 않고 단숨에 밀고나가서 타인을 밀어붙이고 싶어 하는 경우가 상당히 많다. 다른 사람에게 그렇게 하는 것은 그나마 이해가 가지만 자신이 스스로를 헉헉 거리게 만들어놓고 기뻐하는 소리가 들리지도 않는 모양이다. 그렇게 외길로만 밀어붙이면 입체의 세계에서 벗어나 평면의 나라에라도 가지 않으면 안 될 형편에 놓이게 된다. 무턱대고 타인의 불신이나 불의나 변심을 탓하며 전부 상대방이 나쁜 것이라고만 떠들어 대는 사람들은 모두 평면의 나라에 속해 있으면서, 활판에 인쇄된 마음을 목표로 일어선 사람들이다. 아씨, 도련님, 학자, 세상 물정에 어두운 사람, 나리 중에 이런 사람들이 많은데 얘기를 알아먹지 못해서 애를 먹는다. 나도 당시에 가출을 하지 않고 귀여운 도련님으로 얌전히 어른이 됐다면, ─내 마음이 끊임없이 움직인다는 사실도 모르는 채, 변하지 않는 것이다, 변해서는 안 된다, 죄악이다, 라고 고민을 하다 나이를 먹었다면─단지 학문을 하고 월급을 받고 평화로운 가정과 평범한 친구에 만족하여, 내성(內省)의 공부가 필요하다 고 느끼는 데 이르지 못했거나 또는 내성이 가능할 정도의 심기(心機) 전환의 활작용(活作用)을 만나지 못했다면─온갖 고통과 온갖

궁박(窮迫)과 온갖 유전(流転)과 온갖 표박(漂泊)과 곤비(困憊)와 오뇌와 득실과 이해에서 얻은 이 경험과 마지막으로 이 경험을 가장 공평하게 해부하여 해부한 것 하나하나를 하나하나 판단해 나갈 능력이 없었다면—다행히도 나는 이 커다란 신의 선물을 가지고 있다, —이 모든 것들이 없었다면 나는 이렇게 과감한 말을 하지는 않았을 것이다. 아무리 과감한 말을 한다 할지라도 자만이 되지는 않는다. 단지 사실이 그렇기 때문에 그렇다고 말한 것일 뿐이다. 그 대신 예전에 얌전했던 사람이 지금은 거만해 졌을 정도이니 지금 거만한 사람이 언제 다시 얌전해질지는 알 수 없는 일이다. —빠져버릴 것 같은 다리를 막대기처럼 세우고 귀를 기울여보면 웅 하고 울리는 귓속으로 멀리서부터 졸졸 물소리가 들려왔다. 나는 더욱 얌전해졌다.

그런 상태로 상당히 걸었다. 몇 리를 걸었는지 짐작할 수 없을 정도로 걸었다. 밤길이었기에 안 그래도 평소보다는 길게 느껴졌 는데 울퉁불퉁한 오르막길을 장딴지가 부어올라 무릎의 뼈와 뼈가 스치고 허벅지가 땅바닥에 떨어질 것처럼 걸었으니 머네, 멀지 않네라는 건—그래도 살아 있다는 증거로 간신히 조조 씨의 엉덩이에서 4, 5간도 떨어지지 않고 걸었다. 이것은 단지 얌전하게 자신을 잊고 포기해버린 데서 온 결과는 아니었다. 5, 6간 이상 떨어지면 조조 씨가 뒤돌아서 대여섯 걸음씩은 기다려 주었기 때문에 하는 수 없이 따라잡았고, 따라잡히기 전에 다시 발걸음을 뗐기에 어쩔 수 없이 질질, 조금씩 나를 독려한 결과에 지나지 않았다. 그건 그렇고 조조 씨는 뒤가 잘도 보이는 모양이었다. 특히나 밤이었다. 오른쪽도 왼쪽도 검은 나무가 하늘을 멋지게 가로지르고 있어서, 머리 위는 가느다랗게 위까지 뚫려 있구나 하는 사실을 고개를 들 때에야 비로소 깨닫게 될 정도로 어두운 길이었다. 별빛이라고들 하는데 그다지 의지할 만한 것이 되지는 못한다. 초롱 같은 건 물론 가지고 있을 리 없었다. 내 입장에서 말하자면 앞서가는 빨강 담요가 표적이었다. 밤이기 때문에 빨갛게는 보이지 않았지만 왠지 빨강 담요처럼 보였다. 어두워지기 전부터 저 담요, 저 담요 하고 염불처럼 바라보며 겨냥해왔기에, 해가 떨어진 후 갑자기 보는 사람의 눈으로는 담요인지 뭔지 알아볼 수 없었겠지만 나에게만은 그것이 분명히 빨강 담요로 보였던 것이리라. 신심의 공덕(功德)이라는 것은 대략 이런 데서 오는 것임에 틀림없다. 이렇게 해서 나에게는 그럭저럭 표적으로 삼을 만한 것이 있었지만, 내가 어느 정도 뒤떨어져서 따라가고 있는지 조조 씨에게는 알 길이 없었다. 그런데 4, 5간 이상이 되면 틀림없이 발걸음을 멈춰주었다. 멈춰주는 것인지 멈추는 것이 자신에게 좋았기 때문인지는 모르겠지만 어쨌든 멈추는 것만은 틀림없었다. 일반 사람은 도저히 부릴 수 없는 재주였다. 나는 괴로운 가운데서도, 이건 조조 씨의 장사에 필요한 재주이기 때문에 조조 씨는 오랜 기간 이 재주를 연습하여 이렇게까지 완성한 것이라고 적잖이 감탄했다. 빨강 담요는 조조 씨와 나란히 걸었기 때문에 조조 씨가 멈추면 틀림없이 멈췄다. 조조 씨가 걷기 시작하면 틀림없이 걷기 시작했다. 마치 인형처럼 활동하는 사내였다. 걸핏하면 뒤떨어지는 나보다 그 빨강 담요가 훨씬 더 다루기 쉬웠을 것임에 틀림없다. 꼬맹이는—그 꼬맹이는 사라지고 없었다. 처음에는 꼬맹이이니 뒤떨어질 것이라 생각하고 지친 것 같으면 격려를 해주어야겠다는 마음을 가지고 있었지만 그 막치 짚신을 철벅철벅 울리며 울퉁불퉁한 길을 폴짝폴짝 뛰어나가는 모습을 목격하고는, 이거 못 당하겠는데 라며 내심 각오를 한 것은 훨씬 전의 일이었다. 그러고도 한동안은 철벅철벅하는 소리가 내 소매에 스칠 듯 올라오고 있었지만 지금 내 근처에는 그림자조차 없었다. 나란히 걸을 때는 꼬맹이 주제에 너무나도 활발하게 걷기에—활발하기만 하면 좋겠지만 활발한 데다 아주 말이 없었기에—, 굉장히 뒤숭숭한 마음이었다. 만약 내 말이 우습다면 아주 조그맣고 아주 활발하고 말을 하지 않는 동물을 상상해보면 알 수 있을 것이다. 그리 흔치 않다. 그런 동물과 함께 밤에 산을 넘는다고 하면 누구든 마음이 뒤숭숭해질 것이다. 나는 당시의 꼬맹이를 생각하면 지금도 묘한 느낌이 든다. 조금 전에 박쥐라고 했는데 정말 박쥐 같았다. 조조 씨와 빨강 담요가 있었기에 망정이지 박쥐와 단둘이었다면—솔직히 항복하고 말았을 것이다.

그런데 조조 씨가 어둠 속에서 갑자기,

"이봐."

라고 소리를 높였다. 호젓한 밤길에서 갑자기 사람의 목소리를 들은 사람이 있는지 없는지는 모르겠지만 들어보면 약간 이상한 느낌이 드는 법이다. 그것도 평범하게 이야기하는 목소리라면 그나마 괜찮지만 이봐, 라며 사람을 부르는 소리는 기분이 좋지 않다. 산길에서, 어둠 속에서, 사람의 그림자 하나 보이지 않고, 게다가 박쥐와 길동무가 되어 안 그래도 뒤숭숭한데 조조 씨가 마치 무슨 일이라도 있는 것처럼 소리를 지른 것이었다. 일이 있을 리 없는 시간에, 게다가 일이 있을 만한 장소도 아닌 곳에서 이봐, 라고 불렀기에 갑작스러움과 어떤 예감이 하나가 되어 내 머리에 묘한 울림을 주었다. 그 목소리가 나를 부른 것이었다면 무슨 일이 생겼구나 하고 놀라는 데 그쳤겠지만 4, 5간 뒤에 가는 내 주의를 끌기 위한 것이라고는 여겨지지 않을 정도로 목소리가 컸다. 그리고 목소리가 전해져가는 방향이 달랐다. 이쪽을 향한 목소리가 아니었다. 이봐 하는 목소리가 좌우에 부딪혔지만 나무들에 막혀서 좁다란 길 저편으로 멀리 달아나더니 앞쪽 아득한 곳에서 이봐 하는 메아리가 들렸다. 메아리는 분명 있었지만 대답은 없는 듯했다. 그러자 조조 씨가 전보다 한층 더 커다란 소리로,

"꼬맹아."

라고 불렀다. 지금 생각해보면 이름도 모른 채 꼬맹아, 라고 부르다니 약간 어수룩하다는 느낌이 있지만 그때에는 조금도 어수룩하지 않았다. 나는 그 소리를 들음과 동시에 박쥐가 숨어버렸다고 생각했다. 앞질러갔다고 생각하는 것이 일반적이며 잠깐 잘못 생각했다 할지라도 도망쳤다고 생각하는 것이 보통일 텐데 숨었다고 곧바로 머릿속에 떠오른 것을 보면 박쥐에게 어지간히 데인 모양이었다. 그런 마음은 다음날 아침이 되어 태양이 솟아오르자 완전히 사라져버려, 내 스스로가 정말 바보 같다고 생각했을

정도였지만 실제로 꼬맹아 하고 부르는 소리를 들었을 때는 조금 강하게 그런 생각이 들었다.

그런데 이번에도 아까처럼 메아리가 저쪽으로 퍼져나가다가 부딪칠 곳이 없기 때문에 도깨비불의 꼬리처럼 희미하게 사라져버리자 그 반동 때문인지 모든 나무와 산과 계곡이 정적에 빠졌을 때, ─아무런 대답도 들리지 않았다. 그 메아리가 가느다랗게 이어지다 사라지는 동안, 그리고 사라지고 나서 모든 세계가 정적에 빠지기까지 조조 씨와 빨강 담요와 나 세 사람은 어둠 속에서 코를 마주하고 말없이 서 있었다. 그다지 좋은 기분은 아니었다. 잠시 후 조조 씨가,

"조금 서두르면 따라잡을 수 있을 거야. 형씨, 괜찮겠수?" 라고 물었다. 물론 괜찮지는 않았지만 달리 방법이 없으니 그렇다고 말한 뒤 서두르기 시작했다. 사실은 그 자리에서 서두르겠다는 시건방진 말 따위 할 입장이 아니었지만, 정말 이상한 일인데 서두를 마음도 서두를 힘도 없는 주제에 그러겠다고 대답을 해버리고 말았다. 틀림없이 이상한 얼굴로 수락했을 테지만 수락을 하고 나니 조급해도, 조급하지 않아도 정신없이 서두르게 되었다. 그 동안에는 어디를 어떻게 지났는지 전혀 모른다고 말하는 편이 온당하리라. 잠시 후 조조 씨가 딱 멈춰 섰기에 문득 정신이 들었다. 그러자 한 집 앞에 서 있었다. 램프에 불이 붙어 있었다. 램프의 불빛이 길을 밝히고 있었다. 순간 기뻤다. 빨강 담요가 뚜렷하게 보였다. 그리고 꼬맹이도 있었다. 꼬맹이의 그림자가 길을 가로질러 맞은편 계곡으로 꺾어져 드리워져 있었

다. 꼬맹이치고는 긴 그림자였다.

나는 이런 곳에 사람이 사는 집이 있을 줄은 생각도 못했고, 게다가 눈이 어지럽고 귀가 멍했기에 꿈속을 걷듯 서둘러, 어디까지 서둘러야 하는 것인지 목적도 희망도 없이 왔는데 갑자기 멈춰 서자마자 램프의 불빛이 눈부시게 시야에 들어왔기에 놀랐다. 놀람과 동시에 램프의 불빛은 인간 같은 것이라고 크게 감탄했다. 램프가 그렇게 고마웠던 적은 지금까지 없었다. 나중에 들은 얘긴데 꼬맹이는 그 램프의 불빛까지 앞질러 달려와 거기서 우리를 기다렸다고 한다. 이봐, 라는 소리도 꼬맹아, 라는 소리도 전부 들었지만 대답을 하지 않았던 것이라고 한다. 대단한 녀석이다.

이것으로 일행이 전부 모이기는 했지만 앞으로는 일이 어떻게 될지를 생각하며 여전히 얌전히 있었더니 조조 씨는 우리를 길바닥에 내팽개친 채 혼자서 집 안으로 들어갔다. 달리 부를 말이 없어서 집이라고 했지만 사실 집이라고 하기에는 아깝다. 소가 있었다면 외양간, 말이 있었다면 마구간이라고 할 수 있을 만한 곳이었다. 아무래도 짚신을 파는 곳인 듯했다. 벽과 짚신과 램프밖에 없었기에 나는 그렇게 짐작했다. 정면의 폭은 1간 남짓이었고 입구의 덧문이 반쯤 닫혀 있었다. 나머지 절반은 밤새도록 열어두는 게 아닐까? 어쩌면 문틀의 틈에 껴서 움직이지 않는 것일지도 몰랐다. 지붕은 물론 짚이었는데 그 짚이 오래돼서 비에 썩은 탓인지 주저앉기 시작해 분명히 보이지가 않았다. 밤과 지붕의 경계를 잘 알아볼 수 없을 정도로 부풀어 있었다.

그 안으로 조조 씨가 들어갔다. 왠지 구멍 속에라도 기어들어간 느낌이었다. 그리고 이야기를 나누고 있었다. 세 사람은 밖에서 기다렸다. 나의 얼굴은 보이지 않았지만 빨강 담요와 꼬맹이의 얼굴은 오두막 안에서 비스듬하게 새어나오는 램프의 불빛 때문에 잘 보였다. 빨강 담요는 여전히 산만했다. 이 남자는 설령 지진이 와도, 들보가 떨어져내려도, 부모의 죽음을 맞이하기 직전이라는 중요한 경우에도 언제나 이런 얼굴을 하고 있으리라. 꼬맹이는 하늘을 보고 있었다. 아직 꺼림칙했다.

그때 조조 씨가 모습을 드러냈다. 그러나 밖으로는 나오지 않았다. 문틀 위에 발을 올려놓고 이쪽을 향해서 선 가랑이 사이로 램프의 불빛만이 가느다랗게 나왔다. 램프의 위치가 어느 사이엔가 낮아진 것인 듯했다. 조조 씨의 얼굴은 물론 잘 보이지 않았다.

"형씨, 지금부터 산을 넘으려면 힘들 테니 오늘 밤에는 여기서 묵고 가기로 하지. 모두 들어오게."

나는 이 말을 듣자마자 지금까지의 얌전함이 갑자기 파괴되어 몸이 녹초가 되었다. 그 외양간에서 하룻밤을 보내는 것이 그렇게 커다란 위안을 내게 줄 줄은, 외양간을 본 이후 그 순간까지도 전혀 깨닫지 못하고 있었다. 역시 얌전했기 때문에 묵을 곳을 찾았으면서도 묵을 마음이 생기지 않았던 것이리라. 이렇게 되면 인간만큼 제어하기 쉬운 것도 없다. 억지가 됐든, 뭐가 됐든 네, 네 하며 공손하게 듣고 그러면서도 불평은 조금도 품지 않을 뿐만 아니라 크게 기뻐한다. 당시를 생각할 때마다 나는 가장 순하고 선량한, 그리고 가장 노력하는 인간이었다는 자신감이 함께 따라온다. 군인이라면 그런 모습이어야 한다고 생각하는 적조차 있다. 동시에 만약 인간이 물건의 용도를 무시할 수 있다면, 마찬가지로 물건의 용도까지도 잊을 수 있는 법이라는 사실도 깨달았다. ―이렇게 써보았지만 다시 읽어보니 약간 어려워서 이해할 수가 없다. 사실은 훨씬 더 쉬운 것인데 짧게 압축을 하려니 이렇게 어려운 것이 되고 말았다. 예를 들어서 술을 마실 권리가 없다고 자신하고 술병을, 있지만 없는 것이라고 간주할 수만 있다면 술병이 눈앞에 늘어서 있어도 술은 마시는 것이라는 사실조차 깨닫지 못하게 될 것이라는 얘기다. 서로가 도둑이 되지 않는 것도 결국에는 어렸을 때부터 인공적으로 이런 종류의 경계에 길들여졌기 때문이리라. 그러나 이런 경계는 인성의 일부분을 마비시킨 결과 생겨나는 것이기 때문에 그런 식으로 끝까지 밀고나가면 인간은 모두 바보가 되어버린다. 도둑질만 하지 않게 하면 되고 나머지 다른 정신 기계(器械)는 전부 그대로 작용하게 할 수만 있다면 가장 좋을 것이라고 어리석은 생각을 해본다. 내가 당시의 나대로 계속해서 지금까지 살아왔다면 제아무리 순하고 선량하다 할지라도, 제 아무리 노력했다 할지라도 바보임에는 틀림없으리라. 누가 보더라도 바보 이상의 불구였을 것이다. 인간이라면 가끔은 화를 내는 것이 좋다. 반항을 하는 것이 좋다. 화를 내게, 반항을 하게 생겨먹은 것을 억지로 화 내지 않게 하거나 반항하지 않게 하는 것은 스스로 자신을 바보로 교육하며 기뻐하는 것이다. 무엇보다도 몸에 독이 된다. 그것이 싫다면 화를 내지 않도록, 반항을 하지 않도록 미리 대비하는 것이 지당한 일 아니겠는가?

　당시의 나는 여러 가지 상황 때문에 무슨 일이든 조조 씨의 말대로 네, 네거리기만 했으며 또 그 네, 네를 자연스러운 것이라고 생각했지만, 그 대신 지금과 같은 처지에 있을 때는 가령 백 명의 조조 씨가 7일 밤낮을 쉴 새 없이 잡아끈다 해도 조금도 움직이지 않을 것이다. 지금의 내게는 그것이 자연스럽기 때문이다. 그리고 이렇게 변하는 것이 인간다운 면이라고 생각한다. 알기 쉽도록 하기 위해서 조조 씨를 끌어들였지만 가만히 살펴보면 인간의 성격은 1시간 단위로 변한다. 변하는 것이 당연하며 변하는 동안에는 모순이 생겨나니 결국 인간의 성격에는 모순이 많다는 의미가 된다. 모순투성이의 끝은 결국 성격이 있으나 없으나 같은 곳에 귀착하게 된다. 거짓말이라고 생각한다면 시험해보기 바란다. 타인을 시험하는 죄스러운 일을 하지 말고 우선은 자신을 시험해보면 될 것이다. 갱부로까지 몰락하지 않아도 알 수 있는 일이다. 신에게 물어본들 그 이상은 알 수 있을 리 없다. 이 원리를 알고 있는 신은 자신의 마음속에 있을 뿐이다. 학문도 없는 주제에 이렇게 학자 같은 말을 해서 죄송하다. 이렇게 대담하게 큰소리를 칠 생각은 조금도 없었지만 사실을 말하자면 자세한 내용은 이렇다. 나는 사람들로부터 곧잘 자네는 모순이 많은 사람이라 어려워, 어려워, 라는 불평을 듣곤 한다. 불평을 들을 때마다 씁쓸한 얼굴을 하며 사죄를 했다. 나 역시도 이거 참 난처하다, 이래서는 평범한 인간으로 통하지 못한다, 어떻게 해서든 개량하지 않으면 신용을 잃고 길바닥에서 헤매는 꼴이 될 것이라고 남몰래 걱정을 했었지만, 여러 가지 경우를 겪고 앞서 말한 대로 시험을 해보니 개량이고 뭐고 하나도 필요 없다. 이것이 나의 본색이지 다른 인간다운 부분은 존재하지도 않는다. 그리고 다른 사람도 시험해보았다. 그랬더니 역시 나와 똑같이 생겨먹었다. 불평을 해대는 사람들이 모두 불평을 들어 마땅한 사람들이니 우습기 짝이 없다. 요컨대 배가 고파서 밥이 먹고 싶어지고, 배가 부르면 졸리고, 궁해서 문란해지고, 통달해서 도를 행하고, 반해서 하나가 되고, 정나미가 떨어져서 이혼을 할 뿐이니 전부 임기응변에 지나지 않는다. 이것 외에 인간의 특색이 존재할 리 없다, 라고 이렇게 감탄하고 있기에 잠깐 말해본 것일 뿐이다. 그런데 세상에는 학자네 스님이네 교육가네 하는 어려운 친구들이 상당히 많아서 각각 전문으로 연구를 하고 있으니 나만이 아는 척 말하는 것은 좋지 않겠다.

이쯤에서 기세 좋게 기염을 토하는 것은 그만두기로 하고 다시 예전의 얌전한 태도로 돌아가 산속의 이야기를 하도록 하겠다. 조조 씨가 문턱 위에 서서 바깥을 바라보며 여기서 묵고 가자고 말했을 때, 이런 초라한 집에서도 묵을 수 있었지, 라고 처음으로 의식했다기보다는 모든 집이라는 것은 원래 묵기 위해서 세워진 것이었지, 라고 드디어 깨달았을 정도로 묵어간다는 것은 생각지도 못했던 일이었다. 게다가 몸은 녹초가 되어 있었다. 평소 같았으면 묵고 싶다, 묵고 싶다, 로 모든 내장이 터져버릴 것 같았을 테지만, 자아를 잊은 갱부 행(行), 즉 자멸에 앞서 타락과 포기를 한 뒤의 피로였기에 아무리 몸을 위해서 쉴 필요가 있어도 몸이 영혼에게 숙박이라는 것을 청구하지는 않았다. 그런데 묵고가라는 명령이 반대로 하늘에서 영혼에게로 내려졌기에 영혼은 약간 당황한 형국이 되어 우선은 손발에게 보고를 했더니 손발에서 매우 기뻐했기에 영혼도 잘 됐네, 고맙다, 라고 비로소 조조 씨의 호의에 감사를 표했다. 이렇게 된 것이다. 어딘지 만담처럼 말장난을 하고 있는 것 같지만 당시의 마음 상태는 실제로 이런 비유를 쓰지 않으면 설명을 할 수가 없다.

나는 조조 씨의 말을 듣자마자 갑자기 긴장이 풀어져서, 서 있지도 못할 것 같은 발을 끌고 제일 먼저 문 쪽으로 다가갔다. 빨강 담요는 어슬렁어슬렁 들어왔다. 꼬맹이는 날아 들어왔다. 진짜로 날았을 리는 없겠지만 짚신의 뒷부분이 기세 좋게 뒤꿈치에 부딪쳐 철벅철벅하는 소리가 들렸기에 나는 것처럼 느껴졌다.

들어가보니 냄새가 코를 찔렀다. 무슨 냄새인지 전혀 알 수가 없었다. 꼬맹이가 코를 벌름거리기에 꼬맹이도 이 냄새를 느꼈다는 사실을 깨달았다. 조조 씨와 빨강 담요는 아무렇지도 않은 모양이었다. 봉당에서 방으로 올라갈 때 걸레라도 있었으면 싶었지만 꼬맹이는 거침없이 짚신을 벗고 위로 올라가버렸다. 꼬맹이의 짚신은 뒷부분이 없었기에 반은 맨발이었다. 대단한 녀석이라며 바라보고 있자니 조조 씨가,

"자네도 나막신이니 벗고 올라가게."

라고 주의를 주었다. 그래서 기분은 나빴지만 먼지도 털지 않고 올라갔다. 바닥 위에 한발 올려놓고보니 물컹했다. 꼬맹이는 그 위에서 뒹굴뒹굴 나뒹굴고 있었다. 나는 엉덩이만 내려놓고

장지문—장지문은 두 짝이었다—, 그 장지문 뒤에 양반다리를 하고 앉았다. 이 장지문이 출입구로 세워져 있었기에 뒤돌아보니 조조 씨와 빨강 담요가 짚신을 벗고 있었다. 두 사람 모두 허리에서 손수건을 꺼내 툭툭 발을 털었다. 그리고는 바로 올라왔다. 발을 닦는 것이 귀찮은 모양이었다. 그때 주인이 옆방에서 차와 재떨이를 가지고 왔다.

주인이라는 둥, 옆방이라는 둥, 차라는 둥, 재떨이라는 둥 하면 상당히 그럴듯하게 들리지만 사실은 말이 그렇다는 것이지 하나하나 설명을 하면 커다란 오해를 했다며 어처구니없어 할 것들뿐이었다. 그러나 어쨌든 주인이 옆방에서 차와 재떨이를 가지고 온 것만은 틀림없는 사실이었다. 그리고 조조 씨와 이야기를 나누기 시작했다. 이야기의 내용은 잊어버렸지만 그 모습으로 살펴보건대 두 사람은 원래부터 알고 지내던 사이로 그들 사이에는 빚이 있는 모양이었다. 무엇보다도 말에 대해서 거듭 이야기했다. 나나 빨강 담요나 꼬맹이에 대해서는 한마디도 묻지 않았다. 전혀 안중에 없었던 것은 아닐 테지만 조금 전 조조 씨가 혼자서 담판을 짓기 위해 들어왔을 때 남김없이 물었던 것이리라. 그도 아니면 조조 씨는 종종 우리 같은 태평한 사람들을 광산으로 데리고 가는데, 그럴 때마다 오가는 길에 자연히 이 주인의 신세를 지고 있기 때문에 그다지 신경을 쓰지 않는 것일지도 몰랐다.

나는 조조 씨와 주인의 이야기를 들으면서 졸기 시작했다. 언제부터 시작했는지 모르겠다. 말 팔 기회를 놓쳐서 어쨌다는 둥 하는 부근에서부터 점점 희미해지기 시작하더니 스르륵 조조 씨가 사라졌다. 빨강 담요도 사라졌다. 꼬맹이가 사라졌다. 주인과 차와 재떨이가 사라지고 초라한 집까지도 사라졌을 때 퍼뜩 잠에서 깨었다. 정신을 차리고보니 머리가 가슴 위로 떨어져 있었다. 깜짝 놀라 들어보니 굉장히 무거웠다. 주인은 역시 말이야기를 하고 있었다. 아직도 말이야, 라고 생각하는 동안에 다시 정신이 아득해졌다. 정신이 아득해지는 것을 아득해지는 대로 그냥 내버려두었더니 갑자기 번쩍 눈이 떠졌다. 어두운 방 안에 그림자 같은 조조 씨와 주인이 무릎을 맞대고 있었다. 마침 빛이 어떻게 돼서, 하하하하 하며 주인이 웃는 참이었다. 그 주인은 이마가 길고 머리 꼭대기까지 비스듬하게 물러나 있기 때문에 옆에서 보면 산을 깎아 만든 산길 정도의 경사가 있었다. 그리고 위로 갈수록 털이 나 있었다. 그 털은 5푼쯤 되는 것과 1치쯤 되는 것이 섞여서 불규칙적으로 게다가 듬성듬성 텁수룩이 나 있었다. 내가 졸다가 퍼뜩 놀라 갑자기 눈을 떠보니 제일 먼저 그 머리가 눈동자 속에 비쳤다. 램프가 그을음투성이로 어두웠기 때문에 그 머리도 그을음투성이가 되어 비쳤다. 그러나 거리는 가까웠다. 그랬기 때문에 빛에 비친 그림자는 선명했다. 나는 그 선명하고 또 몽롱한 주인의 머리를, 지각이 없는 상태에 있다가 정신을 차리는 순간에 문득 보게 된 것이었다. 그때는 별로 기분이 좋지 않았다. 따라서 졸음도 잠시 연기하고 싶다는 생각이 들어 방 안을 둘러보았더니 저쪽 구석에 꼬맹이가 쓰러져 있었다. 이쪽 옆에 이바라키 현이 길게 늘어져 있었다. 빨강 담요 밑으로 커다란 발이 보였다. 그 끝이 벽인데 벽 구석에 구멍이 뚫려 있고 구멍 안은 새카맣게 어두웠다. 위쪽은 전체가 지붕 뒷면이었는데 써늘할 정도로 까매져 있는 부분에 유연(油煙)과 램프의 불빛이 부딪치고 있기에 가만히 보고 있자니 지푸라기 지붕의 뒷면이 흔들리고 있는 것처럼 느껴졌다.

그리고 다시 졸음이 찾아왔다. 다시 머리가 떨어졌다. 무거워져서 들어올리면 다시 떨어졌다. 처음에는 들어올린 머리가 떨어지면서 점점 멍해지고 멍해진 끝에 가슴 위로 까딱 떨어지자마자 단번에 제정신으로 돌아왔지만 세 번, 네 번 거듭됨에 따라서 눈만은 떠도 정신은 분명하지가 않았다. 희미하게 세상으로 돌아왔다가 또 다시 바로 무의식 속으로 떨어져버렸다. 그리고 다시 머리가 떨어졌다. 희미하게 살아 있는 듯한 느낌이 들었다. 그런가 싶더니 다시 모든 것이 공(空) 속으로 들어갔다. 결국에는 드디어 머리를 아무리 처박아도 움직이지 않게 되었다. 혹은 처박은 채로 머리의 무게 때문에 옆으로 쓰러져버린 것일지도 몰랐다. 어쨌든 날이 밝을 때까지 편안하게 잠들어 눈을 떴을 때는 더 이상 졸고 있지 않았다. 평소와 다름없이 몸 전체를 다다미 위에 붙인 채 길게 누워 있었다. 그리고 침을 흘리고 있었다. ―나는 말 이야기를 듣다가 졸음을 시작했고 눈을 떠서 빛에 대한 이야기를 듣다가 다시 계속해서 졸음을 복습하는 동안에 결국에는 졸음을 정식으로 무너뜨리고 기다랗게 누운 채 영혼의 소리를 듣지 못했기에, 잠에서 깨어나 날이 밝고 세상이 음에서 양으로 완전히 뒤집어진 것을 보자마자 눈을 뜨고, 침을 흘리고, 누운 채로 가만히 있었다. 자각이 있는 상태에서 죽는다면 이렇게 되는 것이리라. 살아 있기는 했지만 움직이고 싶은 마음이 들지 않았다. 어젯밤의 일은 하나에서부터 열까지 전부 기억하고 있었다. 그러나 어젯밤의 하나에서부터 열까지가 자연스럽게 이어져 오늘까지 넘어왔다고는 여겨지지 않았다. 나의 경험은 전부가 새롭고 또한 강렬한 것이었다. 그러나 그 새로운 강렬함의 하나하나가 어쩐지 멀리에 있는 느낌이었다. 멀리에 있다기보다는 어젯밤과 오늘 사이에 두꺼운 벽이 생겨서 확연하게 구별이 지어진 느낌이었다. 단지 태양이 들고 났을 뿐의 차이로 이렇게 마음의 연속이 사라져버려서는 이상할 정도로 스스로가 스스로를 믿지 못하게 된다. 다시 말해서 세상은 꿈과 같은 것이다. 잠시 이렇게 생각했기 때문에 침도 닦지 않고 잠겨 있자니 조조 씨가 으으응 하고 기지개를 켜며 누운 채로 주먹 쥔 손을 귀 위까지 들어올렸다. 주먹 쥔 손이 불쑥 똑바로 다다미 위를 스치며 팔을 힘껏 뻗은 부분에서 기력을 잃고 힘없이 떨어졌다. 다시 자려고 생각했는데 이번에는 오른손을 아래로 내려 오목한 뺨을 벅벅 긁기 시작했다. 잠에서 깬 걸지도 모른다. 잠시 뒤 웅얼웅얼 무엇인가를 중얼거리기에 역시 잠에서 깨지 않은 것이라고 깨달은 순간, 꼬맹이가 벌떡 일어났다. 이건 정말로 벌떡 일어났기 때문에 쿵 하는 소리가 나면서 바닥이 무너질 정도로 울렸다. 그러자 과연 조조 씨답게 웅얼웅얼하던 것을 멈추고 바로 다다미에 붙이고 있던 쪽의 어깨를 팔꿈치 높이까지 들어올렸다. 눈을 껌뻑이고 있었다.

이렇게 된 이상 나도 언제까지 잠겨 있어봐야 소용이 없었기에 자리에서 일어났다. 조조 씨도 완전히 일어났다. 꼬맹이는 자리에서 일어섰다. 잠을 자고 있는 것은 빨강 담요뿐이었다. 참으로 태평한 사람으로 여전히 빨강 담요에서부터 커다란 발을 내민 채 드르렁드르렁 높다랗게 코를 골며 자고 있었다. 그런 것을 조조 씨가 깨웠다. —

"형씨, 형씨. 이제 일어나지 않으면 정오까지 광산에 갈 수 없을 게요."

형씨가 서너 번 되풀이 되었지만 빨강 담요는 잘도 자고 있었다. 하는 수 없이 조조 씨가 담요의 어깨에 손을 얹고,

"어이, 어이."

라며 흔들기 시작했기에 어쩔 수 없이 담요도 '어이.'라고 같은 대답을 하며 어중간하게 일어났다. 이렇게 해서 모두가 일어났지 만 나는 얼굴도 씻지 않았고 아침도 먹지 않았기에 어떻게 하면 좋을지 몰라 하고 있는데 조조 씨가,

"그럼 슬슬 출발하지."

라고 말하며 곧바로 봉당으로 내려갔기에 놀라지 않을 수 없었다. 꼬맹이가 뒤따라 내려섰다. 담요도 어쩔 수 없이 봉당으로 커다란 발을 떨어뜨렸다. 이렇게 된 이상 나도 어떻게든 하지 않을 수 없었기에 가장 늦게 나막신을 꿰고 조조 씨와 빨강 담요가 짚신의 끈을 묶는 것을 팔짱을 낀 채 불편한 마음으로 기다렸다.

봉당에 내려서고 나니 세수는 하지 않느냐, 아침은 먹지 않느냐 고 당연한 일을 묻는 것이 마치 사치처럼 여겨져서 물어보고 싶은 마음이 깨끗이 사라져버렸다. 오랜 습관의 결과 필요한 것이라고까지 여겨지게 된 것이 갑자기 쓸데없는 일이 되어버리

는 것은 이상한 일 같지만, 그 뒤에 있었던 전락(転落) 사건을 부연하여 생각해보면 그런 예는 얼마든지 있다. 다시 말해 세상에서는 많은 사람들이 하고 있는 일은 당연시 되고 혼자서 하는 일은 쓸데없는 것처럼 여겨지고 있으니, 당연한 것으로 만들고 싶다면 아군을 여럿 만들어서 마치 당연한 일인 것 같은 태도로 부당한 일을 하는 것이 최고다. 해보지는 않을 테지만 틀림없이 성공할 것이다. 상대가 조조 씨와 빨강 담요였는데도 내게 이 정도의 변화를 가져다준 것만 봐도 알 수 있다.

조조 씨는 짚신의 끈을 묶고 나자 이제 발에는 용무가 없어졌기에 갑자기 얼굴을 들었다. 그리고 나를 보았다. 그리고 이렇게 말했다.

"형씨, 밥은 먹지 않아도 괜찮겠지?"

밥을 먹지 않아도 괜찮을 리가 없었지만 안 된다고 말해봐야 별 수 없었기에 나는 단지,

"괜찮습니다."

라고 대답해두었다. 그러자 조조 씨는,

"먹고 싶나?"

라고 말하며 빙그레 웃었다. 이건 내 얼굴에 밥을 먹고 싶다는 근성이 얼마간 나타난 때문이거나, 또는 19년 동안의 생활과는 달리 일어나자마자 밥도 먹지 않고 출발하는 일에 자연히 불평의 빛이 감돌았기 때문일 것이다. 그렇지 않다면 짚신의 끈을 묶자마자 이런 걸 물을 리가 없었다. 실제로 조조 씨가 빨강 담요에게도 꼬맹이에게도 이 질문을 하지 않았다는 사실로도 알 수 있다.

지금 생각해보면 두 사람에게도 같은 것을 잠깐 물어봤으면 좋았을 것 같다는 생각이 들기도 한다. 아침밥도 먹지 않고 50리, 100리를 걷기 시작하는 것은 떠돌이나, 혹은 준떠돌이가 아니면 안 된다. 잠에서 깼고 날이 밝았는데도 국에서 오르는 김도 반찬의 냄새도 전혀 머릿속에 떠오르지 않는다니, 그저 일이 돌아가는 대로 오늘은 오늘의 목숨을 보존해 하루하루 영혼에게 공양을 하는 태평한 사람으로, 세상에는 내일이 없다는 것을 당연하게 생각할 정도로 불행하거나 혹은 행복한 사람이다. 나는 19년 만에 처음으로 이런 사람과 한 곳에서 잤으며 또 지금부터 함께 걷게 되는구나 하고 생각했다. 빨강 담요와 꼬맹이의 얼굴을 살펴보니 아침밥을 기대하는 기색이 전혀 없었기에 두 사람 모두 아침밥을 먹는 데 길들여지지 않은 부류의 인간이라는 사실을 알게 되었고 그러자 내 운명은 갱부가 되기도 전부터 갱부 이하로 떨어져버렸다는 사실을 알게 되었다. 그러나 알았을 뿐이지 특별히 슬프지도 않았다. 물론 눈물도 나지 않았다. 단지 조조 씨가 그 아침밥의 경험이 부족한 사람들에게 '형씨들도 밥을 먹고 싶나?'라고 물어보지 않은 것을, 지금은 안타깝게 생각하고 있다. 먹어본 적이 많지 않으니 지금까지의 습관대로 '먹지 않아도 괜찮다.'고 대답할지, 아니면 의외로 먹을 수 있을지도 모르겠다는 뜻밖의 기대에 힘을 얻어 '먹고 싶다.'고 대답할지.
―하찮은 일이지만 한번 들어보고 싶다.

조조 씨는 봉당에 서서 잠깐 뒤를 돌아,

"구마(熊) 씨, 그럼 다녀오리다. 여러 가지로 신세 많았소"

라고 말하고 가볍게 발을 두어 번 굴렀다. 구마 씨는 물론 주인의
이름이었는데 아직 안에서 잠을 자고 있었다. 들여다보니 어젯밤
잠결에 기분을 상하게 했던 텁수룩한 머리가 요 밑으로 나와
있었다. 그 주인은 요를 덮고 자는 것이 자기만의 방법인 듯했다.
조조 씨가 그 텁수룩한 머리에게 말을 걸자 머리가 벌떡 다다미에
서 떨어졌다. 그리고 구마 씨의 얼굴이 나왔다. 그 얼굴은 어젯밤에
본 것만큼 묘하지는 않았다. 그러나 이마가 비스듬하게 홀쭉해
머리끝까지 길게 이어져 있는 것만은 오늘 아침에도 변함이
없었다. 구마 씨는 이불 속에서,

"이거, 제대로 신경도 못 써드렸네."

라고 말했다. 과연 제대로 신경을 못 썼다. 자기만 이불을 덮고
있었다.

"춥지 않았나?"

라고도 말했다. 속 편한 소리다. 조조 씨는,

"아니, 춥기는."

이라고 받았는데 봉당에서 한발 내딛었을 때 뒤에서부터 구마
씨가 하품 섞인 목소리로,

"그럼, 돌아갈 때 또 들르게."

라고 말했다.

그러고 나서 조조 씨가 밖으로 나갔다. 나도 한발 늦게 꼬맹이와
빨강 담요의 꽁무니를 따라 나섰다. 모두가 급하게 서둘렀다.
이런 길에는 익숙한 사람들뿐인 듯했다. 조조 씨의 말에 의하자면
지금부터 산을 넘을 건데 정오까지는 광산에 도착해야 하기

때문에 서두르는 것이라고 했다. 어째서 정오까지 도착해야 하는 건지 이유는 알 수 없었지만 물어볼 용기가 없었기에 말없이 따라갔다. 그러자 아니나 다를까 오르막길이 시작되었다. 어젯밤에 그렇게 올라왔는데 아직도 올라야 한다니 거짓말 같았지만 실제로 둘러보니 사방에는 산뿐이었다. 산 속에 산이 있고 그 산 속에 또 산이 있으니 터무니없을 정도로 깊이 들어온 셈이었다. 이대로라면 광산이 있는 곳은 틀림없이 쓸쓸한 곳이리라. 숨을 헐떡이며 오르면서도 불안한 생각이 들었다. 여기까지 온 이상 도쿄로 돌아가는 것도 큰일이겠다 싶은 생각이 들자 무슨 바람이 불어서 여기까지 온 건지 한심해지기 시작했다. 그러나 도쿄에 있고 싶지 않아서 떠난 것이니 간단히는 돌아갈 수 없는 곳으로 들어가 부모님과 친척들의 눈에 띄지 않고 썩어버리는 것은 오히려 내가 바라던 바였다. 높은 곳에 도착하자 나는 숨을 돌리며 잠깐 멈춰 서서 사방의 산을 둘러보았다. 그러자 산 전체가 거뭇하게 놀랄 정도의 나무를 뒤집어쓰고 있었으며 또 구름이 걸려서 내가 보는 동안에도 점점 멀어져갔다. 멀어져갔다기보다는 흐릿해져갔다고 하는 편이 옳을지도 모르겠다. 흐릿해져가다 결국에는 점점 깊은 속으로 빨려들어가 지금까지는 그림자처럼 보이던 것이 그림자조차 보이지 않게 되었다. 그런가 싶더니 구름이 산등성이를 타고 넘어 움직여갔다. 쉴 새 없이 하얀 것이 물러가더니 흐릿하게 산의 그림자가 보이기 시작했다. 그 그림자의 끝 부분이 점점 진해지더니 나무의 색깔이 선명해졌을 무렵 조금 전의 구름은 벌써 옆의 봉우리를 흐르고 있었다. 그러자 뒤따라서

바로 다른 구름이 와서 기껏 보이기 시작한 산의 빛깔을 흐릿하게
만들었다. 결국에는 어디에 어느 산이 있는지 전혀 알아볼 수
없게 되었다. 선 채로 바라보니 나무도 산도 계곡도 뒤죽박죽이
돼서 떠오르기 시작했다. 머리 위의 하늘조차도 한없이 높은
곳에서부터 손이 닿을 만한 곳까지 떨어져 있었다. 조조 씨는,
 "이거, 비가 내리겠는데."
라고 걸으며 한마디 했다. 대답한 사람은 아무도 없었다. 네
사람 모두 구름 속을, 구름에 떠밀려가는 듯한, 휘감기는 듯한,
또 파묻히는 듯한 모습으로 올라갔다. 나는 그 구름이 매우 기뻤다.
그 구름 덕분에 나는 세상으로부터 숨기고 싶었던 몸을 충분히
숨길 수가 있었다. 그리고 그다지 힘도 들이지 않고 그 속을
걸어갈 수 있었다. 손발이 자유롭게 움직이기에 갇혀버렸을 때와
같은 갑갑함도 느껴지지 않았으며, 사람들의 눈에도 띄지 않았다.
산 채로 매장을 당한다는 말이 있는데 바로 이것을 두고 하는
말이다. 당시의 내게는 그것이 유일한 이상이었다. 따라서 그
구름은 내게 아주 고마운 것이었다. 고맙다는 감사의 기분보다도
구름에 묻히기 시작하면서 이제 안심이라며 마음이 놓였다. 지금
생각해보면 뭐가 안심이라는 건지 모르겠다. 완전히 정신 나간
사람이라고 해도 하는 수 없다. 하는 수 없지만 이렇게 말하고
있는 내가 때와 경우에 따라서는 내일이라도 당장 구름이 다시
그리워질지도 모를 일이다. 그것을 생각하면 뭔가 좀 이상하다.
내 몸으로 내 몸을 보증할 수 없을 것 같은, 또 내가 나 자신이
아닌 것 같은 기분이다.

어쨌든 그때의 구름은 참으로 기쁜 것이었다. 네 사람이 멀어지기도 하고 가까워지기도 하고 떨어지기도 하고 뭉치기도 하면서 구름 속을 걸어갔을 때의 풍경을 아직도 잊을 수가 없다. 꼬맹이가 구름에서 나오기도 하고 들어가기도 했다. 이바라기의 담요가 빨갛게 되기도 하고 하얗게 되기도 했다. 조조 씨의 방한복이 겨우 5, 6간 거리에서 진해지기도 하고 흐려지기도 했다. 그리고 누구도 입을 열지 않았다. 그리고 무척 서둘렀다. 세계에서 떨어진 네 개의 그림자가 앞서거니 뒤서거니, 늘지도 않고 줄지도 않고, 네 개인 채로, 끌어당겨 합쳐지듯 튕겨져 멀어지듯, 또 무슨 일이 있어도 네 개가 아니면 안 되는 것처럼 구름 속을 오로지 걸었을 때의 풍경은 지금도 잊을 수가 없다.

나는 구름에 묻혀 있었다. 나머지 세 사람도 묻혀 있었다. 천하가 구름이 되었으니 세상에는 나를 비롯해 단지 네 사람뿐이었다. 그런데 그 세 사람이 하나같이 떠돌이였다. 세수도 하지 않고 아침밥도 먹지 않고 구름 속을 헤매며 돌아다니는 사람들이었다. 이 사람들과 길동무가 되어 오르막 10리, 내리막 20리를 발이 움직이는 대로 구름에 떠밀려왔더니 비가 내리기 시작했다. 시계가 없었기 때문에 몇 시인지 알 수가 없었다. 하늘을 보고 판단하자면 아침이라고도 할 수 있을 것 같았고, 점심이라고도 할 수 있을 것 같았고, 또 저녁이라고 해도 상관이 없을 것 같았다. 나의 정신처럼 세계도 흐릿해져 있었지만 단지 잠깐 눈에 띈 것은 빗속으로 희미하게 보이는 산의 빛깔이었다. 그 빛깔이 지금까지와는 전혀 달랐다. 어느 틈엔가 나무가 빠져 민머리가 되어 있기도 하고 군데군데 대머리로 변해 있기도 해서 진사(辰沙)처럼 벌겋게 보였다. 지금까지의 구름으로 나와 세상을 일필(一筆)하에 말살하여 여기까지 비틀거리며 손발만 부지런히 움직여 지금 막 도착했기에 이 붉은 산이 문득 눈에 들어오자마자 나는 구름에서부터 번쩍 깨어난 기분이었다. 색채의 자극이 내게 이렇게 강렬하게 작용할 줄은 생각지도 못했다. —사실을 말하자면 나는 색맹이 아닐까 여겨질 정도로 색에는 무감각한 성격이다. —그런데 이 붉은 산이 비교적 강렬하게 내 시신경을 범함과 동시에 나는 드디어 광산에 가까이 왔구나, 라고 생각했다. 어떤 감이 작용한 것이라고 한다면 직감이 작용한 것이라 할 수도 있겠지만, 실제로는 그 산의 색을 보고 바로 광산을 떠올린 것이리라. 어쨌든 내가 드디어 도착했구나, 라고 직관적으로—세상의 직관적이라는 말은 대체로 이 정도의 것이라 생각하지만— 이른바 직관적으로 사실을 깨달았을 때 조조 씨가,

　"드디어, 도착했다."

라고 내가 하고 싶었던 말을 했다. 그로부터 15분쯤 지나자 마을이 나타났다. 산 속의 산을 넘어서 구름 속의 구름을 뚫고 갑자기 새로운 마을이 나타났기에 눈을 비벼 시각을 확인하고 싶을 정도로 놀랐다. 그것도 예전의 역참마을이나 고을처럼 구 막부시대와 연관이 있을 법한 마을이었다면 그나마 덜 했겠지만 새로운 은행이 있고 새로운 우편국이 있고 새로운 요리점이 있고 모든 것이 이끼가 끼지 않은 새로운 것들이었을 뿐만 아니라 분을 바른 새로운 여자까지 있었기에 완전히 꿈속에 있는 듯한 기분으

로, 이상하다는 표정을 지을 틈도 없이 지나쳐버리고 말았다. 그러자 다리가 나왔다. 조조 씨는 다리 위에 서서 잠깐 물빛을 바라보다가,

"여기가 입구일세. 드디어 도착했으니 그런 마음으로 있지 않으면 안 돼."

라고 주의를 주었다. 그러나 나는 어떤 마음으로 있지 않으면 안 되는 건지 도무지 알 수가 없었기에 말없이 다리 위에 서서 입구에서 안쪽을 바라보았다. 왼쪽이 산이었다. 오른쪽도 산이었다. 그리고 곳곳에 집이 보였다. 역시 목조의 색이 새로운 것이었다. 개중에는 회반죽을 바른 것인지 페인트를 바른 것인지 알 수 없는 것도 있었다. 이것도 새로웠다. 오래돼서 벗겨진 것은 산뿐이었다. 왠지 다시 현실세계로 끌려나온 것 같은 느낌이 들어 약간 실망했다. 내가 말없이 다리 건너편을 들여다보고 있는 것을 보고 조조 씨가,

"알겠수, 형씨, 괜찮아?"

라고 다시 되물었기에 나는,

"괜찮습니다."

라고 명료하게 대답했지만 내심으로는 별로 괜찮지 않았다. 어째서인지는 모르겠지만 조조 씨는 오로지 나만이 염려가 되는 모양이었다. 빨강 담요와 꼬맹이에게는 '알겠수?'라고도 '괜찮아?'라고도 묻지 않았다. 애초부터 이 두 사람은 과거의 인과로 인해 갱부가 되어 광산 속에서 천명을 다할 운명이라고 인정하고 있는 듯한 기색이 역력하게 보였다. 그랬기에 믿지 못할 것은

나쁨으로, 조조 씨가 이 녀석은 상당히 위험하다고 짐작한 것일지도 모르겠다. 꼴이 우습게 되었다.

그런 다음 넷이서 함께 다리를 건너갔는데 오른쪽에 보이는 집 중에는 상당히 좋은 것들도 있었다. 그중에서도 가장 위엄이 있어 보이는 녀석을 가리키며 저것이 소장의 집이라고 조조 씨가 가르쳐주었다. 뒤이어 왼쪽 편을 바라보며,

"이쪽이 굿길이야, 형씨, 알겠수?"

라고 말했다. 나는 굿길이라는 말을 이때 처음으로 들었다.

물어보고 싶은 마음이 굴뚝같았지만 대충 이것이 굿길이겠지 생각하고 입을 다물어버렸다. 나중에 나도 그 굿길이라는 말을 분명하게 이해하지 않으면 안 될 신분이 되었는데 역시 처음에 막연하게 생각했던 정의와 커다란 차이는 없었다. 곧 왼쪽으로 꺾어져 결국에는 굿길 쪽으로 들어가게 되었다. 레일을 따라서 점점 올라가니 여기저기에 허름하고 조그만 집들이 많이 있었다. 그곳이 갱부들이 사는 집이라는 말을 듣고 나도 오늘부터 저런 곳에서 사는 건가 생각했지만 그것은 착각이었다. 그 집들은 전부 6첩과 3첩짜리 방 두 칸으로 되어 있었는데 물론 갱부들이 사는 곳임에는 틀림이 없었지만 가족이 있는 사람에게만 빌려주도록 규정되어 있기 때문에 나처럼 혼자인 사람은 들어가고 싶어도 들어갈 수가 없었다. 그와 같은 집들 사이를 뚫고 쉬지 않고 올라가니 이번에는 절벽 밑에 가느다랗고 기다랄 뿐인 나가야[3]가 보였다. 그런데 그런 나가야가 여럿 있었다. 처음에는 끽해야 두어 채인 줄 알았는데 올라가는 길에 끊임없이 모습을

드러냈다. 크기도 길이도 비슷비슷했고 절벽 밑에 있었기에 자리한 위치에도 크게 변함은 없었지만 방향만은 제각각 달랐다. 산언덕을 이용하여 손바닥만 한 지면에 세운 것이기 때문에 동쪽이네 서쪽이네 한가한 소리를 할 형편이 아니었다. 간신히 평탄작업을 한 지면에 억지로, 방향 같은 것은 신경 쓰지 않고 세웠기 때문에 일정하지가 않았다. 그리고 무엇보다도 올라가는 길이 구불구불했다. 저 나가야의 오른쪽을 걷고 있구나 싶으면 어느 틈엔가 그 나가야의 앞으로 나와 있었다. 저건 바로 머리 위로구나 싶어 마음속으로 기다리고 있으면 갑자기 길이 틀어져 멀리로 달아나버렸다. 전혀 감을 잡을 수가 없었다. 거기다 그 길고 가느다란 집에서부터 얼굴이 나와 있었다. 집에서 얼굴이 나와 있는 것이야 진귀한 일이 아니었지만 그 얼굴이 평범한 얼굴이 아니었다. 전부가 되먹지 못한 데다가 혈색도 좋지 않았다. 그 좋지 않음이 또한 보통이 아니었다. 퍼렇기도 하고 시커멓기도 하고 심지어는 누렇기도 하고, 도회에서는 도저히 상상할 할 수 없는 빛깔이었기에 당황스러웠다. 병원의 환자들과는 조금도 비교가 되지 않았다. 내가 산길을 오르면서 처음으로 그 얼굴을 봤을 때는, 굿길이라는 의미를 잘 알지도 못하면서, 과연 굿길이구나 하고 느꼈다. 그러나 제아무리 굿길이라 할지라도 그런 얼굴이 많지는 않을 것이라 생각하며 올라갔는데 나가야를 지날 때마다 얼굴이 나와 있었고 그 얼굴들 전부가 똑같았다. 결국에는 굿길이

---

13) 長屋. 단층이나 2층 건물에 칸막이를 해서 여러 세대가 살 수 있도록 지은 일본식 연립주택.

란 무시무시한 곳이라는 생각이 들 정도로 끔찍한 얼굴을 잔뜩 보면서, 또 내 얼굴을 잔뜩 보여주면서—나가야에서 나온 얼굴들은 틀림없이 우리를 보고 있었다. 일종의 영악한 눈빛으로 보고 있었다. —드디어 오후 1시에 한바14)에 도착했다.

어째서 한바라고 부르는 것인지 모르겠다. 밥을 주기 때문에 그런 이름이 붙은 걸지도 모르겠다. 나는 그 후에 한바의 의미를 어떤 갱부에게 물었다가, 등신, 한바니까 한바지, 무슨 소리 하는 거야? 라며 호되게 면박을 당한 적이 있었다. 이 사회에서 통용되는 술어는 굿길이든 한바든 잠보15)든 전부 우연히 성립되어 우연히 통용되고 있는 것이니 가끔 의미를 물으면 바로 야단을 맞는다. 의미 따위 물을 여유도 없고 답할 여유도 없으며, 조사를 하는 것은 멍청이 중의 멍청이이니 지극히 간단하고 또 참으로 실제적이라고 할 수 있다.

그런 이유로 한바의 의미는 지금도 모르지만 어쨌든 절벽 밑에 산재해 있는 나가야를 가리키는 것이라고 생각하면 될 것이다. 그 나가야에 드디어 도착했다. 수많은 나가야 중에서도 왜 그 한바를 선택한 것인지는 조조 씨가 혼자서 결정한 것이기에 나로서는 설명을 할 수가 없다. 그런데 그 한바가 조조 씨 전문의 단골 거래처는 아닌 듯했다. 조조 씨는 나를 그 한바에 밀어넣자마자 어느 사이엔가 빨강 담요와 꼬맹이를 데리고 다른 한바로

---

14) 飯場. 광부들의 숙소.
15) ジャンボー. 원래는 법회나 장례식 등에서 쓰는 악기인 자바라를 속되게 이르는 말. 여기서는 장례식을 의미한다.

가버렸다. 그래서 두 사람은 다른 한바의 밥을 먹게 되었다는 사실을 나중에야 알게 되었다. 그 후, 두 사람에 대한 소식은 전혀 듣지 못했다. 광산 안에서도 끝내 얼굴을 마주친 적조차 없었다. 생각해보면 묘한 일이었다. 밥집에서 갑자기 뛰쳐나온 빨강 담요와 저물녘에 산에서 내려오던 꼬맹이를 만나 여름밤을 앞서거니 뒤서거니 걷다가 무너질 것 같은 초가지붕 밑에서 함께 자고 난 다음 날에는 구름 속을 한나절 걸려서 목적했던 한바에 간신히 도착했다 싶었더니 빨강 담요도 꼬맹이도 홀연 사라져버리고 말았다. 이래서는 소설이 되지 않는다. 그러나 세상에는 정리가 될 듯하면서도 정리가 되지 않는, 말하자면 덜 돼먹은 소설 같은 일이 상당히 많다. 오랜 세월이 지난 뒤에 되돌아보면 오히려 이렇게 흐지부지 꼬리를 창궁(蒼穹)의 끝에 감춘 것 같은 경력이 더 흥미롭게 여겨진다. 되돌아서 떠올릴 정도의 과거는 전부 꿈으로, 그 꿈같은 부분에 추회의 정이 있는 것이니 과거의 사실 그 자체에 어딘가 흐리멍덩한, 애매한 점이 없으면 이 몽환의 정을 느낄 수가 없다. 따라서 충분히 발전하여 인과의 예기를 만족시키는 일보다는 그 빨강 담요처럼 머리와 꼬리는 비밀 속으로 흘러들어가 버리고 단지 도중만이 눈앞에 떠오르는 하룻밤, 한나절의 그림이 더 재미있다. 소설이 될 것 같으면서도 전혀 소설이 되지 않는 점이, 세상 냄새가 나지 않아서 기분이 좋다. 단지 빨강 담요뿐만이 아니다. 꼬맹이도 그렇다. 조조 씨도 그렇다. 소나무 숲 속 찻집의 여주인도 그렇다. 조금 더 크게 말하자면 이 한 편의 「갱부」 자체가 역시 그렇다.

정리가 되지 않는 사실을 사실 그대로 기록할 뿐이다. 소설처럼 만들어낸 것이 아니기에 소설처럼 재미있지는 않다. 그 대신 소설보다 더 신비적이다. 모든 운명이 각색한 자연스러운 사실은, 인간이 구상해서 만들어낸 소설보다 더 불규칙적이다. 그렇기 때문에 신비한 것이다. 나는 언제나 이렇게 생각한다.

빨강 담요와 꼬맹이를 데리고 간 것은 조금 뒤의 일이고 우리가 한바에 도착했을 때는 물론 두 사람도 같이 있었다. 거기서 조조 씨가 드디어 갱부가 되기 위한 담판을 시작했다. 담판이라고 하면 번거로울 것 같지만 사실은 극히 간단한 것이었다. 그저 이 사람이 갱부가 되고 싶다고 하니 모쪼록 써달라고 말했을 뿐이었다. 내 성명도 출생지도 신분도 경력도 아무것도 말하지 않았다. 물론 말하고 싶어도 아는 것이 없기에 말할 수 없었겠지만 그렇게까지 빨리 끝나리라고는 생각지 못했다. 나는 중학교에 입학했을 당시의 경험으로 미루어보아, 제아무리 갱부라 할지라도 그에 상응하는 수속이 없이는 채용되지 않을 것이라고만 생각하고 있었다. 대략 신병 인수인이나 신원 보증인이 문서에 도장이라도 찍어야 할 것이다, 그때는 조조 씨에게라도 부탁해보자고까지 앞질러 생각을 하고 있었다. 그런데 생각과는 달리, 담판에 임한 한바의 우두머리는—한바의 우두머리인지 뭔지 당시에는 물론 몰랐다. 눈썹이 굵고 수염을 깎은 파란 자국이 짙은 건장한 마흔 줄의 남자였다.— 그 남자가 조조 씨의 이야기를 대충 듣고 나자마자,

"그런가, 그럼 두고 가게."

라고 아주 대수롭지 않다는 듯 말했다. 마치 숯장수가 숯이든 솥을 부엌으로 짊어지고 왔을 때와 같다는 생각이 들었다. 인간이 멀리 산을 넘어서 갱부가 되기 위해 왔다고는 생각지 않는 모양이었다. 그랬기에 나는 마음속으로 그 한바의 우두머리를 약간 원망했지만 그건 나의 착각이었다. 그 이유는 금방 알 수 있었다.

한바 우두머리는 하나의 한바를 맡은 갱부의 대장인데 이 나가야의 조합에 들어오는 갱부에 관한 모든 일이 이 한 사람의 생각에 따라서 결정되었다. 따라서 세력이 굉장했다. 그 한바 우두머리와 순식간에 담판을 지은 조조 씨는,

"그럼, 잘 부탁드립니다."

라고 말한 뒤 빨강 담요와 꼬맹이를 데리고 나갔다. 다시 돌아올 줄 알았지만 그 후부터는 그림자도 보이지 않았기에 완전히 혼자가 되었다는 사실을 알게 되었다. 생각해보면 참 지독한 사람이었다. 여기까지 데려올 때는 이래저래 돌봐주는 듯한 말을 해주더니 막상 때가 되자 형식적인 인사 한마디도 없었다. 그건 그렇고 알선료는 언제 어디서 받은 것인지, 그것은 지금도 알 수가 없다.

이처럼 한바 우두머리로부터는 솥 안의 숯가마니 같은 취급을 받았고 조조 씨에게서는 짐짝처럼 내던져졌다. 내가 인간이라는 기분이 조금도 들지 않았기에 참으로 초라하다는 생각을 하고 있자니 나가는 세 사람의 뒷모습을 지켜본 한바의 우두머리가 갑자기 내 쪽을 돌아보았다. 그 얼굴 표정이 달라져 있었다. 사람을 숯가마니처럼 취급할 사내로는 도저히 보이지 않았다.

그야말로 도쿄 부근에서 밤낮으로 볼 수 있는, 산전수전 다 겪어서 만사에 통달한 사람의 얼굴이었다.

"당신은 날 때부터 노동자였던 건 아닌 것 같은데……."

한바 우두머리의 말을 여기까지 들었을 때 나는 갑자기 눈물이 쏟아질 뻔했다. 무턱대고 형씨라고 불리며 정나미가 떨어질 정도로 당하고 난 결과 더 이상은 도저히 형씨 이상으로는 올라가지 못할 것이라 각오하고 있던 참에 갑자기 당신이라 불리는 옛날로 돌아갔기에, 뜻밖의 장소에서 나를 인정받았다는 기쁨과 그리움과 그리고 과거의 기억—나는 바로 그저께까지 버젓하게 당신이라 불려왔다— 이런저런 것들이 한꺼번에 가슴 속으로 밀려든 데다 상대방의 태도가 참으로 정중하고 친절했기 때문에—나도 모르게 눈물이 쏟아질 뻔했다. 나는 그 후에도 여러 가지 일을 겪어 눈물을 흘릴 뻔한 적이 여러 번 있었지만 세상사에 닳아빠진 지금에 와서 생각해보면 대체로 눈물을 흘릴 만한 가치가 없는 일들이 많았다. 그러나 이때 머릿속에 고인 눈물은, 지금도 같은 일을 당하게 되면 나올지도 모른다는 생각이 든다. 괴롭고 힘들고 억울하고 무서워서 나오려는 눈물은 경험으로 지울 수가 있다. 고마움에 흐르려는 눈물도 흘리지 않을 수 있다. 그러나 타락한 자신이 여전히 예전의 자신이라고 타인에게 인식되었을 때의 기쁨의 눈물은 죽을 때까지 따라 다닐 것임에 틀림없다. 인간은 그 정도로 독선적인 법이다. 이 눈물을 감사의 눈물이라 오해하여 자만에 빠지는 것은, 자신을 위해서 하인을 들였으면서 하인을 위해서 들인 것이라고 생각하는 마음과 같은 것 아닐까?

이런 이유로 한바 담당자의 말을 한마디쯤 듣자 갑자기 눈물이 쏟아질 뻔했지만 실제로는 울지 않았다. 초라하다는 생각이 들기는 했지만 긴장은 풀어지지 않았다. 어디서부터인지는 모르겠지만 저항심이 솟아올랐다. 단지 생각대로 말을 할 수가 없었기에 말없이 상대방의 말을 듣고 있었다. 그러자 한바 담당자가 기쁠 만큼 친절한 어조로 이렇게 말했다. —

"······뭐, 어째서 이런 곳에 오셨는지, 방금 그 사내가 데려왔을 정도이니 저도 대충 사정은 짐작이 가지만—어떻습니까, 다시 한 번 생각해보는 게. 틀림없이 처음부터 갱부가 될 수 있으니 돈을 많이 벌 수 있다는 식의 달콤한 얘기라도 했겠죠. 그런데 실제로 해보면 말 같지가 않아서 그다지 재미는 없습니다. 무엇보다도 갱부라고 말로는 쉽게 하지만, 평범한 사람이 해낼 수 있는 일이 아닙니다. 특히 당신처럼 학교에 가서 교육 같은 걸 받았던 사람은, 도저히 해낼 수 없을 겁니다. ······."

한바 우두머리는 여기까지 말하고는 내 얼굴을 가만히 바라보았다. 무슨 말이든 하지 않으면 안 됐다. 다행스럽게도 이때는 눈물이 쏟아질 뻔한 것을 지나서 말을 할 수 있게 되어 있었다. 그래서 나는 이렇게 말했다. —

"저는—, 저는—, 돈 같은 건 그렇게 바라지 않습니다. 돈을 벌기 위해서 온 게 아니니까, —그건 알고 있습니다, 저도 알고 있습니다······."
라고 이때 알고 있습니다를 두 번 반복한 것을 지금도 기억하고 있다. 참으로 차분하지 못하고 시건방진 말이었다. 젊을 때는 조금 전까지 기가 죽어 있다가도 상대방에 따라서 바로 기어오르게 되는 법이다. 정말 부끄럽기 짝이 없다. 그리고 그 알고 있습니다, 말인데 무엇을 알고 있다는 건지를 생각해보자면, 지금 나를 데리고 온 사람, 즉 조조 씨는 말하자면 알선업자이고 모든 알선업자들에게 공통되는 허풍이라는 사실을 잘 알고 있다는 의미였으니 백 번 천 번 알고 있다고 해도 자랑이 되지 않음은 말할 필요도 없다. 그것을 정성스럽게, 속아서 온 것이 아니라 모든 사실을 알고도 갱부가 되려는 것이라고 설명해봐야 이제 와서 어쩌자는 말인가? 그런데 나이가 어리면 허영심이 강한 법으로— 지금도 약한 편이라고는 말할 수 없지만— 자꾸만 변명을 하려들었다는 것은 실로 식은땀이 날 정도로 어리석은 짓이었다. 다행히 상대방이 이런 일에 어울리지 않을 만큼 독실한 사람이었고 또 경험이 없는 나를 가엾게 생각한 나머지 시건방짐을 시건방짐이라고 알면서도 관대하게 봐주었기 때문에 호통을 듣지 않을 수 있었다. 정말로 고맙다. 그 한바에 살게 된 후에 우두머리의 세력이 얼마나 큰지를 알고 놀람에 따라서 나는, 알고 있습니다를 떠올리고는 혼자 얼굴을 붉혔다. 말이 나온 김에 그 우두머리의 이름은 하라 고마키치(原駒吉)임을 밝혀두겠다. 지금도 나는 좋은 이름이라고 생각한다.

하라 씨는 특별히 싫은 얼굴도 하지 않고 말없이 내 변명을 들어주었지만 잠시 후 머리를 흔들기 시작했다. 그 머리는 짧게 쳐올린 커다란 머리였는데 이마 부분이 어디에 눌린 것처럼 뻗쳐 있었다.

"그건 호기심이라고 할 수 있습니다. 여기까지 왔으니 꼭 해보고 싶다는, 하지만 집을 나올 때부터 갱부가 되겠다고 생각한 건 아니겠죠? 말하자면 일시적인 마음이라고 할 수 있습니다. 한번 해보면 바로 못하겠다고 할 것이 눈에 훤하니 그만두는 편이 좋을 겁니다. 실제로 서생 중에 여기에 와서 열흘을 견딘 사람은 아무도 없습니다. 네? 물론 옵니다. 한둘이 아닙니다. 오기는 오지만 전부 놀라서 도망쳐버립니다. 정말 보통사람이 할 수 있는 일이 아닙니다. 다른 말은 하지 않을 테니 돌아가도록 하세요. 굳이 갱부가 아니라도 입에 풀칠하는 정도라면 그렇게 어렵지는 않을 겁니다."

하라 씨는 여기서 양반다리를 풀어 엉덩이를 일으키기 시작했다. 나는 아무래도 낙제를 면할 수 없을 것 같은 분위기였다. 참으로 난감했다. 난감해진 결과 갱부라는 것에서 한걸음 물러나서 나만을 검사해보니, ─갑자기 추워졌다. 겹옷은 조금 전의 비로 젖어 있었다. 속옷도 입고 있지 않았다. 도쿄의 5월도 이 산속에 들어와보니 마치 2월이나 3월의 기후 같았다. 오르막길을 오를 때는 체온 때문에 그렇게 춥지 않았다. 하라 씨에게 거절당하기 전까지는 긴장을 하고 있었기 때문에 괜찮았다. 그런데 한바에 와서 휴식을 취한 데다 갱부가 될 가망이 거의 없다는 사실을 알게 되자 한심하다는 생각과 추위가 하나가 되어 갑자기 몸이 떨리기 시작했다. 그때의 내 얼굴은 틀림없이 보기에도 안쓰러울 정도로 추했을 것이다. 그때 나는 어쩐 일인지 조금 전에 나를 내팽개친 채 인사도 하지 않고 가버린 조조 씨가 다시 그리워졌다.

조조 씨가 있었다면 어떻게든 힘을 써서 갱부로 만들어주었으리라. 혹시 갱부로 만들어주지 못했다 할지라도 어떻게든 편을 들어주었으리라. 기찻삯을 내주었을 정도이니 내가 길을 알 수 있을 만한 데까지는 데려다주었으리라. 지갑을 조조 씨에게 빼앗긴 뒤부터 주머니에는 한 푼도 없었다. 돌아가려 해도 돌아가는 도중에 배가 고파 산속에서 쓰러질 판이었다. 차라리 지금부터라도 조조 씨를 따라가볼까? 한바를 여기저기 돌아다니며 찾아보면 못 만날 것 같지도 않았다. 만나서 이러이러하게 되었다고 울며 매달리면 지금까지의 친분도 있으니 좋은 방법을 알려줄지도 모른다. 그러나 헤어질 때 인사도 하지 않은 사람이니 어쩌면……; 나는 하라 씨 앞에서 실로 이렇게 한가한 일들을 아주 분주하게 이리저리 생각하고 있었다. 마음에 든 하라 씨가 앞에 있는데도 그렇게 변변치도 않은, 그것도 사라져버린 조조 씨만을 의지할 상대라고 생각한 것은 어떤 이유에서였을까? 이런 일은 흔히 있는 일이니 그럴 때면 적은 적, 아군은 아군이라고 판에 박은 것처럼 생각하지 말고 적 속에서 아군을 찾아보기도 하고 아군 속에서 적을 색출해 내기도 하는 등 한쪽으로 치우치지 않도록 마음을 자유롭게 활동시켜야 한다.

풋내기였던 나는 그런 것을 아직 이해하지 못했기 때문에 하라 씨 앞에 서서 떨면서 어쩔 줄 몰라 하고 있었더니 하라 씨도 내가 가엾어졌는지,

"당신이 돌아갈 마음만 있다면, 부족하나마 제가 얘기를 들어주도록 하겠습니다."

라고 먼저 말을 해주었다. 이렇게 말을 꺼내주었을 때 나는 울컥 고맙다고 느꼈다. 그것뿐이라면 당연한 일이었겠지만, 문득 깨달았다. ─내 얘기를 들어줄 사람은 나의 요청을 거절한 이 하라 씨밖에는 없다는 사실을 깨달았다. 깨달음과 동시에 다시 말을 할 수가 없게 되었다. 무슨 일이 있어도 갱부로 써달라고도 돌아갈 테니 여비를 빌려달라고도 말을 할 수 없었기에 이번에도 역시 우두커니 서 있었다. 깨달아도 소용이 없었다. 단지 오른손으로 주먹을 만들어서 추운 코 밑을 비볐을 뿐이라고 기억하고 있다. 나는 예전에 소극장에 가서 만담가가 이런 손동작을 하는 것을 본 적이 있었는데 내가 그대로 실행한 것은 이때가 처음이었다. 그 손동작을 보고 있던 하라 씨가 이번에는 이렇게 말했다.

"실례되는 말이지만 여비 문제라면 걱정하지 않아도 됩니다. 어떻게든 해드릴 테니."

여비는 물론 없었다. 몸에는 한 푼도 지니고 있지 않았다. 길에 쓰러져 죽을지도 모른다고 각오를 했다 할지라도 돈을 가지고 있는 편이 마음 든든하다. 하물며 만성적 자멸에 만족하고 있는 지금의 내게는 설사 엽전 한 닢의 푼돈이라도 소중하지 않을 수 없었다. 돌아가야 한다고 일이 결정되기만 하면 머리를 땅에 비벼서라도 하라 씨로부터 여비를 받아냈을 것이다. 실제로 이렇게 되면 염치고 품격이고 따질 게 못 된다. 그 어떤 체면을 구기는 방법으로라도 돈을 꾸게 된다. ─대부분의 사람들이 그렇게 될 것이다. 또 그렇게 되는 것도 당연하다. ─그러나 결코 칭찬받을 만한 행동은 아니다. 내가 이렇게까지 노골적으로 쓰는 것은 단지 인간의 정체를 사실 그대로 쓰려는 것뿐이지 써놓고 잘난 척을 하려는 것은 결코 아니다. 인간의 본성이 이러니 그래도 상관없다고 주장하는 것은 양갱의 재료는 팥이니 양갱 대신 생 팥을 씹으면 된다고 결론 내리는 것과 같은 일이다. 나는 그 당시의 꼴을 생각할 때마다 어째서 그런 쓸쓸한 생각을 하게 된 것인지, 내가 생각해도 정나미가 떨어진다. 이와 같은 천한 생각을 해본 적 없이 평생을 보낸 사람은 경험이 부족한 사람일지도 모르겠지만, 행복한 사람이다. 또 우리보다 훨씬 더 고상한 사람이다. 팥이 얼마나 맛없는지를 알지 못한 채 평생 양갱만 맛본 행복한 사람이다.

나는 하마터면 손을 모아 생판 처음 보는 한바 우두머리에게 얼마간의 도움을 청할 뻔했다. 그것을 간신히 막을 수 있었던 것은, 뜻밖의 호의로 마련해준 돈도 이삼일 싸구려 여인숙에서 밤이슬을 피하고 나면 바로 없어질 것이고 없어지자마자 다시 정처 없이 떠돌아다녀야 할 것이라는 사실을 부지불식간에 자각하고 있었기 때문이었다. 나는 동정에서 베풀겠다는 돈을 깨끗하게 거절했다. 거절한 겉모습은 씩씩하게도 보였다. 나 자신도 그렇게 생각했지만, 가만히 살펴보면 욕망의 천칭에 걸어놓고 판단한 이해관계에서 온 것일 뿐이다. 그 증거로 도움을 거절함과 동시에 나는 이런 말을 했다.

"그 대신 갱부로 써주십시오. 이왕 왔으니 저는 꼭 해보고 싶습니다."

"호기심이 굉장히 많으시군요."

라고 하라 씨는 머리를 갸우뚱거리며 나를 바라보다가 곧 한숨과 같은 목소리로,

"그럼 돌아갈 마음은 전혀 없다는 겁니까?"

라고 말했다.

"돌아가고 싶어도 돌아갈 곳이 없습니다."

"그야⋯⋯."

"집 같은 건 없습니다. 갱부가 되지 못한다면 구걸이라도 할 수밖에 없습니다."

승강이를 두어 번 거듭하는 동안 입을 놀리는 것이 굉장히 편안해지기 시작했다. 이건 당돌하게 억지를 부리는 것이라는 사실을 알면서도 참고 사용해본 결과 나도 모르게 분위기에 젖어서 한 말임에 틀림없으니 기계적인 변화라고 봐도 상관없지만 알 수 없는 것은 그 기계적인 변화가 반대로 내 정신에 영향을 주기 시작했다는 점이다. 내가 하고 싶은 말이 아무런 어려움도 없이 입에서 나오게 됨에 따라서—어떤 사람은 어떤 경우에 자기가 하고 싶지 않은 말까지 분위기에 젖어서 나불나불 이야기한다. 혀는 그 정도로 기계적인 것이다.— 이 기계를 사용한 결과 가속도의 효력을 얻음에 따라서 나는 점점 대담해져갔다.

아니, 대담해졌기 때문에 말을 할 수 있었던 거겠지, 네 말은 횡설수설이야, 라고 몰아붙일 생각이라면 그래도 상관없다. 상관없지만 그것은 너무나도 진부하고 또 때로는 거짓이 된다. 거짓과 진부에 만족하지 못하는 사람은 내 말에 더더욱 고개를 끄덕이게 될 것이다.

나는 대담해졌다. 대담해져감에 따라서 무슨 일이 있어도 갱부가 되어 살아야겠다고 결심하게 됐다. 또 말이 나오기만 하면 반드시 갱부가 될 수 있을 것이라 느끼기 시작했다. 그젯밤에 집을 뛰쳐나오기 직전까지만 해도 갱부가 되겠다는 생각은 꿈에도 하지 않았다. 바보가 아니니 갱부가 되기 위해서 가출을 하게 된 것이라면 왠지 부끄러워서, 한 일주일 정도 잘 생각해보자며 출발 시기를 애매하게 미뤘을지도 모른다. 도망을 치자. 도망을 쳤지만 신사의 도망이니, 사람인지 흙덩이인지 구분도 되지 않는 구멍 파는 사람으로 전락할 목적으로 도망친 것이라는 생각은, 아무런 어려움도 없이 자란 내 머릿속에 그림자조차 얼씬거리지 않았을 것이다. 그런데 하라 씨 앞에서 추운 어금니를 악물고 어쩔 수 없이 입씨름을 하고 있자니 나는 아무래도 갱부가 될 운명, 아니 천직인 것만 같다는 느낌이 들기 시작했다. 저 산과 저 구름과 저 비를 뚫고 왔으니 무슨 일이 있어도 갱부가 되어야만 한다. 만일 채용되지 못한다면 내 자신에 대해 체면이 서지 않는다. ─독자들은 웃을지도 모르겠다. 그러나 나는 당시의 심정을 진지하게 적고 있는 것이니 사람들에게 우습게 보이면 보일수록 그 당시의 내가 가엾어진다.

　묘한 고집인지, 승부욕인지 아니면 길을 가다 쓰러질 것이 두려워 발걸음을 돌리지 못한 것인지, ─그 점은 나도 잘 알 수 없지만 어쨌든 나는 가장 열렬한 어조로 하라 씨를 설득했다.

　"……그러지 마시고 써주십시오. 실제로 제가 부적절한 것이라면 하는 수 없지만 아직 해보지 않은 일이니─기껏 산을 넘어

멀리서 일부러 온 성의를 생각해서 하루나 이틀이라도 좋으니 한번 시험이나 해볼 생각으로 써주십시오. 그런 뒤에 전혀 도움이 되지 않는다는 사실을 알게 되면 돌아가겠습니다. 틀림없이 돌아가겠습니다. 저도 그만큼의 일도 못하면서 억지로 고집을 부려 폐를 끼칠 생각은 없습니다. 저는 열아홉 살입니다. 아직 젊습니다. 한참 일할 때입니다. ……."

라고 어제 찻집의 여주인이 한 말 그대로를 분위기에 휩쓸려 말해버렸다. 나중에 생각해보니 이것은 오히려 타인이 나를 평가할 때 하는 말이지, 내가 나에 대해서 할 말은 아니었다. 여기서 하라 씨가 약간 웃기 시작했다.

"그렇게 원한다면 하는 수 없지. 이것도 다 인연이니. 그럼 해보도록 하십시오. 그 대신 힘듭니다."

라며 하라 씨는 무심히 뒤쪽의 벌건 산을 내다보듯 올려다보았다. 대충 날씨라도 살폈던 것이리라. 나도 하라 씨와 함께 산 쪽으로 시선을 옮겼다. 비는 그쳤지만 어둡게 흐려 있었다. 기분이 나빠질 정도로 스산한 산속의 날씨였다. 그 한순간에 내 소원이 이루어져 나는 우선 산속의 사람이 되었다. 그때 '대신 힘듭니다.'라고 했던 하라 씨의 말이 이상하게 마음에 걸리기 시작했다. 사람은 간신히 눈앞의 뜻을 이루고 나면 곧 반동이 와서 오히려 뜻을 이룬 것이 갑자기 원망스러워지는 경우가 있다. 내가 바라던 대로 여기에 머물러도 좋다는 지령을 구두로 들은 순간의 느낌은 그것과 약간 비슷했다.

"그럼."—하라 씨가 어투를 새로이 하여 말하기 시작했다.

"그럼. 우선 내일 아침부터 굿길에 들어가보도록 하시죠. 안내할 사람을 한 명 붙여줄 테니. ―그리고 ―그래, 그 전에 말해두어야 할 것이 있는데요, 그냥 갱부라고 하면 간단한 일을 하고 있는 것 같지만 밖에서 듣는 것과는 달리 그렇게 간단한 작업이 아닙니다. 처음부터 갱부가 되는 것은."이라고 말하고 내 얼굴을 바라보다 곧,

"그 체격으로는 약간 힘들지도 모르겠습니다. 갱부가 아니어도 괜찮겠습니까?"

라고 가엾다는 듯이 물었다. 갱부가 되기까지 상당한 계급과 연습을 쌓아야만 한다는 사실을 여기서 처음으로 알았다. 그랬기에 조조 씨는 갱부, 갱부하며 마치 명예라도 되는 양 갱부를 떠벌린 것이었다.

"갱부 외에 다른 것이 있습니까? 여기 있는 사람들은 전부 갱부가 아닙니까?"

라고 혹시나 해서 물어보았다. 그러자 하라 씨는 나를 한심하게 여기는 듯한 기색도 없이 바로 그 사정을 설명해주었다.

"광산에는 말입니다, 만 명이나 되는 사람들이 들어와 있습니다. 그것이 호리코(堀子), 시추(シチュウ), 야마이치(山市), 갱부 이렇게 네 개로 나뉘어 있습니다. 호리코라는 건 아직 갱부로 쓸 수 없는 녀석인데 말하자면 갱부의 조수입니다. 시추는 간단히 말하자면 굿길 안의 목수 같은 것이라고 할 수 있습니다. 그리고 야마이치, 이건 그저 돌멩이를 콩콩 깰 뿐인데 주로 아이들―조금 전에도 한 명 왔었죠? 이런 것들이 갱부 견습생들이 당분간

하는 일입니다. 사정은 대충 이렇습니다. 그리고 갱부가 되면 청부를 받아 일을 하기 때문에 시간만 잘 맞으면 하루에 1엔이나 2엔을 벌 수도 있지만, 호리코는 일 년 내내 일당 35센으로 견뎌야 합니다. 거기다 그중 5부는 십장이 가져가고 병이라도 걸리면 수당이 절반으로 줄어 17센 5린이 됩니다. 그리고 이불을 빌리는 돈이 한 장에 3센—추울 때는 반드시 두 장이 필요하니 합쳐서 6센, 그리고 밥값이 하루에 14센 5린, 반찬은 별도입니다. —어떻습니까? 만약 갱부가 되지 못한다면 호리코라도 해볼 마음은 있으십니까?"

솔직히 말하자면 하겠다고 씩씩하게 나설 기운은 없었지만 여기까지 온 이상 이제 와서 안 하겠다고 거절할 수 있는 상황이 도저히 아니었다. 그래서 가능한 한 기운을 내서,

"하겠습니다."

라고 대답해버렸다. 하라 씨가 이 대답을 분명한 결심 끝에 한 말로 받아들였는지 아니면 오기에서 허세를 부리려 한 말로 받아들였는지는 분명치 않지만 어쨌든 이 말을 들은 하라 씨는 기분 좋게,

"그럼 이리 올라오세요. 그리고 당신, 사람을 붙여줄 테니 우선 굿길에 들어가보도록 하십시오 워낙 만 명이나 되는 사람들이 있고 이렇게 각 조별로 나뉘어 있기 때문에 한바를 하나라도 맡게 되면 하루도 쉬지 않고 귀찮은 일들이 생깁니다. 부탁을 하기에 기껏 써주면 바로 도망을 칩니다. —하루에 두어 명은 꼭 도망을 칩니다. 그렇다고 해서 여기에 붙어 있는 사람들은

조용한가 하면, 병에 걸려 죽어버리는 녀석이 나오고—정말 난처하기 짝이 없습니다. 장례식만 해도 하루에 대여섯 조에서 하지 않는 날이 거의 없습니다. 어쨌든 해볼 생각이라면 진심으로 해보시기 바랍니다. 자리에 앉으면 다리가 풀릴 텐데. 이리로 올라오세요."

이렇게 자세한 얘기를 들은 나는 가령 호리코가 되든 야마이치가 되든 열심히 일하지 않으면 하라 씨를 볼 면목이 없게 되어버렸다. 그래서 마음속으로 하라 씨에게 폐가 되는 짓만은 결코 하지 않겠다고 결심했다. 워낙 나이가 열아홉이었기에 순진했었다.

이에 하라 씨의 말대로 발을 닦고 자리에 앉아 있자니 안쪽에서 할머니가 나와, —이 할머니가 너무나도 갑작스럽게 나타났기에 약간 놀랐지만,

"이쪽으로 오슈."

라고 말하기에 적당히 인사를 하고 뒤를 따라갔다. 조그만 할머니로 뒷모습이 작은 것에 비해서는 깡충깡충 뛰어오르듯 활발한 걸음걸이였다. 폭이 좁은 갈색 허리띠를 단단하게 묶고, 얼마 남지 않은 머리카락을 뒷목 부근에서 정리하여 거기에 납빛 비녀를 꽂았다. 그리고 다스키[16]를 어깨에 걸치고 있었다. 부엌이나—부엌이 없다면— 안쪽에서 한참 볼일을 보다 안내를 위해서 나왔기에 저렇게 분주하게 엉덩이를 흔드는 것이리라. 아니면 산골에서 자랐기 때문일까? 아니, 한바이니 한가하게 있을 시간

---

16) 襷. 옷소매를 걷어올려 매는 끈.

이 없어서 그랬던 것이리라. 그렇다면 오늘부터 한바의 밥을 먹게 된 이상 나도 한가하게 있을 수 없다. 모든 일을 이 할머니처럼 하지 않으면 안 된다.— 안 된다.—라고 힘차게, 자꾸만 생각했더니 지쳐 있을 수밖에 없던 팔다리가 갑자기 안 된다, 로 충만하고 머리와 가슴의 조직이 약간 변한 듯한 기분이 들었다. 그 기세를 몰아 넓은 계단을 안내에 따라서 성큼성큼 힘차게 올라갔다. 그러나 내 머리가 계단에서 불쑥하고 한 자 정도 나오자마자 이 결심은 휙 뒤로 물러나버렸다.

가슴 위를 계단 위로 내밀어 2층을 바라보고는 깜짝 놀랐다. 다다미가 몇 십 장인지는 모르겠지만 저 멀리 끝까지 깔려 있고 그 사이에는 장지문 하나 보이지 않았다. 마치 유도의 도장이나 연회석 자리와도 같았는데 그것도 넓이는 두 배, 세 배나 되었다. 따라서 널따랗다는 느낌뿐으로, 다다미 위였는데도 마치 벌판에 나온 것 같다는 느낌밖에 들지 않았다. 그것만으로도 놀랄 가치는 충분했는데 그 널따란 벌판 가운데 커다란 이로리[17]가 두 개 있고 거기에 사람이 약 열대여섯 명씩 모여 있었다. 내 결심이 뒤로 물러나버렸다는 건 비겁한 얘기지만, 원인은 전부 이 사람들에게 있었던 모양이다. 평소부터 강한 척하기는 했지만 젊었기 때문에 낯선 사람들이 많은 자리에는 거의 얼굴을 내민 적이 없었다. 성대한 자리에서는 안 그래도 주눅이 들어버린다. 그런데 갑자기 갱부들 단체에 사로잡힌 몸이 되었기에 이 검은 덩어리를

---

17) 囲炉裏. 방을 네모나게 파고 커다란 화덕을 놓아 난방용, 취사용으로 쓰던 장치.

보자마자 약간 겁을 먹어버렸다. 그것도 평범한 인간이라면 모르겠다, 라고 말하면 의미가 잘 통하지 않는다. —평범한 인간이 갱부가 된 것이라면 괜찮았을 것이다. 그런데 내 가슴 위쪽이 계단 위로 드러나자, 그 검은 덩어리의 각 부분이 마치 약속이라도 한 듯 일제히 나를 바라보았다. 그 얼굴이—사실은 그 얼굴 때문에 완전히 위축되어버렸다. 왜냐하면 그 얼굴이 평범한 얼굴이 아니었기 때문이다. 평범한 인간의 얼굴이 아니었다. 순전한 갱부의 얼굴이었다. 이렇게 말할밖에 달리 표현할 길이 없다. 갱부의 얼굴은 대체 어떤 얼굴일까 하는 호기심이 있는 사람은 가서 볼밖에 달리 방법이 없다. 그래도 꼭 좀 설명을 해달라면 대충 얘기를 해보겠는데, —광대뼈가 불쑥불쑥 높이 솟아 있었다. 턱이 앞으로 튀어나와 있었다. 동시에 좌우로 넓적했다. 눈이 단지처럼 안으로 들어가 거침없이 안구를 안쪽으로 빨아당기고 있었다. 콧잔등이 무너져 있었다. —다시 말해서 살이라는 살은 전부 뒤로 물러나고 뼈란 뼈는 전부 함성을 지르며 앞으로 나와 있었다고 평하면 될 것이다. 얼굴의 뼈인지 뼈의 얼굴인지 분간이 되지 않을 정도로 각이 져 있었다. 격심한 노동의 결과 빨리 나이를 먹은 것이라고도 해석할 수 있겠지만 그저 자연스럽게 나이를 먹어서는 그렇게 되지 않는다. 둥근 맛이나, 따뜻한 맛이나, 부드러운 맛은 약에 쓰려 해도 찾아볼 수가 없었다. 한마디로 말하자면 영맹(獰猛)해 보였다. 신기하게도 그 영맹한 얼굴들이 하나의 공동체가 되어 있는 듯 이로리 곁의 검은 사람들이 일제히 나를 돌아보자 순식간에 열너덧이나 되는 영맹한 얼굴들이 모였다. 방의 안쪽 이로리를 둘러싸고 있는 사람들도 같은 얼굴일 것임에 틀림없었다. 조금 전 언덕을 올라올 때 나가야의 창으로 나를 내려다본 얼굴도 이것과 똑같았다. 그렇다면 각 조별로 나가야에 살고 있는 총 만 명의 얼굴이 전부 영맹하게 생긴 것이리라. 나는 완전히 겁을 먹었다.

이때 할머니가 뒤를 돌아보며,

"이쪽으로 오슈."

라고 답답하다는 듯 말했기에 마음을 다잡은 뒤 영맹 쪽으로 다가갔다. 간신히 이로리의 끝 쪽까지 갔더니 할머니가 이번에는,

"우선은 여기에 앉게."

라며 가리켰지만 단지 적당한 곳에 앉으라고 말한 것뿐이지 특별히 마련해놓은 자리가 있었던 것도 아니었기에 나는 검은 덩어리를 피해서 홀로 다다미 위에 앉았다. 그러는 동안에도 영맹한 눈들은 시종 내게 들러붙어 있었다. 조심스러운 마음이라고는 조금도 찾아볼 수 없었다. 그리고 입을 여는 사람은 아무도 없었다. 인사를 하기 전까지는 단체 속에 섞여들 수도 없고, 혼자 오도카니 앉아 있는 것은 영맹한 눈들의 표적이 될 뿐이니 참으로 난감했다. 할머니는 나를 소개할 낌새가 아니었다. 기계적으로 '여기에 앉게.'라고 말하고는 엉덩이를 흔들며 계단을 내려가버렸다. 널따란 연회석 한가운데 혼자 남겨져 손님 시중드는 사람들로부터 놀림을 받을 때와 다를 바가 없었다. 물론 말할 필요도 없이 무료하기 짝이 없었다. 특히 당시의 나는 불안했다. 뿐만 아니라 겹옷 한 벌로는 추웠다. 춥다는 것은 이 5월 하늘

아래서 활활 석탄불을 피워놓고 영맹한 무리들이 이로리 주위에 모여 있다는 사실로도 알 수 있었다. 나는 하는 수 없었기에 몰래 셔츠의 단추를 풀어 겨드랑이 밑에 손을 넣어보기도 하고, 무릎을 세워 엄지발가락을 꼬집어보기도 하고, 혹은 허벅지를 두 손으로 문지르기도 하고, 여러 가지로 해보았다. 이럴 때 차분한 얼굴로—얼굴뿐만 아니라 진심으로 차분하고 태연하게 앉아 있을 수 있도록 수련을 쌓지 않으면 커다란 손해다. 그러나 열아홉 살 안팎의 나이로는 도저히 흉내 낼 수 없는 재주이기 때문에 나는 어찌할 바를 몰랐다. 앞서 말한 것처럼 여러 가지로 한심한 짓을 하고 있자니 갑자기,

"이봐."

라고 부르는 사람이 있었다. 나는 그때 마침 밑을 내려다보며 허리의 끈을 고쳐 매고 있었는데 그 목소리를 듣자마자 전기장치 라도 되어 있는 얼굴처럼 목이 갑자기 뻣뻣해져버렸다. 돌아보니 조금 전 그 얼굴들의 눈이 전부 나를 향해 빛나고 있었다. '이봐.'라 는 말이 어느 얼굴에서 나온 것인지는 알 수 없었지만 어느 얼굴에서 나왔든 크게 달라질 것은 없었다. 어떤 얼굴도 영맹했는 데 가만히 보니 그 영맹함 속에 경멸과 조롱과 호기심이 확연하게 새겨져 있다는 것은 머리를 든 순간 발견한 사실이었고, 발견하자 마자 불쾌감을 느끼게 한 사실이기도 했다. 나는 하는 수 없었기에 고개를 든 채 '이봐.'라는 목소리가 다시 한 번 나기를 기다렸다. 그 사이에 몇 초나 흘렀는지는 모르겠지만 어쨌든 그와 같은 상태에서 일정한 자세로 있었던 모양이었다. 그러자 갑자기,

"너무 새침한데."

라고 말한 사람이 있었다. 그 목소리는 조금 전의 '이봐.'보다 조금 갈라져 있었기에 대충 다른 사람일 것이라 짐작했다. 그러나 대답할 성질의 말이 아니었기에—글로 써놓으면 평범한, '~한데.' 로 보이지만 사실은 '~하게 굴지 마.'라는 뜻으로 묘하게 둘러친 것이기 때문에 굉장히 저속했다. —그래서 역시 말을 하지 않았다. 단지 내심으로는 크게 놀랐다. 내가 여기에 와서 말을 나눈 것은 하라 씨와 할머니뿐이었는데 할머니는 여자니까 제외하고, 하라 씨는 생각했던 것보다 정중했다. 그런데 하라 씨는 한바의 우두머리였다. 우두머리가 이러니 일반 갱부들도 역시 그렇게 거칠지는 않을 것이라고 착각하고 있었던 것이다. 그랬기 때문에 이 거친 말이, 아닌 밤중에 홍두깨처럼 날아왔을 때는 겁을 먹기에 앞서 우선 놀라 얼이 빠져버렸다. 차라리 여기서 똑같이 독기 어린 말을 했다면 몰매를 맞든 평등한 교제를 시작하든 빨리 결판이 났을지도 몰랐지만 나는 아무런 말로도 대답을 하지 않았다. 원래부터 도쿄에서 태어났으니 이럴 때 어떻게든 받아치는 정도 는 가능했을 것이다. 그럼에도 불구하고 협기 있는 말은 물론 평범하게라도 되받아치지 못한 것은, —상대할 가치가 없다고 그들을 경멸했기 때문이었을까—아니면 무서워서 아무런 말도 할 용기가 나지 않았던 것이었을까? 나는 전자라고 말하고 싶다. 그러나 사실은 아무래도 후자인 듯하다. 어쨌든 양쪽 모두가 섞여 있는 것이라고 말하는 편이 가장 무난할 듯하다. 세상에는 경멸하면서도 무서워하는 것이 얼마든지 있다. 모순은 아니다.

그야 어느 쪽이든 상관없지만 내가 그 거친 말을 듣기만 했을 뿐 조용히 흘려버릴 생각이라고 간파한 갱부들은 재미있다는 듯 한꺼번에 와 하고 웃었다. 내가 조용하면 조용할수록 그 웃음은 더욱 높게 울려 퍼질 것임에 틀림없었다. 광산을 나서면 세상이 상대를 해주지 않는 것에 대한 보복으로 가끔 평범한 사람이 광산 속으로 들어오면 옳다구나 싶어서 조롱을 하는 것이다. 내 입장에서 보자면 이 갱부들이 사회에 대해서 품고 있는 원한을 내 한 몸으로 받아들이게 된 셈이었다. 광산에 들어가기 전까지는 나야말로 사회에 설 수 없는 몸이라고 생각하고 있었다. 그런데 한바에 올라가보니 나 같은 인간은 동료로 삼지 않겠다는 듯 취급을 했다. 나는 보통 사회와 갱부 사회 사이에 서서 보기 좋게 진퇴양난에 빠져버렸다. 따라서 이 열너덧 명의 웃음소리가 뜨거울 정도로 내 얼굴의 정면에서 일어났을 때는 슬프다기보다도, 부끄럽다기보다도, 무료하다기보다도, 한심할 정도로 인정이 없는 녀석들이 모여 있다고 생각했다. 교육을 받지 못했으리라는 것은 처음부터 알고 있었다. 교육을 받지 못했다면 예측할 수 없을 정도로 억지스러운 주문은 하지 않을 테지만, 아무리 갱부라 할지라도 어머니의 뱃속에서 가지고 태어났을 인간다움은 있을 것이라 생각했기에 그 뜻밖의 웃음소리를 듣는 순간 짐승 같은 놈들이라고 생각했다. 화가 나서 속어로 쓸 때의 짐승 같은 놈들이 아니다. 인간이라 받아들일 수 없다는 의미에서의 짐승 같은 놈들이었다. 지금은 경험을 많이 쌓았기 때문에 이 정도 쯤이야, 하며 둔감해져서 상대를 하지 않을지도 모르겠지만 그때는 아직

19년밖에 쓰지 않은 새롭고 부드러운 머리에 그 웃음소리가 찌릿하게 밀려왔기 때문에, 슬펐다. 내가 생각하기에도 기억을 떠올릴 때마다 참으로 가련한, 사랑스러운 당시의 신경계통을 그대로 솜에 싸서 소중하게 간직하고 싶다는 마음이 든다.

그 악의에 넘친 웃음이 드디어 사그라들자,

"넌 어디서 왔나?"

라는 질문이 나왔다. 그 질문을 한 사람은 내게서 가장 가까운 곳에 앉아 있었기에 목소리가 나온 곳을 분명히 알 수 있었다. 연노란색 수건 같은 허리끈을 허리뼈 위에 감고 반대방향으로 양반다리를 하고 앉은 채 비스듬하게 얼굴만 이쪽으로 향하고 있었다. 그 한쪽 눈은 천성적으로 아래쪽 눈꺼풀이 뒤집어진 데다 결막 전체가 충혈 되어 있었다.

"저는 도쿄에서 왔습니다."

라고 대답했더니 뒤집어진 눈이 살 없는 뺨을 오목하게 만들어 우롱하는 듯한 웃음을 지어 보이며 옆으로 네 번째에 있는 갱부를 슬쩍 턱으로 찍었다. 그러자 그 신호를 받은 거지 중이 대신해서 이런 말을 했다.

"저, 라니 서생 나부랭이구먼. 대충 창녀를 데리고 놀다 실수라도 한 거겠지. 발칙한 녀석이군. 아무튼 요즘 서생 나부랭이들은 풍기가 문란해서 못 쓴다니까. 그런 녀석이 견딜 수 있을 거 같아, 얼른 돌아가. 그렇게 말라비틀어진 팔로 할 수 있는 일이 아니야."

나는 아무런 말도 하지 않았다. 입을 꾹 다물고 있어서 맥이 풀린 탓인지 왁자지껄 놀리던 것이 조금은 잠잠해졌다. 그때 갱부 한사람—이 사람은 평범한 얼굴이었다. 세상에 나가도 평범하게 통할 정도로 이목구비가 제대로 자리 잡고 있었다. 나는 놀림을 받으면서 눈을 들어 검은 덩어리들을 볼 때마다 사람의 숫자와 옷과 영맹의 정도 등을 마음으로 조금씩 헤아리고 있었는데 처음에는 모두의 얼굴이 전체적으로 뼈와 눈으로만 생긴 데다 수욕(獸慾)의 기름이 떠 있는 부분만 눈에 들어왔기에 이 사람도 저 사람도 차이가 없는 것처럼 여겨졌다. 그것이 세 번, 네 번 거듭되어 네 명, 다섯 명 인상의 구별이 가능해짐에 따라서 그 갱부만이 한층 눈에 띄게 보이기 시작했다. 나이는 아직 서른이 되지 않았을 것이다. 체격은 다부졌다. 눈썹과 콧등이 만나는 부분이 한층 더 안쪽으로 물러나 있었기에 하루 종일 안경에 눌려 있는 것처럼 보였다. 거기에 신경질이 고여 있는 것 같았지만 그랬기 때문에 영맹한 맛은 오히려 덜했다고 해도 좋을 특징을 가지고 있었다. —그 갱부가 이때 처음으로 입을 열었다. —

"왜 이런 곳에 온 게지? 와봐야 별 수 없어. 돈을 벌 수 있는 곳이 아니야. 여기에 있는 녀석들은 전부 먹고살 길이 막힌 녀석들뿐이야. 얼른 돌아가는 게 좋을 거야. 돌아가서 신문배달이라도 하는 편이 나을 거야. 나도 원래는, 이래봬도 학교까지 다닌 적이 있었지만 방탕한 생활을 보낸 결과 결국에는 굿길의 밥을 먹게 되어버렸어. 나처럼 되면 그걸로 끝이야. 돌아가고 싶어도 돌아갈 수 없게 돼. 그러니 지금 도쿄로 돌아가서 신문배달을 해. 서생은 절대로 1개월도 견디지 못해. 생각해서 하는 말이니 돌아가. 알았지?"

이건 비교적 진지한 충고였다. 그 충고를 하는 동안에는 천하의 영악한 무리들도 조용히 참견하지 않고 듣고 있었다. 그 타성으로 충고가 끝난 뒤에도 잠시 조용했다. 이것은 어쩌면 그 갱부에게 약간의 세력이 있어서, 그 세력에 대한 조심성 때문일지도 모르겠다고 생각했다. 그때 나는 왠지 내심 유쾌했다. 그 갱부든 다른 갱부든 인상에 약간의 변화는 있었지만, 역시 하나의 구멍에서 콩콩 광석을 깨는 처지일 것이다. 그런 기술에 상하가 있을 리가 없었다. 그렇다면 이 남자의 세력은 전부 글을 읽을 줄 알고, 이해력이 있고, 분별력이 있고—한마디로 말해서 교육을 받은 덕분일 것임에 틀림없었다. 나는 지금 이렇게 놀림을 당하고 있다. 거의 최고 밑바닥 노동자들에게조차 한패로 인정받지 못하는 비인간으로 수많은 모욕을 받고 있다. 그러나 일단 이 사회에 들어가서 영맹한 무리의 한 사람이 된다면 한 달, 두 달 살아가는 동안 이 남자 정도의 세력은 얻을 수 있을지 모른다. 할 수 있을 것이다. 당연히 할 수 있을 것이라고까지 느끼고 있었다. 그랬기에 누가 아무리 뭐라고 해도 돌아가지 않겠다, 이 사회에서 제 몫을 하는 사람 이상이 되어 성공해 보이겠다. —상당히 과감하게 하찮은 생각을 하게 되었지만, 지금 생각해봐도 어느 정도 설득력은 있는 논리인 듯하다. 이에 그 갱부의 충고에는 삼가 귀를 기울였지만 그렇다고 해서 상대가 말한 대로, 그럼 돌아가겠습니다, 라는 대답도 하지는 않았다. 그러는 동안에 잠깐 잠잠하던 조롱의 혓바닥이 다시 움직이기 시작했다.

"있겠다면 그렇게 해주겠지만 여기에는 이런저런 규칙이 있으니 알아두지 않으면 곤란해."

라고 한 사람이 말하기에,

"어떤 규칙입니까?"

라고 물었더니,

"멍청하기는. 십장도 있고 형제들도 있잖아."

라며 아주 커다란 소리를 냈다.

"십장이란 뭘 말하는 겁니까?"

라고 물어봤다. 사실은 너무 고시랑고시랑 말하기에 입을 다물고 있을까도 생각해봤지만 혹시 규칙을 어겨 나중에 못 당할 꼴을 당하게 될까 두려웠기에 일단 물어봤다. 그러자 다른 갱부가 바로 대답을 했다.

"한심한 녀석일세. 십장도 모른단 말이야. 십장도 형제도 모르면서 갱부가 되겠다니 잘못 생각했구먼. 얼른 꺼져."

"십장도 있고 형제도 있으니까, 그래서 돈을 벌려고 해도 뜻대로는 되지 않아. 꺼져."

"벌면 손에 장을 지지지, 꺼지는 게 좋아."

"꺼져."

"꺼져."

자꾸만 꺼지라고 했다. 그것도 실제로 나를 위해서 돌아가라고 하는 것이 아니었다. 한패로 받아줄 수 없으니 꺼지라는 것이었다. 너는 돈을 벌고 싶겠지만 그렇게 해줄 생각은 없다, 우리끼리만 돈을 버는 일이니 포기하고 얼른 돌아가라고 말하는 것이다.

따라서 어디로 돌아가라고도 말하지 않았다. 강 밑으로라도 구멍 속으로라도 상관없으니 아무대로나 돌아가라고 말하는 것이었다. 나는 입을 다물고 있었다.

이런 형세가 이대로 계속된다면 어떤 결과에 다다르게 될지 걱정이었다. 적은 이쪽 이로리 주위에만 있는 것이 아니었다. 조금 전에 잠깐 이야기한 것처럼 안쪽에도 커다란 원이 되어 검게 모여 있었다. 이쪽의 단체만 해도 대하기가 벅찬데 저쪽 세력까지 가세한다면 큰일이었다. 나는 우롱당하면서도 때때로 곁눈질을 하여 미래의 적―이렇게 되면 이 사람도 저 사람도 인간이기만 하면 적으로 인정해버리게 된다.― 멀리에 있지만 슬슬 밀려올 것만 같은 미래의 적을 바라보았다. 이처럼 내 마음이 전후좌우로 뿔뿔이 흩어져 있으며 게다가 독립이 불가능하니 형세의 뒤를 쫓는, 악착 같이 뒤쫓는 것만큼 괴로운 일도 없었다. 누가 뭐래도 적을 만나면 적을 집어삼켜버리는 것이 최고다. 집어삼키지 못할 바에는 적에게 먹혀버리는 편이 낫다. 만약 두 가지 모두 어렵다면 인연을 완전히 끊고 독립자존의 태도로 적을 보는 것이 좋다. 적과 융합하지도 못하고, 적의 세력 범위 밖으로 마음을 가져가지도 못하고 게다가 적의 엉덩이 냄새만을 맡아야 한다면 어마어마한 손해가 된다. 따라서 가장 하등하다. 나는 종종 이러한 경우에 부딪혀 여러 가지 활로를 연구해봤지만 연구한 만큼 마음이 말을 듣지 않는다. 따라서 여기서 말하는 제3의 책략은 전부 엉터리 공허한 설법이다. 만약 설명을 하지 않아도 뻔히 알고 있는 진설(陳設)이라면 말할수록 더욱 얼간이가 된다. 아무래도 정식으로 학문을 하지 않으면 이쯤에 와서 취사(取捨)의 구분이 안 가기 때문에 곤란해진다.

내가 사방팔방으로 신경을 빼앗긴 탓에 자신의 존재가 최고로 축소되어 어쩔 줄 몰라 하고 있을 때,

"밥을 먹게."

라는 할머니의 목소리가 들려왔다. 어느 틈에 할머니가 올라왔는지, 내 영혼이 비둘기 알처럼 작아져 한참 축소되어 있었을 때였기에 밥 얘기가 귀에 들어올 때까지 전혀 눈치를 채지 못했다. 보니 벗겨진 밥상 위에 이가 빠진 대접이 엎어져 있었다. 조그만 나무밥통도 올려져 있었다. 젓가락은 빨강과 노랑으로 나뉘어 색이 칠해져 있었는데 노란색 쪽의 옻칠이 반 정도 벗겨져 나무가 그대로 드러나 있었다. 반찬으로는 실처럼 가늘게 썬 구약나물이 한 접시 놓여 있었다. 나는 시선을 아래로 내려 그 밥상의 광경을 보자마자 먹고 싶다는 생각이 불끈 솟아올랐다. 사실은 오늘 아침부터 물 한 방울 입에 넣지 않았다. 위는 완전히 비어 있었다. 만약 비지 않았다면 어제 먹은 튀김만두와 감자가 남아 있을 뿐이었다. 밥이라는 것을 본 지 이틀 밤낮이 지났기에 제아무리 영혼이 위축되어 있는 이런 때라 할지라도 나무 밥통의 그림자를 본 순간, 식욕이 맹렬하게 목구멍까지 밀고 올라왔다. 그랬기에 놀림도 말참견도 신경 쓸 틈도 없이, 체면이고 나발이고 내팽개치고 다짜고짜 밥통에서 밥을 퍼서 대접 하나 가득 담았다. 그것까지 귀찮게 여겨질 만큼, 기다리기 지루하게 여겨질 정도였지만 그 벗겨진 젓가락을 들어 대접에서 밥을 떠올리려다──응? 하고

놀랐다. 조금도 퍼올릴 수가 없었다. 손가락 사이에 힘을 주어 젓가락을 한껏 바닥까지 찔러넣고 이번에야말로, 하며 들어올려 봤지만 역시 마찬가지였다. 밥은 미끌미끌 젓가락에서 떨어져 결코 대접에서 떠나려 하지 않았다. 19년 동안 아직 겪어본 적이 없는 일이었기에 너무나도 이상해서 그와 같은 실패를 두어 번 반복해본 뒤에 왜 이러지 하며 젓가락을 멈추고 생각에 잠겼다. 틀림없이 귀신에라도 홀린 듯한 표정이었으리라. 보고 있던 갱부들이 다시 한 번 한꺼번에 웃음을 터뜨렸다. 나는 그 소리를 듣자마자 갑자기 대접을 입으로 가져갔다. 그리고 윤기 없는 밥을 한 입 쓸어넣었다. 그러자 웃음소리보다도, 갱부보다도, 배고픔보다도, 세 치 혀 위에만 영혼이 깃든 것이라 여겨질 정도로 이상한 맛이 났다. 밥이라고는 도저히 생각되지 않았다. 이건 완전히 벽토(壁土)였다. 그 벽토가 침에 풀려서 입 안 가득 퍼져갔을 때의 기분은 말로 표현하려야 표현할 수가 없다.

"상판 좀 봐. 보기 좋은데."

라고 한 사람이 말하자,

"축일도 아닌데 이밥을 기대하고 있다니. 그러니까 꺼지라고 말한 건데."

라고 다른 사람이 말했다.

"남경미[18]도 모르면서 갱부가 되려 하다니, 처음부터 잘못 생각했어."

---

18) 南京米. 동남아시아나 중국에서 수입한 쌀.

라고 또 한 사람이 말했다.

　나는 조롱 속에서 어쩔 수 없이 그 남경미를 삼켜넣었다. 한입만 먹고 말까도 싶었지만 기껏 고봉으로 푼 것을 먹어치우지 않으면 또 놀림을 당할 테니 곰의 쓸개를 먹는 듯한 기분으로 대접에 푼 것만은 깨끗하게 뱃속에 넣었다. 절대로 식욕 때문이 아니었다. 어제 먹은 튀김만두와 찐 감자가 얼마나 맛있는 음식이었는지 모른다. 내가 남경미의 맛을 본 것은 태어나서 이때가 처음이었다.

　이런 이유로 대접에 푼 것만은 그럭저럭 해치웠지만 두 그릇째 는 죽어도 퍼 담을 마음이 생기지 않았기에 구약나물만을 먹고 젓가락을 내려놓았다. 이렇게까지 참아가며 억지로 맛이 없는 것을 입에 넣었는데도 젓가락을 내려놓자마자 한껏 조롱을 받았 다. 그때는 굉장히 괴로운 일이라고 생각했지만 그 후 하루에 세 번씩은 반드시 그 남경미와 마주해야 하는 신분이 되었기에 그 벽토에도 익숙해져감에 따라서 이른바 이밥과 마찬가지로 인류가 먹어야 할 것, 아니 먹지 않으면 안 될 자미(滋味)라고 여기게 된 뒤부터는 벗겨진 밥상을 대하고 뒷걸음질을 친 당시가 오히려 부끄럽다는 생각이 들었다. 갱부들이 놀린 것도 그렇게 탓할 일만은 아니었다. 지금에 와서는 그런 경험이 없는 귀족적 갱부가 한 그릇의 남경미 때문에 고민하는 모습과 맞닥뜨려, 현장을 목격하게 된다면 어쩌면 나까지도 웃을지도 모를 일이다. 놀리기까지는 하지 않겠지만 선의에서 웃을 가치는 충분히 있다 고 생각한다. 사람은 여러 가지로 변하는 법이다.

　남경미에 대한 얘기만 써서 미안하니 이제 그만두기로 하겠는데 이때 내 실패에 대한 냉평(冷評)을 그대로 내버려두었다면 어디까지 계속됐을지 알 수 없다. 그런데 갑자기 세숫대야를 서로 맞부딪치는 것 같은 소리가 들렸다. 한 번이 아니었다. 두 번, 세 번 듣고 있자니 쟁쟁, 쟁그렁 하며 리듬을 타고 박자에 맞춰서 두드리고 있었다. 그리고 이번에는 노동요를 부르는 소리가 들리기 시작했다. 물론 단순한 노동요는 아니었지만 내가 알고 있는 한은 어쨌든 노동요라고 말하는 것이 가장 가까울 것 같다는 생각이다. 이 순간 냉평이 단번에 그쳤다. 쥐 죽은 듯 고요한 산의 공기 속으로 쟁쟁, 쟁그렁이 울려 퍼지는 가운데 약간 이상한 장단으로 노래를 부르며 무엇인가가 가까이 다가왔다.

"잠보다."

라고 한 사람이 무릎을 칠 것처럼 커다란 목소리로 말하자,

"잠보다. 잠보다."

라고 저마다 한마디씩 하며 검은 덩어리가 뿔뿔이 흩어져 창문 쪽으로 일어서 갔다. 나는 잠보가 무엇인지 알지 못했지만 모두의 주의가 내게서 떠남과 동시에 갑자기 마음이 풀어진 탓인지 나도 잠보를 보고 싶다는 여유가 생겼고 여유가 생김에 따라서 힘도 솟았다. 가만히 생각해보면 사람의 마음은 물과 같은 것으로 밀리면 물러나고 잡아당기면 밀고나간다. 끊임없이, 손을 내밀지 않고 몸싸움을 하며 살아가는 것이라고 말해도 상관없을 것이다. 그래서 모두가 일어서고 난 뒤에 나도 자리에서 일어났다. 그리고 역시 창문 쪽으로 걸어갔다. 검은 머리에 아래쪽이 막힌 위로

까치발을 하여 내려다보니, 비스듬하게 굽어 있는 맞은편 돌담 모퉁이에서 소맷자락이 없는 남색 옷을 입은 두 남자가 나왔다. 그 뒤로 또 두 명이 나왔다. 그들은 모두 세숫대야를 납작하게 찌그러트려서 얇게 만든 것 같은 물건을 양손에 하나씩 들고 있었다. 아하, 저걸 두드리는 거로구나, 라고 생각한 순간 두 사람이 양손을 쟁쟁하고 부딪쳤다. 그 조화롭지 못한 소리가, 솟아 있는 돌담에 부딪히고 뒤쪽의 민둥산에 울려 채 그치기도 전에 다시 쟁그렁하고 한 쌍이 뒤이어 소리를 울리며 모습을 드러냈다. 그런가 싶었는데 또 다시 모습을 드러냈다. 이번에는 세숫대야를 들고 있지 않았다. 그 대신 노동요―아까는 노동요라고 말했다. 그러나 이때 그들이 올린 목소리는 노동요라기보다는 오히려 창을 부르며 함성을 지르는 듯한 이상한 것이었다.

"이봐, 긴코(金公)는 없는가?"
라고 검은 머리 중 하나가 소리를 질렀다. 저쪽을 바라보고 있었기에 얼굴은 보이지 않았다. 그러자,

"그래, 긴코에게 보여줘."
라고 바로 응한 사람이 있었다. 그 말이 끝나기도 전에 대여섯 개의 검은 머리가 줄줄이 이쪽을 바라보았다. 나는 또 무슨 말인가를 들을 각오로 하는 수 없이 지금까지의 태도로 서 있었는데 이상하게도 뒤돌아본 눈은 나를 향해 있지 않았다. 널따란 방의 한쪽 구석으로 멀리 달려간 것 같았기에 뭐가 있나 싶어 나도 뒤를 따라서 목을 비틀었더니, ―누워 있었다. 얇은 이불을 덮고 한 사람이 누워 있었다.

"이봐 긴슈(金州)."

라고 한 사람이 커다란 목소리를 냈지만 누워 있는 사람은 대답을 하지 않았다.

"이봐 긴슈 일어나."

라고 소리를 지르듯 불렀지만 아직 아무런 대답도 없었기에 세 사람쯤이 창가에서 떨어져 결국에는 데리러 출발했다. 덮고 있던 이불을 거칠게 걷어내니 가는 허리끈을 두른 사람이 보였다. 동시에,

"일어나라니까, 일어나라고. 좋은 걸 보여줄 테니까."

라고 말하는 소리도 들렸다. 잠시 후 누워 있던 사내가 두 사람의 어깨에 의지하여 일어났다. 그리고 이쪽을 향했다. 그때, 그 찰나, 그의 얼굴을 잠깐 본 것만으로도 나는 자신도 모르게 소름이 돋았다. 그것은 단지 요양을 위해서 누워 있는 사람이 아니었다. 완전한 환자였다. 그것도 혼자만의 힘으로는 일어날 수도 없는 중병에 걸린 환자였다. 나이는 쉰 살에 가까웠다. 수염은 며칠이나 깎지 않은 듯 더부룩하게 자라 있었다. 제아무리 영맹한 사람이라도 이렇게 여위면 가엾어지는 법이다. 너무나도 가엾어서 반대로 무서워진다. 내가 그 얼굴을 처음 봤을 때의 느낌은, 가엾은 나머지 너무 무서웠다.

환자는 두 사람에게 의지하여 매달려오듯, 말을 듣지 않는 발을 움직여 창 쪽으로 다가왔다. 이 모습을 보고 있던 창가의 많은 사람들이 아주 재미있다는 듯 떠들어댔다.

"이봐, 긴슈, 빨리 와. 지금 잠보가 지나가고 있어. 빨리 와서

보라고."

　"난 잠보 같은 거 보고 싶지 않아."

라고 환자가 억지로 끌려오면서 관심 없다는 듯한 목소리로
대답하는 동안, 보고 싶네 마네 할 것도 없었다. 순식간에 창문
장지의 모서리까지 밀려왔다.

　쟁쟁, 쟁그렁하고 잠보는 무심한 얼굴로 돌담이 있는 곳으로
모습을 드러냈다. 행렬이 아직 끝나지 않았나 하고 다시 까치발로
내려다보았을 때 나는 다시 소름이 돋았다. 세숫대야와 세숫대야
사이로 네모나게 만든 허술한 관이 자리 잡고 산길을 공중에
매달려서 가고 있었다. 위를 하얀 옥양목으로 싸고 가느다란
삼목을 끼워 양끝을, 물이라도 한 짐 부탁받은 것처럼 아무렇게나
매고 있었다. 매고 있는 사람까지도 이쪽에서 보자면 그 노래를
흥겹게 부르고 있는 것처럼 느껴졌다. —나는 이때 처음으로
잠보의 뜻을 이해했다. 평생 무슨 일이 있어도 결코 잊을 수
없을 정도로 가슴 깊이 이해했다. 잠보는 장례를 말하는 것이었다.
갱부, 시추, 호리코, 야마이치에 한해서만 집행되는, 또 집행되지
않으면 안 될 일종의 장례였다. 불경의 문구를 창가처럼 부르며
세숫대야가 찌그러질 정도로 음악을 넣어 한 짐의 물과 마찬가지
로 관을 짊어지고—마지막으로 반생반사의 환자를 억지로 일으
켜 세워 싫다고 하는 것을 밀어붙이듯 해서까지 보여주는 장례였
던 것이다. 참으로 순진함의 극치이자, 또한 냉혹함의 극치였다.

　"긴슈, 어때, 봤어? 재미있지?"

라는 소리가 들려왔다. 환자는,

"응, 봤으니까 자리가 있는 곳까지 데려가 눕혀줘. 제발 부탁이야."

라고 부탁했다. 아까 그 두 사람이 다시 환자를 가운데에 끼고,

"영차, 영차."

하며 종종걸음으로 이불이 깔려 있는 곳까지 데리고 갔다.

이때 흐린 하늘이 알갱이가 되어 떨어지는가 싶은 비가 내리기 시작했다. 잠보는 그 빗속을 요란하게 두드리며 마을 쪽으로 내려갔다. 사람들이,

"또 비다."

라고 말하며 창에서 떠나 각자 이로리 옆으로 돌아왔다. 그 혼잡한 틈을 타서 나도 어느 사이엔가 영맹한 무리들 속으로 들어가 불 가까이까지 다가갈 수 있었다. 이는 우연의 결과이기도 하고 또 고의적인 행동이기도 했다. 왜냐하면 불을 쬐지 않으면 너무 추웠기 때문이었다. 겹옷 한 벌로는 도저히 견딜 수 없을 정도의 산속이었다. 거기다 비까지 내리기 시작했다. 비라고 하면 비, 안개라고 하면 안개라고도 할 수 있을 정도로 가느다란 빗방울이었지만 사방의 민둥산을 온통 뒤덮은 데다 그 가운데로 뚫린 하늘을 가린 채 흥건히 내리고 있었기 때문에 집 안에 앉아 있어도 쌀겨보다 조그만 습기가 모공을 통해서 뱃속으로 스며들 것 같은 기분이었다. 불기가 없으면 도저히 견딜 수가 없었다.

내가 적당한 곳에 자리를 잡고 앉아 약간이나마 이로리의 열기를 얼굴에 받고 있는데도 이번에는 의외로 관심 밖이 되어 생각했던 것보다 약 올림을 덜 받았다. 이는 내가 먼저 영맹한

무리들 속으로 들어갔기 때문에 상대편에서도 평범하게 영맹한 사람으로 취급을 해야 할 녀석이라고 용서를 해준 것인지, 아니면 조금 전의 잠보 때문에 갑자기 마음이 변했고 그 결과 나에 대해서 한동안 잊은 건지, 혹은 웃음거리로 삼을 만한 재료가 떨어진 것인지, 혹은 독설을 퍼붓는 일에 싫증이 난 것인지, ─어쨌든 나는 자리를 옮기고 나서 마음이 비교적 편안해졌다. 그리고 이로리 주변의 이야기는 역시 잠보에 관한 것뿐이었다. 여러 가지 목소리가 이런 말들을 했다. ─

"저 잠보는 어디서 나온 걸까?"

"어디서 나왔든 잠보는 잠보지."

"어쩌면 구로이치(黑市) 조에서 나온 걸지도 몰라. 느낌이 그래."

"잠보가 되면 대체 어디로 가는 걸까?"

"절이지. 뻔하잖아."

"누굴 바보로 알아? 절 다음을 말하는 거지."

"그건 그래. 절에 머물러 있을 리가 없지. 어딘가로 가는 게 틀림없어."

"그러니까, 그 다음은 어떤 곳이냐는 거야. 역시 이런 곳일까?"

"그야 인간의 영혼이 가는 곳이니 대충 비슷한 곳이겠지."

"나도 그렇게 생각해. 가게 된다면 아무래도 다른 곳에 갈 리가 없을 테니까."

"아무리 지옥이라도, 극락이라도 역시 밥은 먹어야겠지."

"여자도 있을까?"

"여자 없는 나라가 세상에 어디 있어?"

대충 이런 이야기였기에 듣고 있자면 뒤죽박죽이었다. 그랬기에 처음에는 농담이라고 생각했다. 웃어도 상관없을 것이라 생각하고 입 끝을 꿈틀거리며 잠깐 상황을 둘러보았을 정도였다. 그런데 웃고 싶은 것은 나뿐이고 이로리를 둘러싸고 있는 얼굴들은 전부 조각이라도 해놓은 것처럼 굳어 있었다. 그들은 참으로 진지하게 미래라는 커다란 문제에 대해서 논의를 하고 있는 것이었다. 실로 거짓이라고밖에는 달리 받아들일 수 없을 정도의 열기가 각자의 눈썹 사이에서 보였다. 나는 이때 그 모습을 둘러보고 조금 전의 웃고 싶다는 생각이 단번에 바뀌었다. 이처럼 앞뒤 생각 없이 무모한 사람들—칸델라를 들고 굿길 속으로 내려가면 두 번 다시 태양을 보지 못할지도 모른다는 각오로 있는 사람들이— 인간 기계이자, 기계 짐승이라고도 할 수 있을 이 영맹한 사람들이 그렇게도 미래의 일에 신경을 쓰고 있을 줄이야, 참으로 예상 밖이었다. 그렇기 때문에 세상에는 미래를 보장해주는 종교라는 것이 필요한 것이다. 실제로 내가 눈을 들어 이로리 주변에 양반다리를 하고 나란히 앉아 있는 사람들을 둘러보았을 때는, 조심스러움에 외축(畏縮)감이 더해져 7부 정도 완성되었던 웃음을 갑자기 억누른 것이라는 자각은 물론 없었다. 단지 만담이라도 듣는 듯한 기분으로 눈을 떠 바라보니 코끝에 비사문천19)이 여럿 내려와 있었기에, 이런 하며 마음을 다잡을 수밖에 없다는

---

19) 毘沙門天. 4천왕 중 북방을 지키는 수호신. 일본에서는 복덕을 내리는 신 중 하나.

생각이 들었을 뿐이었다. 한마디로 말하자면 나는 이때 비로소 진지한 종교심의 씨앗을 보고, 반수반인(半獸半人) 앞에서도 엄격한 마음을 품게 된 것이었으리라. 그렇지만 나는 아직도 종교심이라는 것을 가지고 있지 않다.

이때 조금 전의 환자가 구석에서 으응 하며 신음소리를 냈다. 그 신음소리에 물론 특별한 의미는 없었다. 단지 평범한 환자의 신음소리에 지나지 않았지만 잠보의 미래에 대해서 생각을 하고 있던 사람들에게는 일종의 이상한 울림으로 여겨진 모양이었다. 모두가 눈과 눈을 마주쳤다.

"긴코, 괴로운가?"

라고 한 사람이 커다란 목소리로 물었다. 환자는 단지,

"으응."

이라고 말했다. 신음인지 대답인지 알 수가 없었다. 그러자 또 다른 갱부가,

"그렇게 마누라 생각만 하고 있지 말라고 어차피 빼앗겨버린 거니까. 이제 와서 끙끙 앓아봐야 어떻게 되는 것도 아니잖아. 전당포에 맡겨버린 마누라 아닌가. 되찾아오지 못하면 다른 데로 가버릴 게 뻔하잖아."

라고 역시 이로리 곁에 앉은 채 커다란 목소리로 위로를 했다. 위로를 하고 있는 건지, 독설을 뱉고 있는 건지 의심스러울 정도였다. 갱부 입장에서 보자면 그게 그거였으리라. 환자는 으응 하며 대답—대답도 되지 않는 목소리를 희미하게 낼 뿐이었다. 이쪽에서 사람들은 상대방의 반응이 없는 위로를 그만두고 이로리

주위에서만 혀를 놀렸다. 그러나 화제는 아직 긴슈 씨에게서 떠나지 않았다.

"어쨌든 병에만 걸리지 않았다면 긴코도 마누라를 빼앗기지는 않았을 거야. 원인을 따지자면 역시 본인이 잘못한 거지."
라며 한 사람이 긴슈 씨의 병을 마치 죄악이라도 되는 양 평가하자마자,

"맞아. 자기가 병에 걸려서 돈을 빌린 거고 그 돈을 갚을 수 없어서 마누라를 저당 잡힌 거니까 솔직히 불평을 할 입장은 아니지."
라고 동의한 사람이 있었다.

"얼마에 저당 잡힌 거야?"
라고 묻자 저쪽 편에서,

"다섯 냥이야."
라고 누군가가 간결하게 가르쳐주었다.

"그래서 이치(市) 녀석이 나가야로 내려가 긴슈의 자리를 꿰찬 거로군. 하하하하."

나는 이로리 곁에 앉아 있기가 고통스러웠다. 등이 써늘할 정도로 추웠지만 겨드랑이 밑에서는 땀이 났다.

"긴슈도 빨리 나아서 마누라를 찾아오면 좋을 텐데."

"다시 이치와 자리를 바꾸는 건가? 어이가 없군."

"그보다는 돈을 왕창 벌어서 좀 더 값어치가 있는 저당이라도 잡는 편이 낫지 않을까?"

"그도 그렇군."

이라고 한 사람이 말한 것을 신호로 모두가 한꺼번에 웃음을 터뜨렸다. 나는 그 웃음 속에 둘러싸였지만 도저히 웃을 수가 없어서 시선을 밑으로 향해버렸다. 보니 무릎을 나란히 하고 꿇어앉아 있었다. 한심하다는 생각이 들어 양반다리를 하고 앉아보았다. 그러나 마음속은 결코 양반다리를 하고 앉을 만큼 편안하지가 않았다.

그러는 동안에 점점 황혼에 가까워져갔다. 시간만이 흐르고 있는 것이 아니었다, 날도 산에 둘러싸여 있어서인지 빨리 어두워졌다. 말없이 듣고 있었는데 빗방울이 떨어지는 소리도 들리지 않는 것 같으니 어쩌면 비도 벌써 그친 것일지 몰랐다. 그러나 이렇게 어두우니 역시 내리고 있는 것이라고 보는 편이 온당하리라. 창문은 아까부터 닫혀 있었다. 문 밖의 상황을 알 수가 없었다. 그러나 어둡고 눅눅한 공기가 장지의 종이를 넘어서 이로리 주위 전체를 엄습해왔다. 나란히 앉아 있는 열너덧 명의 얼굴이 점점 희미해져갔다. 동시에 이로리 한가운데 산처럼 지펴놓은 숯의 빛이 달아올라 조금씩 벌겋게 떠오르는 것처럼 보였다. 마치 나는 구멍 속으로 잠겨들어가고, 불은 그와 반대로 구멍 속에서 점점 떠오르는 것 같다, —대충 그런 느낌이 들었다. 순간 번쩍 하고 방 안이 밝아졌다. 보니 전등에 불이 들어왔다.

"밥이나 먹자."

라고 한 사람이 말하자 모두가 잊어버렸던 물건을 떠올렸다는 듯이,

"밥을 먹고 나면 다시 교대군."

"오늘은 약간 추운데."

"아직 비가 내리고 있을까?"

"글쎄, 밖으로 나가서 하늘을 보고 와."

라고 저마다 떠들어대며 자리에서 일어나 계단을 내려갔다. 나는 넓은 방 안에 혼자 달랑 남겨졌다. 나 외에는 환자인 긴슈 씨가 있을 뿐이었다. 그 긴슈 씨가 역시 가느다란 소리로 신음을 하고 있는 모양이었다. 나는 이로리 앞으로 손을 내밀어 양반다리를 하고 앉아서 옆을 향해 긴슈 씨를 바라보았다. 머리는 밖으로 나와 있지 않았다. 다리도 안에 집어넣고 있었다. 긴슈 씨의 몸은 한 장의 이불 속에 조그맣고 납작하게 누워 있었다. 가엾다는 생각이 들 정도로 조그맣고 납작하게 보였다. 그러는 동안에 신음소리도 그럭저럭 그친 듯하여 다시 얼굴을 돌려 이로리 속을 바라보았다. 하지만 긴슈 씨가 자꾸만 마음에 걸려서 다시 옆을 바라보았다. 그러자 긴슈 씨는 역시 한 장의 이불 속에 조그맣고 납작하게 누워 있었다. 그리고 조용했다. 산 건지 죽은 건지, 그저 조용하기만 했다. 신음소리를 내는 것도 그다지 기분 좋은 일은 아니었지만, 이렇게 조용히 있으면 더욱 걱정이 되었다. 걱정 끝에 무서운 생각이 들어 자리에서 약간 일어서려다, 그냥 괜찮겠지, 사람은 그렇게 갑자기 죽거나 하지는 않으니까, 라고 마음을 고쳐먹고 다시 엉덩이를 붙였다.

그때 두어 명이 아래서부터 우르르 계단을 올라왔다. 벌써 밥을 다 먹은 것일까? 굉장히 빠른데, 라며 올라오는 계단 쪽을 바라보고 있자니 생각지도 못했던 것이 모습을 드러냈다. 검정인

지 감색인지 분명하지 않은 통소매 옷을 입고 있었다. 아래에는
인부들이 입는 것과 같은 가느다란 모모히키[20]를 입고 있었는데
색은 역시 똑같은 감색이었다. 그리고 칸델라를 들고 있었다.
뿐만 아니라 두 사람 모두 진흙투성이였고, 젖어 있었다. 그리고
말을 하지 않았다. 버티고 선 채 나를 날카롭게 쏘아보았다.
완전히 강도라고밖에는 생각되지 않았다. 잠시 후 칸델라를 내던
지더니 단추를 풀어 통소매 옷을 벗었다. 모모히키도 벗었다.
벽에 걸려 있던 히로소데[21]를 메리야스 위에 입고 엉덩이 위로
허리끈을 빙글 휘감으며, 역시 아무런 말도 하지 않고 둘이서
쿵쾅거리며 내려갔다. 그러자 또 올라왔다. 이번 사람들도 젖어
있었다. 진흙투성이였다. 칸델라를 내던졌다. 옷을 갈아입었다.
쿵쿵 내려갔다. 그러자 또 올라왔다. 이런 식으로 번갈아가며
여러 명이 왔다 갔다. 모두가 아래쪽에서 눈을 번뜩이며 한 번씩은
반드시 나를 보았다. 개중에는,

　"너, 신참이지?"

라고 말한 사람도 있었다. 나는 그저,

　"네."

라고만 대답했다. 다행스럽게도 이번에는 아까처럼 영문도 모른
채 놀림을 당하지 않고 무난하게 끝났다. 차례차례로 올라온
사람들 모두 서둘러 내려갔기에 놀릴 여유가 없었던 것이리라.
그 대신 한 사람이 한 번씩은 나를 반드시 노려보았다. 그러는

---

20) 股引. 통이 좁은 바지 모양의 남성용 작업복.
21) 広袖. 소맷부리 아래쪽을 꿰매지 않은 일본 옷.

동안에 올라오는 사람도 곧 끊겼기에 나는 드디어 편안한 마음으로 빨간 이로리의 숯을 바라보며 여러 가지 일들을 생각하기 시작했다. 물론 정리가 되지 않는, 그리고 생각하면 생각할수록 한심해지는 생각이었지만 불을 바라보고 있으면 숯 속에서 그런 망상들이 반짝반짝반짝반짝 타올랐기 때문에 어쩔 수가 없었다. 결국에는 내 영혼이 빨간 숯 속으로 빠져나가서 불기운에 흔들리며 정신없이 춤을 추는 것 같다는 이상한 기분이 들었을 때 갑자기,

"피곤할 테니, 일찍 주무슈."

라는 소리가 들렸다.

돌아보니 조금 전의 할머니가 서 있었다. 역시 다스키를 어깨에 걸친 채였다. 어느 틈에 올라왔는지 조금도 눈치를 채지 못했다. 내 영혼이 거침없이 불 속을 맴돌며 쓰야코(艶子) 씨가 되기도 하고, 스미에(澄江) 씨가 되기도 하고, 아버지가 되기도 하고, 긴슈 씨가 되기도 하고, ─코트며, 여학생의 묶어올린 머리며, 빨강 담요며, 신음소리며, 튀김만두며, 게곤의 폭포며─수없이 많은 환영이 이로리 속에서 미친 듯이 춤을 추며 피어오르는 불기운과 엎치락뒤치락, 햇살 속에 떠 있는 먼지라는 생각이 들 정도로 헤아릴 수도 없이 나왔을 때 문득 정신을 차렸기에 눈앞에 있는 할머니가 신기할 정도로 이상했다. 그러나 자라는 말만은 틀림없이 귀에 들려왔기에 나는 그저,

"네."

라고 대답했다. 그러자 할머니가 뒤쪽의 벽장을 가리키며,

"이불은 저기에 들어 있으니 혼자서 꺼내 덮도록 해. 한 장에 3센씩이야. 추우니까 두 장은 필요하겠지?"
라고 묻기에 다시,
"네."
라고 대답했더니 할머니는 그대로 아무런 말도 하지 않고 밑으로 내려갔다. 이것으로 나는 자도 좋다는 허가를 얻은 셈이니 정식으로 누워도 심하게 야단맞을 염려는 없을 것이라 생각하고 할머니가 가리킨 대로 벽장을 열어보았더니, 있었다. 이불이 많이 있었다. 그러나 하나같이 꾀죄죄한 것들뿐이었다. 우리 집에서 덮었던 것과는 도저히 비교가 되지 않았다. 나는 가장 위에 올려져 있는 것을 두 장, 가만히 내렸다. 그런 다음 전깃불에 비춰보았다. 천은 옅은 노랑이었다. 무늬는 흰색이었다. 그 위에 때가 전체적으로 묻어 있었기에 반 이상은 색이 변해 있었고 하얀 부분은 평소 같으면 참을 수 없을 정도로 시꺼멓게 변해 있었다. 거기다 아주 딱딱했다. 이제 막 찧은 네모난 떡을 옥양목으로 감싼 것처럼, 솜이 솜끼리 뭉쳐서 이불보와 완전히 따로 놀 정도로 딱딱했다.

나는 그 이불을 다다미 위에 넓게 펼쳤다. 그리고 나머지 한 장을 넓게 그 위에 덮었다. 그런 다음 셔츠만 입고 그 사이로 들어갔다. 눅눅한 속을 헤치고 들어가 두 다리를 힘껏 뻗었더니 뒤꿈치가 다다미 위로 나오기에 다시 힘껏 잡아당겼다. 뻗을 때도 구부릴 때도 평소처럼 가볍고 부드럽게 움직일 수가 없었다. 뚝 하는 소리가 들릴 정도로 관절이 뻑뻑하게 굳어서 움직이려 하지 않았다. 가만히 이불 속에서 무릎을 옆으로 뉘었더니 나른한 것을 넘어서, 무거웠다. 허벅지부터 아래쪽을 잘라내고 그 대신 금속 심을 박은 의족을 단 것처럼 무거웠다. 마치 감각이 있는 두 개의 막대기 같았다. 나는 차고 무거운 다리가 걱정이 되어 머리를 이불 속으로 처박았다. 하다못해 머리만이라도 따뜻하게 하면 다리도 거기에 응할 것이라는 덧없는 소망에서 나온 궁여지 책이었다.

그러나 과연 지쳐 있었다. 추위보다도, 다리보다도, 이불의 냄새보다도, 번민보다도, 염세보다도—피곤했다. 실제로 죽는 것이 더 편하지 않을까 싶을 정도로 완전히 지쳐 있었다. 그랬기에 눕자마자—다다미에서 발을 거두어들이고 머리를 이불 속에 넣는 동작을 해냈다 싶은 순간 잠들어버리고 말았다. 쿨쿨 정신없 이 잠들어버렸다. 그 다음부터는 내 일이면서도 더 이상 쓸 수가 없다. ……

그런데 갑자기 바늘에 등을 찔렸다. 꿈속에서 찔린 것인지 깬 채로 찔린 것인지 느낌이 아주 애매했다. 따라서 그것뿐이었다 면 바늘이든 가시든 신경 쓰지 않았을 것이다. 실제의 바늘을 꿈속으로 밀어넣고, 꿈속의 가시를 몽롱한 이불 밑에 묻어버리면 그만이다. 그러나 그렇게는 되지 않았다. 왜냐하면 찔렸구나 싶다가도 바늘에 대해서 잊을 만큼 잠에 빠져들려고 하면 다시 한 번 따끔하게 당하기 때문이었다.

이번에는 커다란 눈을 떴다. 그때 다시 한 번 따끔했다. 뭐야, 라며 놀라는 순간 다시 따끔 하고 찔렸다. 이거 큰일이라고 드디어 깨닫기 시작했을 때 펄쩍 뛰어오를 만큼 격렬하게 허벅지 부근을 찔렀다. 나는 이때야 비로소 평범한 인간으로 돌아왔다. 그리고 몸 전체가 따끔따끔한 것을 깨달았다. 그래서 셔츠 안쪽으로 가만히 손을 넣어 등을 쓰다듬어보았더니 전체가 울퉁불퉁했다. 처음 손가락이 살갗에 닿았을 때는 분명히 극심한 피부병에 걸린 것이라고 생각했다. 그런데 손가락을 살갗에 댄 채로 약간 당겨보았더니 무엇인가가 후두둑 떨어졌다. 이건 보통 일이 아니다 싶어 당장에 벌떡 일어나 셔츠 한 장만 걸친 보기 흉한 모습으로 이로리 옆으로 가서 엄지손가락과 검지손가락으로 잡고 있던 쌀알 정도의 것을 살펴보니 이상한 벌레였다. 사실 그때는 아직 빈대를 본 적이 없었기에 그것이 빈대라고 단언할 수는 없었지만 —왠지 직감적으로 빈대일 것이라고 생각했다. 이렇게 남루한 곳에다 직감이라는 두 글자를 남용하는 것은 안 된 일이지만 다른 말을 찾을 수 없어 어쩔 수 없이 고상한 술어를 사용했다. 그런데 그 벌레를 검사하고 있자니 굉장히 밉다는 생각이 들었다. 이로리의 가장자리 턱에 올려놓고 엄지손가락의 손톱으로 꾹 눌렀더니, 말로 표현할 수 없는 비린내가 나는 벌레였다. 그 비린내를 맡았더니 왠지 기분이 좋아졌다. —나는 이런 추한 일을 진지하게 쓰지 않을 수 없을 정도로 제정신이 아니었다. 솔직히 말하자면 그 비린내를 맡기 전까지는 원한을 푼 것 같다는 느낌이 들지 않았다. 그랬기 때문에 잡아서는 죽이고, 잡아서는 죽이고 죽일 때마다 엄지손가락의 손톱을 코로 가져가 냄새를 맡았다. 그러자 코 안쪽이 메기 시작했다. 당장에라도 눈물이 날 것 같았다. 정말 한심했다. 그런데도 손톱의 냄새를 맡으면 기분이 유쾌했다. 이때 아래쪽에서 여러 사람이 한꺼번에 웃는 소리가 들렸다. 나는 갑자기 벌레 죽이기를 그만뒀다. 널따란 방을 둘러보니 아무도 없었다. 긴슈 씨만이 납작하게 누워 조용히 자고 있었다. 머리도 다리도 보이지 않았다. 그 외에 딱 한 명이 있었다. 그러나 처음 깨달았을 때는 사람이라고는 여겨지지 않았다. 맞은편 기둥의 중간에서부터 창틀에 걸쳐서 무명천 같은 것이 하얗게 걸쳐 있고 그 폭 안에 싸여 있었기 때문에 왠지 기분이 좋지 않았다. 그런데 가만히 보니 하얀 속에서 검은 것이 비스듬하게 나와 있었다. 그것은 사람의 까까머리였다. ―넓은 방에는 나와 이 두 사람을 제외하고는 아무도 없었다. 단지 전등만이 휘황하게 켜져 있었다. 아주 조용하다고 생각한 순간 또 다시 아래쪽에서 왁자지껄 웃는 소리가 들렸다. 조금 전의 사람들이거나 혹은 작업을 마치고 돌아온 사람들이 여럿 모여서 놀고 있는 것임에 틀림없었다. 나는 멍하니 이불이 있는 곳으로 돌아갔다. 그리고 알몸이 되어 셔츠를 턴 다음 머리맡에 있던 옷을 입고 허리띠를 묶고 마지막으로 깔아놓았던 이불을 정성껏 개서 벽장에 넣었다. 그런 다음에는 어떻게 해야 좋을지 몰랐다. 시간은 몇 시인지, 날은 아직 샐 것 같지가 않았다. 팔짱을 낀 채 서서 생각에 잠겨 있자니 발등이 또 근질근질했다. 나는 견딜 수가 없어서,

"이런 제길."

이라고 말하며 두어 번 발을 굴렀다. 그런 다음 오른쪽 발등으로 왼쪽 위를 비비고 왼쪽 발등으로 오른쪽 위를 비비고, 이래도냐며

이를 갈았다. 그러나 밖으로 뛰쳐나갈 수도 없었고, 잘 용기도 없었으며, 아래로 내려가 무리들 속으로 들어갈 기운은 애초부터 없었다. 조금 전에 당한 것을 생각하면 빈대보다 훨씬 더 싫었다. 날이 새면 좋겠다, 날이 새면 좋겠다고 생각하며 나는 바깥으로 난 창 쪽을 향해 걸어갔다. 그러자 거기에 기둥이 있었다. 나는 멈춰서 그 기둥에 기대섰다. 등을 대고 허리를 떼어 발바닥으로 몸을 지탱하고 있자니 두 다리가 슬금슬금 다다미의 결을 따라서 미끄러져 점점 멀어져갔다. 그러다 다시 똑바로 섰다. 다시 슬금슬금 미끄러졌다. 다시 섰다. 한동안을 그러고 있었다. 다행히 빈대는 나오지 않았다. 아래쪽에서는 때때로 와자지껄 웃었다.

앉지도 서지도 못한다는 말은 비유지만 그 앉지도 서지도 못한다는 말을 실제로 경험한 것이 바로 이때였다. 그랬기 때문에 앉아 있는 것이라고도, 서 있는 것이라고도 말할 수 없는 움직임으로 어정쩡하게 마음을 달래고 있었다. 그런데 그 움직임을 언제까지 끈질기게 했는지 기억하지 못한다. 매우 피곤해 있던 데다가 다시 손발을 피곤하게 하여 그 어떤 빈대에도 반응하지 못할 정도로 지쳐 있었기에 비로소 잠이 들었던 것이리라. 날이 밝고보니 내가 미끄러졌던 기둥 밑에 발만을 뻗은 채 등을 둥그렇게 말고 있었다.

그렇게 괴롭던 빈대도 이삼일 지나자 점점 아프지 않게 된 것은 이상한 일이다. 그리고 일 개월쯤 지나자 빈대가 아무리 있어도 마치 쌀알이라도 뒹굴뒹굴 나뒹굴고 있는 것 같다는 정도로밖에는 생각되지 않아 밤이면 언제나 푹 자게 되었다.

빈대도 날이 지남에 따라서 점점 사양을 하게 되는 것이라고 한다. 그 증거로 새로 온 손님에게는 온 몸에 들러붙어서 밤새도록 괴롭히지만 조금만 참고 있으면 빈대가 싫증이 나서 그다지 접근하지 않게 되는 법이라는 것이다. 매일 먹는 인간의 살은 자연히 질리게 되기 때문이라고 가르쳐준 사람이 있는가 하면, 그게 아니라 살에 그만큼의 품격이 생겨서 굿길 냄새가 나기 때문에 벌레도 겁을 먹게 되는 것이라고 설명해준 사람도 있었다. 그러고보니 빈대와 갱부는 성격이 아주 비슷했다. 틀림없이 갱부만이 아닐 것이다, 일반 인류의 경향과 빈대는 역시 같은 심리의 지배를 받고 있는 것이리라. 따라서 이 해석은 인간과 버러지를 개괄한다는 점에서 재미가 있어 철학자들이 기뻐할 아름다운 것이지만, 내 생각을 말하자면 그와는 전혀 다른 것인 듯하다. 벌레가 사양을 하거나 사치를 부리는 것이 아니라 뜯기는 인간이 습관화된 결과 무신경해지는 것이라 여겨진다. 벌레는 여전히 뜯어먹지만 뜯어먹혀도 태평하게 있는 것임에 틀림없다. 그런데 뜯겨도 느끼지 못하는 것과 뜯기지 않아서 느끼지 못하는 것은, 그 취지는 다르지만 결과는 같은 것이니 이것은 실제로 논의를 해봐야 그다지 도움이 되지 않는 이야기다.

그런 쓸데없는 말은 아무래도 좋으니 그만두기로 하고, 내가 눈을 뜨고보니 날은 완전히 밝아 있었다. 아래쪽에서는 벌써 왁자지껄했다. 기뻤다. 창밖으로 얼굴을 내밀어 보니 또 비였다. 그러나 시원하게는 내리지 않았다. 짙은 구름이 실이 되려다 말고, 되려다 만 것이 가느다랗게 땅으로 떨어지는 것 같았다.

그랬기에 아주 자욱하지는 않았다. 점차로 빗줄기답게 변해갔고 변해감에 따라서 실의 사이가 맑게 보였다. 그러나 보이는 것은 산뿐이었다. 그것도 풀과 나무가 극히 드문, 윤기가 없는 산이었다. 여름의 태양이 내리쬐면 산속이라 할지라도 틀림없이 더울 것이라 여겨질 정도로 벌겋게 벗겨진 채 나를 빙글 둘러싸고 있었다. 그리고 전부가 비에 젖어 있었다. 윤기가 없는 것이 젖어 있으니, 질그릇에 안개를 뿌려놓은 것처럼 아무리 젖어도 덜 젖은 느낌이었다. 그리고 춥다는 느낌도 들었다. 그래서 내가 얼굴을 집어넣으려 하는데, 얼핏 눈에 띄었다. ─수건을 뒤집어쓰고 지푸라기를 허리에 대고 소맷자락이 없는 옷을 입은 남자가 두어 명, 맞은편 돌담 밑으로 나타났다. 어제 잠보가 지났던 그 길을 반대 방향에서 걸어오고 있었다. 멀리서 보기에도 기운이 없어 불쌍할 정도로 가엾었다. 나도 오늘 아침부터 저렇게 되는 것이라는 생각이 들자 문득 남의 일이라고는 여겨지지 않을 정도로 건너편 길을 가고 있는 수건의 그림자─비에 젖은 수건의 그림자가 한심하게 보였다. 그러자 빗속으로 다시 낡은 모자가 나타났다. 그 뒤를 따라서 다시 통소매의 모습이 나타났다. 아침 당번인 갱부들이 굿길로 들어가는 시간임에 틀림없었다. 나는 드디어 창문 안으로 얼굴을 집어넣었다. 그러자 아래서부터 대여섯 명이 한꺼번에 우르르 계단을 올라왔다. 왔구나 싶었지만 뾰족한 수도 없었기에 팔짱을 끼고 기둥에 기대어 있었다. 대여섯 명은 순식간에 같은 옷으로 갈아입고 아래로 내려갔다. 뒤이어서 또 올라왔다. 또 통소매 옷으로 갈아입고 내려갔다. 드디어 한바에 있는 당번은 모두 나가버린 모양이었다.

이렇게 한바 전체가 움직이기 시작했으니 나도 한산하게 있을 수는 없었다. 그러나 누구 하나 세수를 하라고도 밥을 먹으라고도 말하러 와주지 않았다. 아무리 도련님이라 해도, 무엇을 해야 할지 전혀 알 수가 없어 난감했기에 과감하게 성큼성큼 아래로 내려갔다. 마음은 물론 침착하지 못했지만 태도만은 마치 여관에 묵으며 팁을 놓고 나온 손님과 같았다. 아무리 황송해도 나는 이런 태도밖에는 취하지 못하니 참으로 풋내기였다. 내려선 순간 옷자락을 걷어붙인 채 짚신을 한 켤레 들고 안에서 뛰어나오는 어제 그 할머니와 맞닥뜨렸다.

"세수는 어디서 하나요?"

라고 묻자 할머니는 나를 잠깐 보더니,

"저쪽."

이라고 말하고 문 쪽으로 가버렸다. 상대하고 싶은 마음이 전혀 없는 듯했다. 나는 저쪽이 어딘지 전혀 감을 잡을 수 없었기에 우선은 할머니가 나온 쪽일 것이라 생각하고 안쪽으로 걸어가보니 커다란 부엌이 나왔다. 한가운데에 커다란 술통을 잘라놓은 것 같은 밥통이 놓여 있었다. 저 속에 남경미로 지은 밥이 가득 들어 있을 것이라는 생각이 들자, —워낙 내가 하루 세 번 한 달을 먹어도 다 먹지 못할 정도의 남경미였기 때문에, 먹기도 전부터 진저리가 났다. —세수할 곳도 찾아냈다. 부엌을 내려가 기다란 세면대 앞에 서서 차가운 물로 뺨만 간신히 문질러두었다. 이렇게 된 이상 정성껏 세수를 한다는 것은 멍청한 짓이다. 여기서 한 걸음 더 발전하면 세수는 하지 않아도 되는 것이라며 뱃심이 좋아지는 것이리라. 어제 본 빨강 담요와 꼬맹이도 틀림없이 이러한 순서를 밟아서 진화한 것임에 틀림없다.

세수는 간신히 내 힘으로 했다. 밥은 어떻게 해야 하는 건가 싶어서 다시 어슬렁어슬렁 부엌으로 올라갔다. 그때 다행스럽게도 할머니가 바깥에서 돌아와 상을 차려주었다. 고맙게도 된장국이 있었기에 그 녀석을 남경미 위에 들이붓고 저벅저벅 말았기에 이번에는 벽토의 맛을 보지 않을 수 있었다. 그러자 할머니가,

"밥을 먹었으면, 하쓰(初) 씨가 굿길로 데려간다고 기다리고 있으니 얼른 일어나게."

라며 젓가락을 놓기도 전에 재촉했다. 사실은 한 그릇 더 먹지 않으면 몸이 버티지 못할 것이라 생각했지만 이렇게 재촉을 받고보니, 물론 한 그릇 더 덜 필요는 없었다. 나는,

"네, 그렇습니까?"

라며 자리에서 일어났다. 밖으로 나가보니 과연 입구 쪽에 한 사람이 앉아 있었다. 내 얼굴을 보더니,

"너냐? 굿길에 갈 거지?"

라며 돌이라도 쪼갤 것 같은 기세로 물었다.

"네."

라고 얌전하게 대답했더니,

"그럼 따라 와."

라고 말했다.

"이런 차림으로도 괜찮습니까?"

라고 정중하게 물었더니,

"안 되지, 안 돼. 그런 차림으로는 들어갈 수 없어. 여기에 십장에게서 한 벌 빌려온 게 있으니 이걸 입도록 해."
라고 말하며 통소매 옷을 던져주었다.

"그게 위야. 이게 아래고. 자."
라며 다시 모모히키를 던져주었다. 집어보니 눅눅했다. 곳곳에 진흙이 묻어 있었다. 옷감은 두껍게 짠 면직물인 듯했다. 나도 결국에는 이 작업복을 입는 꼴 되었다고 생각하면서 입고 있던 옷을 벗고 위아래 모두 감색이 되었다. 언뜻 보면 하급관리 같았지만 사실을 말하자면 심부름을 명령받았을 때보다도 훨씬 더 맥이 빠졌다. 이것으로 준비가 끝난 줄 알고 봉당으로 내려서니,

"잠깐 기다려."
라며 하쓰 씨가 다시 호방한 목소리로 말했다.

"이걸 엉덩이 부분에 대."

하쓰 씨가 꺼내준 것을 보니 산다라봇치[22]처럼 생긴 와라부톤[23]에 끈을 매단 이상한 물건이었다. 나는 하쓰 씨 말대로 그것을 엉덩이에 묶었다.

"그게 아테시코(アテシコ)야. 알았어? 이건 끌이야. 이걸 허리춤에 찌르고……."

하쓰 씨가 내준 끌을 받아보니 길이가 1자하고 4, 5치는 될 것 같은 철로 만들어진 봉인데 끝이 약간 뾰족했다. 그것을 허리에

---

22) 三斗俵っち. 쌀섬의 위아래를 덮는 둥근 덮개.
23) 藁布団. 짚을 넣은 이불.

찔렀다.

"그리고 이것도 찔러넣어. 약간 무거워. 괜찮겠어? 똑바로 받지 않으면 다친다."

과연 무거웠다. 이런 망치를 꽂고 구멍 속을 잘도 걸어 다닌다는 생각이 들었다.

"어때, 무겁지?"

"네."

"그래도 그건 가벼운 편이야. 무거운 건 다섯 근이나 돼. —됐어? 잘 꽂혔는지 저기서 잠깐 허리를 흔들어봐. 됐어? 됐으면 이걸 들어."

라며 칸델라를 내밀려다가,

"기다려봐. 칸델라를 들기 전에 우선 짚신을 신어."

방으로 올라가는 곳에 새 짚신이 놓여 있었다. 조금 전에 할머니가 들고 있던 것이 아마 이것이었으리라. 나는 맨발 위에 짚신을 신었다. 끈을 뒤축에 걸어 힘껏 잡아당기니,

"얼빠진 녀석. 그렇게 조이는 녀석이 어디 있어? 발가락 사이를 조금 더 느슨하게 해."

라고 야단을 쳤다. 야단을 맞으며 그럭저럭 신을 수 있었다.

"자, 이걸로 드디어 끝이야."

라며 하쓰 씨는 만주가사[24]와 칸델라를 건네주었다. 만주가사인지 다케노코가사[25]인지는 모르겠지만 어딘지 징역살이를 하는

---

24) 饅頭笠. 만두처럼 생긴 삿갓.
25) 筍笠. 죽순껍질로 엮어 만든 삿갓.

사람이 쓰는 것처럼 생긴 삿갓이었다. 그 삿갓을 얌전하게 썼다. 그리고 칸델라를 들었다. 그 칸델라는 매달도록 되어 있었다. 모양은 두 홉 들이 석유통이라고도 할 수 있는 것으로 거기에 기름을 붓는 구멍과, 심지가 나와 있는 구멍이 뚫려 있고 기다란 관이 달려 있는데 그 관의 끝이 약간 옆으로 구부러지며 바로 부풀어 오른 컵이 된다. 그 컵에 엄지손가락을 끼워넣고 그 엄지손가락의 힘으로 지탱하게 되어 있어서 다섯 손가락 대신 손가락 하나만 사용하면 되는 매우 실용적인 물건이었다.

"이렇게 끼우는 거야."

라며 하쓰 씨가 알밤 같은 엄지손가락을 칸델라의 구멍 속에 찔러넣었다. 보기 좋게 들어갔다.

"이렇게."

하쓰 씨는 손가락 하나로 칸델라를 괘종시계의 추처럼 두어 번 흔들어보였다. 좀처럼 떨어지지 않았다. 그래서 나도 똑같이 흉내를 내서 흔들어보았는데 역시 떨어지지 않았다.

"그렇지. 꽤 잘하는데. 그럼 가도록 하지, 괜찮은가?"

"네, 괜찮습니다."

나는 하쓰 씨를 따라서 밖으로 나갔다. 그런데 내리고 있었다. 가장 먼저 삿갓에 떨어졌다. 고개를 들어 하늘을 보려 했더니 턱과 입과 코에 뚝뚝 떨어졌다. 그 다음에는 어깨에도 떨어졌다. 발에도 떨어졌다. 조금 걸어가는 동안 몸 전체가 축축해져서 살갗으로 빠져나왔던 습기가 피부의 활기로 후끈해졌다. 그러나 비가 차가웠기 때문에 몸의 열기가 점점 식어가는 듯한 기분이었지만 언덕길에 다다르자 하쓰 씨가 굉장히 서두르기 시작했기에 비에 젖으면서도 모공에서 비가 튕겨 나갈 듯한 기세로 드디어 굿길의 입구에 도착했다.

입구는 우선 기차의 커다란 터널이라고 말해도 좋을 것이다. 속이 빈 기다란 어묵처럼 생긴 터널의 높이는 두 간쯤 될 듯했다. 안에서부터 궤도가 나와 있는 것도 기차의 터널과 비슷했다. 그것은 전차가 지나는 길이라고 한다. 나는 입구 앞에 서서 안쪽을 들여다보았다. 안은 어두웠다.

"어때, 여기가 지옥의 입구야. 들어갈 수 있겠어?"
라고 하쓰 씨가 물었다. 어딘지 조롱하는 듯한 어조를 띠고 있었다. 조금 전 한바를 나와서 여기까지 오는 도중에도 곳곳의 나가야의 창문으로 얼굴을 내밀고,

"어제 그 녀석이다."

"신참이다."
라고 저마다 소리를 질렀는데 그 기색을 살피자면, 단순히 산속에 갇혀 새로운 것을 본 데서 생긴 호기심이라고는 생각되지 않았다. 그 말의 밑바닥에는 틀림없이 조롱의 의미가 담겨 있었다. 그것을 부연해보자면, 우선은 너도 드디어 이런 곳에 들어오게 됐구나, 고소하다, 꼴좋다는 것이 있었다. 또 하나는 딱하기는 하지만 와봐야 소용없어, 그렇게 연약한 몸으로 무슨 일을 할 수 있겠어, 하는 것이 있었다. 따라서 '어제 그 녀석이다.', '신참이다.'라고 떠드는 소리 속에는 내가 그들과 같이 고통을 맛봐야 할 정도로 타락한 것을 통쾌하게 여기는 마음과 함께 이런 고통을 도저히

견뎌낼 수 없는 녀석이라는 경멸까지 더해져 있는 것이었다. 그들은 사람을 그들과 같은 정도로까지 끌어내려놓고 갈채를 보내고 있을 뿐만 아니라 일단 끌어내린 사람을 다시 한 번 걷어차서 발밑으로까지 떨어뜨려놓고 타락은 같은 정도지만 타락에 견디는 힘은 그들이 오히려 위라는 자신감을 내비치며 만족을 느끼고 있는 것인 듯했다. 나는 오는 도중에 '어제 그 녀석이다.'라는 말을 들을 때마다 징역 삿갓으로 얼굴을 반쯤 가리고 빠져나와서 굿길 입구까지 온 것이다. 그런데 하쓰 씨가 또 조롱을 했기에 나는 약간 발끈해서,

"당연히 들어갈 수 있죠. 전차까지도 다니고 있잖아요."
라고 대답했다. 그러자 하쓰 씨가,

"그래, 들어갈 수 있다고? 허세 부리지 마."
라고 말했다. 여기서 '못 들어가겠습니다.'라고 겁을 먹으면 '그럴 줄 알았어.'라고 바로 깔볼 것이 뻔했다. 어떤 대답이든 이렇게 될 줄 알았기에 그다지 후회도 하지 않았다. 하쓰 씨는 갑자기 굿길 안으로 뛰어들었다. 나도 뒤따라 들어갔다. 들어가보니 생각했던 것보다도 갑자기 어두워졌다. 발밑이 불안해지기 시작한 데는 질리지 않을 수 없었다. 비가 내려도 밖은 밝은 법이다. 그리고 레일 위는 모르겠지만 양쪽 옆은 굉장히 질퍽거렸다. 그런데도 하쓰 씨는 화난 사람처럼 거침없이 걸었다. 나도 지지 않고 거침없이 걸었다.

"굿길 안에서 얌전히 굴지 않으면 스노코(すのこ) 속에 던져버리니 조심해야 해."

라고 말하면서 하쓰 씨는 갑자기 어둠 속에서 멈춰 섰다. 하쓰 씨의 허리에는 끌이 있었다. 다섯 근짜리 망치가 있었다. 나는 어둠 속에서 몸을 웅크리며,

"네."

하고 대답했다.

"그래, 알았지. 살아서 나갈 생각이라면 건방지게 굿길에 들어오지 않는 편이 나을 거야."

이건 앞쪽을 바라보고 하쓰 씨가 걸음을 떼어놓기 시작하면서 절반은 혼잣말처럼 한 말이었다. 나는 적잖이 놀랐다. 갱 안은 반향이 강했기 때문에 하쓰 씨의 말이 웅웅웅 하며 내 귀로 반사되어 울려왔다. 정말 하쓰 씨의 말대로라면 터무니없는 곳에 들어와버린 셈이다. 사실은 죽는 것과 다를 바 없는 직업이었기에 갱부가 되겠다는 마음도 생겼던 것이지만 정말로 죽는다면—그런 무서운 일이라면—죽는 것이라면—스노코 속에 던져지게 된다면—그런데 스노코란 대체 무얼 말하는 걸까 하는 생각이 들었다.

"스노코란 뭘 말하는 겁니까?"

"뭐?"

라며 하쓰 씨가 뒤를 돌아보았다.

"스노코란 뭘 말하는 겁니까?"

"구멍이야."

"네?"

"구멍이라니까. 광석을 던져넣어서 한꺼번에 밑으로 내리는

구멍이야. 광석과 함께 던져져봐……."

에서 말을 끊고 다시 성큼성큼 걷기 시작했다.

　나는 잠깐 멈춰 섰다. 뒤돌아보니 입구가 조그만 달처럼 보였다. 들어올 때는 이게 굿길이구나 생각했다. 그런데 하쓰 씨로부터 위협을 받은 뒤부터는 참으로 평범하던 터널의 모습이 크게 바뀌기 시작했다. 징용 삿갓을 두드리던 차가운 비가 그리워졌다. 그래서 뒤를 돌아보니 입구가 조그만 달처럼 보였다. 조그만 달처럼 보일 만큼 안으로 들어왔구나, 뒤돌아보고야 처음으로 알게 되었다. 아무리 흐려도 역시 바깥이 그리웠다. 시커먼 천장이 위에서부터 짓누르는 것은 기분이 좋지 않은 일이었다. 게다가 그 천장이 점점 낮아지는 것 같다는 느낌이 들었다. 이런 생각을 하고 있는데 레일에서 옆으로 꺾어져 오른쪽으로 돌아들어갔다. 완만한 내리막길이 되었다. 입구는 더 이상 보이지 않았다. 뒤돌아보아도 새카만 어둠뿐이었다. 조그만 달 같던 세상의 창문은 가차 없이 닫혔고 하쓰 씨와 나는 점점 아래쪽으로 내려갔다. 내려가면서 손을 뻗어 벽을 만져보니 비가 내린 것처럼 젖어 있었다.

　"어때, 따라올 수 있겠어?"

라고 하쓰 씨가 물었다.

　"네."

하고 조용히 대답했더니,

　"조금만 더 가면 지옥 3번지가 나와."

라고 말한 뒤, 둘은 다시 입을 다물었다. 이때 앞쪽으로 불빛이 한 점 보였다. 어둠 속 검은 고양이의 한쪽 눈처럼 반짝이고 있었다. 칸델라 불빛이라면 깜빡일 테지만 조금도 움직이지 않았다. 거리도 잘 알 수가 없었다. 방향도 정면은 아니었지만 어쨌든 보였다. 만약 갱 속이 외길이라면 저 불빛을 향해서 하쓰 씨도 나도 걸어가고 있는 것임에 틀림없다. 나는 아무것도 묻지는 않았지만 대충 저기가 지옥 3번지이리라 생각하며 들어갔다. 그러자 완만한 내리막길이 드디어 끝났다. 길은 평평하게 저쪽으로 돌아들었다. 그 끝에 아까 본 불빛이 켜져 있었다. 아까는 코 밑으로 보였지만 지금은 눈과 거의 비슷한 높이에 있었다. 거리도 가까워졌다.

"드디어 3번지에 도착했다."

라고 하쓰 씨가 말했다. 도착해보니 갱이 4, 5첩 정도의 넓이로 펼쳐져 있고 거기에 파출소 정도의 작은 건물이 있었다. 그리고 그 안에 전등이 켜져 있었다. 양복을 입은 관리인이 두 명 정도, 테이블을 사이에 두고 의자를 마주한 채 앉아 있었다. 바깥쪽에 제1경비소, 라고 붙어 있었다. 그곳은 갱부들의 출입과 노동 시간 등을 검사하는 곳이라고 나중에 듣고서야 비로소 알게 되었는데 그 당시에는 무엇을 위한 설비인지 몰랐기 때문에 예닐곱 명의 갱부들이 시커먼 얼굴로 말없이 모여 경비소 앞에 서 있는 것을 이상하게 생각했다. 이는 시간을 기다렸다가 교대를 하기 위해서였다. 나는 허리에 끌과 망치를 꽂고 칸델라까지 들고 있었지만 갱부 지원자로 굿길의 모습을 보러 들어가는 것일 뿐, 아직 견습생으로도 채용되지 않았기 때문에 기다릴 필요도 없는 듯 바로 대기소를 통과했다. 그때 하쓰 씨가 경비소의 유리창 안으로 얼굴을 밀어넣고 관리인에게 잠깐 양해를 구했는데 관리인은 특별히 내 쪽은 쳐다보지도 않았다. 그 대신 서 있던 갱부들은 모두 보았다. 그러나 관리인 앞이었기에 조심을 하느라 그랬는지 단 한마디도, 입을 연 사람은 아무도 없었다.

대기소를 나서자마자 갱 속의 모습이 갑자기 변했다. 지금까지는 서 있어도 발돋움을 해도 닿을 것 같지 않았던 천장이 갑자기 낮아져, 똑바로 걸으면 때때로 머리에 스칠 것 같다는 느낌이 들었다. 그것이 두 치만 더 낮았다면 바위에 부딪쳐 이마에서 피가 났을 것임에 틀림없다는 생각이 들자 소나무 숲을 걸을 때처럼 허리를 곧게 펴고 세월아 네월아 할 수가 없었다. 불안했기에 머리를 가능한 한 어깨 가운데로 움츠려넣고 하쓰 씨 뒤를 바싹 따라갔다. 물론 칸델라에는 아까 불을 붙였다.

그런데 세 자 앞에 있던 하쓰 씨가 갑자기 무릎과 손으로 땅을 짚고 엎드렸다. 이런, 미끄러져서 넘어졌군, 이라는 생각이 들어 뒤에서 부딪칠 뻔한 것을, 다리에 힘을 주어 버텼다. 그 정도로 용을 써서 멈춰 서지 않으면, 내리막길이었기에 앞으로 고꾸라질 염려가 있었다. 상반신을 약간 뒤로 젖히듯 해서 하쓰 씨가 일어나기를 기다렸지만 하쓰 씨는 좀처럼 일어나지 않았다. 역시 기고 있었다.

"왜 그러세요?"

라고 뒤에서 물었다. 하쓰 씨는 대답도 하지 않았다. ―이런―다치기라도 한 걸까―다시 한 번 물어볼까―그러자 하쓰 씨가 태연하게 걷기 시작했다.

"괜찮으세요?"

"기어."

"네?"

"기란 말이야."

라는 하쓰 씨의 목소리가 점점 멀어졌다. 그 목소리에 나는 이상하다는 생각이 들었다. 아무리 나와는 반대쪽을 바라보고 있다할지라도 보통 같으면 분명하게 들려야 할 거리에서 나는데도불구하고 갑자기 목소리가 기어들었다. 목소리가 작은 것이 아니었다. 평소와 다를 바 없는 하쓰 씨의 목소리가 자루 속에 갇혀버린것처럼 애매하게 들렸다. 이건 보통일이 아니다 싶었기에 들여다보니 드디어 이유를 알 수 있었다. 지금까지는 평범하게 걸을수 있었던 갱이 여기서 갑자기 좁아져 기지 않으면 빠져나갈수 없게 되어 있었다. 그 좁은 입구로 하쓰 씨의 발이 두 개나와 있었다. 하쓰 씨는 지금 막 몸을 집어넣은 상태였다. 잠시후 나와 있던 다리가 하나 들어갔다. 보고 있는 동안 다시 한쪽도들어갔다. 그래서 나도 길 수밖에 없겠다고 포기하고 말았다. '기어.'라고 하쓰 씨가 가르쳐준 것도 결코 억지는 아니었으니가르쳐준 대로 기었다. 그런데 오른손에는 칸델라를 들고 있었다. 망설이지 않고 왼쪽 손바닥만을 얼음과 같은 진흙투성이 바위인지 찰흙인지 모를 곳 위에 찰싹 댔을 때는 추위가 상박부를통해서 어깨를 타고 심장까지 뛰어드는 것 같다는 느낌이 들었다. 그래서 칸델라가 아래쪽으로 처지지 않게 하려고 하자 오른손이 얼굴 바로 앞까지 와서 굉장히 불편했다. 어떻게 해야 좋을지 몰라 그 자세 그대로 가만히 있었다. 그리고 오른손에 끼워져 공중에 매달려 있는 칸델라를 바라보았다. 그때 똑 하고 천장에서 물방울이 떨어졌다. 칸델라의 불이 치익 하는 소리를 냈다. 기름기를 머금은 연기가 턱에서부터 뺨으로 올라왔다. 눈에도 들어갔다. 그래도 그 불빛을 바라보았다. 그러자 멀리서 깡, 깡 하는 소리가 들려왔다. 틀림없이 갱부들이 작업을 하고 있는 것일 테지만 어느 정도 떨어져 있는 건지, 어느 방향에 있는 건지 전혀 알수가 없었다. 동서남북이 있는 세상의 소리가 아니었다. 나는 그 자세로 어쨌든 두어 걸음 걷기 시작했다. 물론 불편하기는 했지만 걸을 수 없을 정도는 아니었다. 단지 때때로 물방울이 떨어져 칸델라의 불이 치익 하는 소리를 내는 것이 마음에 걸렸다. 하쓰 씨는 먼저 가버리고 없었다. 의지할 것이라고는 칸델라 하나뿐이었다. 그 칸델라가 치익 하는 소리를 내며 물 때문에 꺼질 것 같았다. 그런가 싶으면 또 다시 밝아졌다. 아 다행이다, 라고 안심하면 다시 똑 하고 떨어졌다. 치익 하는 소리를 냈다. 꺼질 것 같았다. 매우 불안했다. 사실은 지금까지도 물방울은 끊임없이 떨어지고 있었을 테지만 불이 허리 아래쪽에 있었기에 전혀 눈치 채지 못했던 것이리라. 불이 귀 가까이에 와서 치익 하는 소리가 들리게 되면서부터 갑자기 신경이 쓰이게 되었다. 그랬기 때문에 기는 속도가 더욱 늦어졌다. 게다가 아직 세 벌음밖에 걷지 않았다. 그때 갑자기 하쓰 씨의 목소리가 들려왔다.

"이봐, 이제 그만 나오시지 그래. 뭘 꾸물떡거리고 있는 거야?

―빨리 가지 않으면 해가 떨어져버린다고."

어둠 속에서 하쓰 씨는 분명히 해가 떨어져버린다고 말했다.

나는 기면서 울대뼈의 끝이 뾰족해질 정도로 턱을 쳐들어 하쓰 씨 쪽을 바라보았다. 그러자 1간 정도 저쪽에 곰의 굴 같은 것이 있었는데 그 구멍으로 하쓰 씨의 얼굴이―얼굴 같은 것이 보였다. 내가 너무 꾸물거리고 있기에 하쓰 씨가 웅크리고 앉아 이쪽을 들여다보고 있는 것이었다. 그 1간을 어떻게 해서 빠져나갔는지 지금은 제대로 기억하고 있지 못한다. 어쨌든 가능한 한 빨리 구멍까지 가서 얼굴만 내밀었더니 하쓰 씨는 벌써 얼굴을 거두고 구멍 밖에 서 있었다. 그의 발 두 개가 내 코앞에 있었다. 나는 기쁜 마음으로 좁은 곳을 빠져나왔다.

"뭘 한 거야."

"너무 좁아서."

"좁다고 놀라면 굿길에는 한 발짝도 들여놓지 못할 거야. 땅 위처럼 바닥이 없는 곳이라는 건 어떤 얼간이도 알고 있는 일일 거야."

하쓰 씨는 분명히 갱 속은 땅 위처럼 바닥이 없는 곳이라고 말했다. 이 사람은 때때로 알 수 없는 말을 하기 때문에 이번에도 분명히, 라는 말을 덧붙여 그 확실성을 보증해두는 것이다. 나는 어떤 변명을 할 때마다 하쓰 씨로부터 가차 없이 당했기에 대부분은 입을 다물고 있었지만 이때만은 나도 모르게,

"하지만 칸델라가 꺼질 것 같아 걱정이 되었기에."

라고 말해버렸다. 그러자 하쓰 씨는 내 코앞으로 칸델라를 들이대

더니 내 얼굴을 천천히 검사하기 시작했다. 그리고 명령을 내렸다.

"한번 꺼봐."

"왜요?"

"왜요고 뭐고 한번 꺼봐."

"불어서요?"

이때 하쓰 씨는 커다란 소리를 내서 웃었다.

나는 깜짝 놀라서 이상하다는 표정을 지었다.

"웃기지도 않는군. 뭐가 들어 있는 줄 알기나 해? 유채 씨 기름이야, 물방울 정도로 꺼질 것 같아?"

나는 이 말에 드디어 마음이 놓였다.

"마음이 놓이나? 하하하하."

라고 하쓰 씨가 다시 웃었다. 하쓰 씨가 웃을 때마다 갱 안이 쩌렁쩌렁 울렸다. 그 울림이 그치고 나면 전보다 몇 배는 더 고요해졌다. 그러면 깡, 깡 하고 어딘가에서 끌과 망치를 사용하는 소리가 들려왔다.

"들리지?"

라며 하쓰 씨가 턱으로 가리켰다.

"들립니다."

라며 귀를 쫑긋 세우고 있자니 곧 하쓰 씨가 재촉하기 시작했다.

"그만 가자. 이번에는 뒤처지지 말고 따라와야 해."

하쓰 씨는 기분이 꽤나 좋아 보였다. 그것은 내가 철저하게 하쓰 씨에게 당하고만 있기 때문일 것이라고 생각했다. 제아무리 지독하게 당한다 할지라도 하쓰 씨의 기분이 좋을 때는 그래도 괜찮았다. 그렇다면 득이 되는 일이 곧 좋은 일이 된다는 뜻이 된다. 나는 이렇게까지 타락해서 뻔뻔스럽게 하쓰 씨의 엉덩이 냄새를 맡으며 따라갔는데 길이 왼쪽으로 꺾어지더니 다시 험한 내리막이 되었다.

"이제 내려갈 거야."

라고 하쓰 씨가 뒤도 돌아보지 않고 말했다. 그때 나는 문득 도쿄의 차부(車夫)가 생각나 힘든 가운데서도 우스운 생각이 들었다. 그러나 하쓰 씨는 그런 줄도 모르고 내려가기 시작했다. 나도 지지 않고 내려갔다. 길은 바닥을 깎아서 계단처럼 만들어놓았다. 4, 5간 간격으로 깎아놓았는데 짐작을 해보니 아타고사마[26] 정도의 높이는 되는 듯했다. 나는 필사적으로 함께 내려갔다. 내려섰을 때 훅 하고 숨을 내쉬었는데 숨을 쉬기가 왠지 괴로웠다. 그때는 깊은 갱에 들어왔으니 공기의 흐름이 좋지 않아서라고만 생각했다. 사실은 이때 이미 몸에도 이상이 있었던 것이다. 그 괴로운 숨으로 이삼십 간쯤 가니 갱의 모습이 다시 바뀌었다.

이번에는 하쓰 씨가 위를 향한 채 손을 뻗어 허리부터 안으로 들어갔다. 허리부터 들어가는 재주를 피우지 않으면 지날 수 없을 정도로 갱의 폭과 높이가 좁아진 것이었다.

"이렇게 해서 빠져나가는 거야. 잘 봐둬."

라고 하쓰 씨가 말했나 싶더니 몸과 머리가 슬금슬금 빠져나가 보이지 않게 되었다. 과연 숙련된 사람은 다르구나, 감탄하며

---

26) 愛宕樣. 도쿄의 아타고 산에 있는 신사. 신사로 오르는 계단은 급하기로 유명하다.

나도 우선 발만 앞으로 내밀어 짚신으로 더듬어보았다. 그러나 완전히 허공에 떠 있는 듯 발에 걸리는 것이 아무것도 없었다. 아무래도 구멍 저쪽은 낭떠러지이거나, 그렇지는 않다 하더라도 틀림없이 경사가 상당히 급한 내리막인 것 같았다. 그래서 머리부터 먼저 집어넣으면 앞으로 고꾸라져 부상만 당할 뿐, 또 다리를 함부로 내밀면 자빠질 뿐이라고 생각했기에 다리를 막대기처럼 앞으로 눕힌 다음, 손을 뒤쪽으로 뻗었다. 그런데 그 동작이 굉장히 좋지 않았기 때문에 손을 뻗는 순간 털썩 엉덩방아를 찧고 말았다. 털썩 하는 소리가 났다. 아테시코 너머로 엉덩이에 약간 충격이 왔다. 그만큼 세게 엉덩방아를 찧은 모양이었다. 나는 큰일이라고 생각하면서도 두 발을 바로 앞으로 내밀었다. 슥 미끄러져 한 자 정도 매달렸지만 아직 아무 데도 닿지 않았다. 하는 수 없이 이번에는 손을 앞으로 뻗고 허리를 밀어내듯 하여 발을 내밀었다. 그러자 허벅지 부근까지 미끄러져 내려가 짚신 바닥에 드디어 단단한 것이 닿았다. 나는 만약을 위해서 그 단단한 것을 찰싹찰싹 발바닥으로 두드려보았다. 안전하면 손을 떼고 그 단단한 것 위에 올라설 생각이었다.

"왜 발만 버둥거리는 거야? 괜찮으니까 다리에 힘을 주고 내려서. 배짱 없는 녀석."

이라고 아래쪽에서부터 하쓰 씨의 목소리가 들렸다. 야단을 맞음과 동시에 내 몸의 상체가 구멍에서 빠져나와 똑바로 서게 되었다.

"꼭 우산 도깨비 같군."

이라고 하쓰 씨가 내 얼굴을 보며 말했다. 나는 우산 도깨비가

무슨 뜻인지 알 수 없었기에 특별히 웃고 싶은 마음도 없었다. 단지,

"그렇습니까?"

라고 진지하게 대답했다. 알 수 없는 일이지만, 이 대답이 재미있었는지 하쓰 씨는 또 한 번 커다란 소리로 웃었다. 그리고 이때부터 태도가 변해서 전보다는 얼마간 친절해졌다. 어떤 우연한 일이 어느 순간에 사람의 마음을 상하게 할지 알 수 없는 일이다. 오히려 마음에 들어야겠다는 생각에서 한 일은 대부분 실패를 하는 듯하다. 자연의 조화를 능가하는 아첨꾼은 아직까지 본 적이 없다. 나도 그 후에 나를 위한다는 생각에서, 여러 가지로 타인의 비위를 맞춰보려 했지만 아무래도 좋은 결과는 나오지 않았다. 상대방이 제아무리 바보라도 언젠가는 들통이 나버리고 마니 두려운 일이다. 미리 준비를 해둔 말 중에서 이 우산 도깨비에 대한 대답만큼 성공한 것은 거의 없었다. 기껏 고생을 해놓고 실패를 한다는 것은 어리석은 일이라는 사실을 깨달았기 때문에 요즘에는 숙명론자의 입장에 서서 사람들과 교제를 한다. 단지 어려운 것은 연설을 할 때와 글을 쓸 때이다. 그것은 공을 들여서 준비를 하지 않으면 실패를 한다. 그 대신 아무리 공을 들여도 역시 실패를 한다. 결국에는 다를 바가 없지만 공을 들여서 한 실패는 사람들의 마음에 들지 않을지는 몰라도, 자신의 약점은 노출되지 않기 때문에 어쨌든 준비를 한 뒤에 하기로 하고 있다. 언젠가는 하쓰 씨의 마음에 든 것과 같은 연설을 하고 글을 써보고 싶지만 —아무래도 무시를 당할 것 같기에 아직까지

하지 않고 있다. ─여기서 이건 쓸데없는 이야기이니 이쯤에서 그만두기로 하고 다시 하쓰 씨에 대한 이야기를 계속하기로 하겠다.

그때 하쓰 씨는 웃으며 아래쪽에서 내게,

"이봐, 그렇게 진지한 표정 짓지 말고 얼른 내려와. 해는 짧으니까."

라고 말했다. 갱 속에서 불이 붙은 칸델라를 들고 있었지만 하쓰 씨는 분명히 해는 짧으니까, 라고 말했다.

내가 흙으로 된 계단을 한두 칸 내려가 하쓰 씨가 서 있는 곳까지 가자 하쓰 씨는 오른쪽으로 꺾어졌다. 다시 계단이 너덧 개 계속되었다. 그것을 다 내려가자 하쓰 씨가 이번에는 왼쪽으로 꺾어졌다. 그러자 다시 계단이 나타났다. 오른쪽으로 꺾어지기도 하고 왼쪽으로 꺾어지기도 하고 번개를 그리듯 걸어서 계단을─글쎄 몇 개나 내려갔는지 알 수 없다. 처음 가는 길이고 특히 어두운 갱 속이었기에 내게는 상당히 길게 느껴졌다. 드디어 계단을 전부 내려와 세상에서도 상당히 멀어졌다고 생각한 순간 갑자기 대여섯 첩 정도의 방이 나타났다. 방이라고 했지만 갱을 깎아서 만든 것이기에 위아래가 좁아서 마치 술독에라도 떨어진 듯한 느낌이었다. 나중에 알게 된 사실이지만 그런 곳을 작사장(作事場)이라고 하는데, 기사의 감정에 따라서 여기에 광맥이 있다고 판단되면 그곳을 넓게 파서 작사장으로 삼는다고 한다. 그렇기 때문에 통로보다는 자연히 넓어지는 것인데 그 작사장을 갱부 세 사람이 한 조가 되어 청부를 받아 일을 하게 된다. 이주일은 걸릴 것이라고 생각한 일이 나흘 만에 끝나버리는 경우도 있고 기껏해야 닷새 정도라고 짐작한 작사장에 보름 이상이나 매달려야 하는 경우도 있다. 이렇게 해서 굿길 안에 길이 생기고 길 옆에서 동맥만 발견되면 앞뒤 가릴 것 없이 거기만을 파나가기 때문에 전차가 지나는 굿길의 입구는 평평하기도 하고 또 외길이 기도 하지만 아래로 내려가 제1경비소 부근부터는 오른쪽으로도 왼쪽으로도 샛길이 생겨나고 곳곳에 작사장이 서게 된다. 그 작사장을 닫고 나면 다시 동맥을 찾아서 파나가기 때문에 굿길 안은 가느다란 길투성이고, 또 어두운 갱투성이다. 마치 개미가 지면을 종횡으로 뚫고 지나가는 것과 같은 것이리라. 또는 좀이 책을 갉아먹는 것이라 생각해도 상관없으리라. 그러니까 인간이 땅 속에서 동을 먹고, 다 먹고 나면 다시 동을 찾아서 먹으러 가기 때문에 길이 아주 많이 생기게 된 것이다. 따라서 아무리 굿길 속을 지나다녀도 단지 지나가기만 할 뿐 작사장에 들어가지 않으면 갱부는 만날 수 없다. 깡, 깡 하는 소리가 들리기는 하지만 소리만으로는 참으로 쓸쓸하기 짝이 없다. 나는 하쓰 씨를 따라서 굿길에 들어오기는 했지만 단지 굿길의 모습을 보는 것이 가장 커다란 목적이었기에 길을 돌아서 작사장에는 들르지 않은 듯, 갱부들이 일하는 모습은 그 계단 아래쪽에 와서야 처음으로 보게 되었다. ─번개 모양으로 계단을 내려갈 때는 자꾸 아래로 내려가기만 할 뿐, 아무리 내려가도 끝이 나지 않을 뿐만 아니라 사람의 그림자 하나 보이지 않아서 매우 불안했기에 처음으로 작사장에 들어가 사람을 만났을 때는 굉장히 기뻤다.

그들은 통나무 위에 앉아 있었다. 인원은 세 명이었다. 통나무는 레일의 침목 정도는 됐으니 상당히 무거운 것이었다. 어떻게 해서 여기까지 가져왔는지 상상할 수도 없었다. 통나무는 천장이 무너지는 것을 막기 위해서 조금 넓은 곳의 버팀목으로 쓰라고, 시추가 필요한 작사장에 놓고 가는 것이라고 했다. 그 위에 두 사람이 앉아 있었고 나머지 한 명은 웅크리고 앉아 통나무 쪽을 바라보고 있었다. 그리고 세 사람 사이에는 조그만 나무 단지가 있었다. 엎어져 있었다. 한 사람이 그 단지를 위에서부터 누르고 있었다. 세 사람이 이상한 소리로 외쳤다. 누르고 있던 단지를 곧 들어올렸다. 밑에서 주사위가 나왔다. —그 순간 나와 하쓰 씨가 들어갔다.

세 사람은 동시에 눈을 들어 나와 하쓰 씨를 보았다. 칸델라의 불빛이 흙벽에 비쳤다. 어두운 불이 번뜩이는 세 사람의 눈동자를 비쳤다. 빛난 것은 실제로 눈동자뿐이었다. 갱은 원래부터 어두웠다. 밝아야 할 불빛도 어두웠다. 시커멓게 타오르며 연기를 내뿜고 있는 곳은 탁한 액체가 움직이고 있는 것처럼 보였다. 탁한 곳의 끝 부분이 검게 되어 연기로 변하자마자 그 연기가 어둠 속으로 빨려들어가 버렸다. 그랬기에 갱 안이 흐릿했다. 그리고 움직이고 있었다.

칸델라는 세 사람의 머리 위에 걸려 있었다. 따라서 세 사람의 몸 중에서 비교적 분명하게 보이는 곳은 머리뿐이었다. 그런데 세 사람 모두 머리가 새카맸기 때문에 결국에는 보이지 않는 것과 다를 바 없었다. 게다가 세 사람 모두 모여 있었기 때문에 더욱 이상했는데 내가 들어가자마자 세 사람의 머리는 바로 떨어졌다. 그 사이로 단지가 보인 것이었다. 단지 밑으로 주사위가 보인 것이었다. 단지와 주사위와 세 사람의 이상한 외침을 들은 나는 다음으로 세 사람의 얼굴을 보았다. 잘 모르는 얼굴들이었다. 한 사람은 뺨에 한 점, 그리고 한쪽 콧잔등에만 불빛을 받고 있었다. 다음 사람은 이마와 눈썹 절반에 빛이 닿아 있었다. 나머지 한 사람은 전체적으로 흐릿했다. 단지 내가 들고 있던 칸델라의 불빛을 너덧 자쯤 앞에서 정면으로 받고 있을 뿐이었다. ―세 사람은 그 모습 그대로 눈을 번뜩였다. 내 쪽으로.

간신히 사람을 만나게 되어 기뻐하던 나는 그 세 쌍의 눈동자를 보자마자 나도 모르게 그만 멈춰 서버리고 말았다.

"너는……."

이라고 말을 하다, 한 사람이 말을 끊었다. 나머지 두 사람은 아직 입을 열지 않았다. 나도 멈춰 선 채 대답을 하지 않았다. ―대답을 할 수가 없었다. 그러자,

"신참이야."

라며 하쓰 씨가 기세 좋게 대답을 해주었다. 솔직히 말하자면 세 사람의 눈동자가 번뜩이며 '너는…….'이라고 물어왔을 때는 하쓰 씨가 옆에 있다는 사실조차 잊었을 정도로 깜짝 놀랐다. 꼼짝달싹 못한다는 것은 이럴 때를 두고 하는 말이리라. 꼼짝달싹 못하고 서서 몸이 굳어가기 시작했을 때 '신참이야'라는 소리가 들렸다. 그 목소리가 내 왼쪽 귀 바로 뒤쪽에서 나와 건너편으로 나갔을 때 비로소 그래, 하쓰 씨가 있었지, 라는 생각이 들었다.

그랬기 때문에 굳어가기 시작하던 손발도 중간에 원래대로 돌아왔다. 나는 한 발 옆으로 비켜섰다. 하쓰 씨를 앞세울 생각이었다. 내 생각대로 하쓰 씨가 앞으로 나섰다.

"여전히들 하고 있구먼."

이라며 칸델라를 든 채 위에서부터 세 사람 한가운데 나뒹굴고 있는 단지와 주사위를 바라보았다.

"어때, 같이 할래?"

"그만두기로 하지. 오늘은 안내를 하러 온 거니까."

라며 하쓰 씨는 패거리에 끼지 않았다. 그리고 통나무 위에 으샤 하며 앉더니,

"잠깐 쉬었다 갈까."

라며 내 쪽을 보았다. 몸이 굳어버릴 정도로 무서웠던 나는 기쁜 마음에 갑자기 힘이 솟았다. 하쓰 씨 옆으로 가서 앉았다. 아테시코의 용도를 이때 처음으로 알았다. 엉덩이가 그 위에 얹어져 부드러운 느낌을 주었다. 그리고 차갑지 않아서 좋았다. 사실은 아까부터 눈이 약간 어질어질해서—어질어질한 건지 아닌지 갱 속에서는 잘 알 수가 없지만, 어쨌든 좋은 기분은 아니었는데 이렇게 엉덩이를 붙이고 가만히 있자니, 기분이 아주 편해졌다. 네 명이서 여러 가지 얘기를 하고 있었다.

"히로모토(広本)에 새로운 아이가 왔는데, 알고 있어?"

"응, 알고 있어."

"아직 안 살 거야?"

"안 살 거야. 너는?"

"나? 나는—하하하하."

라고 웃었다. 그건 들어왔을 때 얼굴 전체가 흐릿하게 보이던 사람이었다. 지금도 흐릿하게 보였다. 그 증거로 웃을 때나 웃지 않을 때나 얼굴의 윤곽에 거의 변함이 없었다.

"수완이 아주 좋구먼."

이라며 하쓰 씨도 약간 웃었다.

"굿길에 들어오면 언제 죽을지 모르니까. 누구나 마찬가지잖아."

라는 대답이 있었다. 그때,

"것도 전부 살아 있을 때 일이지."

라고 누군가가 말했다. 그 말투에는 어딘가 영탄(咏嘆)의 뜻이 담겨 있었다. 나는 너무나도 갑작스럽다는 생각이 들었다.

그런데 잠깐 사이를 두었다가 옆에 있던 남자가 갑자기 내게 말을 걸었다.

"너는 어디서 왔나?"

"도쿄입니다."

"여기 와서 돈을 벌려고 해봐야 소용없는 일이야."

라고 다른 사람이 바로 가르쳐주었다. 나는 조조 씨를 만나자마자 돈을 벌 수 있다, 돈을 벌 수 있다고 헤아릴 수도 없이 들었기 때문에 놀랐었는데, 한바에 도착하자마자 이번에는 반대로 돈을 못 번다, 못 번다는 말로 연달아 타박을 받았기에 아주 진저리가 났었다. 그래도 땅 속에서는 설마 그런 얘기가 안 나오겠지 생각하고 여기까지 왔는데 사람을 만나자마자 다시 못 번다는 말이 되풀이되었다. 너무나도 어처구니가 없어서 어떻게든 답변을 해볼까도 싶었지만 함부로 대답을 하면 오히려 되치기를 당할 뿐이었기에 그냥 참기로 했다. 그렇다고 해서 대답을 하지 않으면 그도 역시 당하게 된다. 그래서 이렇게 대답했다.

"왜 돈을 못 버나요?"

"이 산에는 신이 살고 있어. 아무리 돈을 모아서 나가려 해봤자 소용없는 일이야. 돈은 반드시 다시 돌아와."

"어떤 신입니까?"

라고 물어봤더니,

"달마[27]야."

라고 말하고는 네 사람 모두 재미있다는 듯이 웃었다. 나는 입을 다물었다. 그러자 네 사람은 나를 내버려두고 달마에 대해서 열심히 이야기하기 시작했다. 약 10분 동안이나 계속됐을 것이다. 그 동안에 나는 다른 일을 생각하고 있었다. 여러 가지를 생각하는 동안에 가장 크게 느낀 것은, 내가 이런 흙투성이 옷을 입고 어두운 갱 속에 웅크리고 앉아 있는 모습을 쓰야코나 스미에게 보여준다면 어떻게 생각할까 하는 문제였다. 불쌍해할까, 울까 아니면 꼴사납다며 정나미가 떨어져버릴까 하고 생각해보았지 만 그것은 어렵지 않게 불쌍하다며 울 것임에 틀림없다는 결론에 도달해버렸다. 그랬기에 한번쯤은 이 모습을 두 사람에게 보여주 고 싶다는 생각이 들었다. 그리고 어젯밤에 이로리 옆에서 완전히

---

27) 매춘부를 이르는 말.

바보 취급을 당한 것이 떠올라 그 모습을 두 사람에게 보여줬다면 어땠을까 하고 생각해보았다. 만약 보여줬다면 어땠을까 하는 상상을 하며 눈앞에 뱃심 없는, 완전히 놀림감이 되어버린 자신의 모습과 두 명의 하이칼라 여성을 그려보니 너무나도 부끄러워 겨드랑이에서 땀이 날 것만 같았다. 그렇다면 갱부로 타락한다는 사실 자체는 그렇게 괴로운 일이 아닐 뿐만 아니라 약간은 자랑스 럽기까지 하지만, 이제 막 갱부가 되어 아무런 힘도 없는 모습만은 여자에게 보이고 싶지 않았던 것이라는 셈이 된다. 자신의 체면이 깎일 만한 모습은 누구에게도 보이고 싶지 않지만, 특히 여자에게 는 보이고 싶지 않은 법이다. 여자는 내게 의지할 정도로 약하니, 의지해오는 만큼 나는 믿음직한 남자라는 증거를 어디까지나 보이고 싶다고 생각하는 것이다. 결혼 전의 남자는 특히 이런 마음이 강한 듯하다. 인간은 아무리 궁지에 몰린 경우에라도 때로는 연기를 하는 법이다. 내가 아테시코를 깔고 앉아 깊은 갱 속에서 칸델라를 든 채 쉴 때 한 생각은 완전히 연극과도 같은 것이었다. 어떤 의미에서 말하자면 이것이 고통의 휴식이다. 공공연한 휴식이라고도 말할 수 있는 이 연극은 전부가 여기서부 터 발달한 것이라 생각한다. 나는 발달하지 않는 연극의 주인공을 마음속으로 연기하고, 낙담하면서 우쭐했던 것이다.

그때 갑자기 폐를 뚫고 지나간 것이 아닐까 여겨질 정도로 커다란 소리가 들렸다. 그 소리는 내 발밑에서 난 것인지 머리 위에서 난 것인지, 엉덩이를 걸치고 있는 통나무도 검은 천장도 동시에 흔들렸기에 알 수가 없었다. 나는 고개와 손과 발이 동시에 움직였다. 툇마루 아래쪽으로 다리를 늘어뜨리고 앉아 무릎을 두드리면 무릎 아래쪽이 놀란 듯 튀어오르는 경우가 있다. 당시 내 몸의 움직임은 그것과 완전히 똑같았다. 그러나 그것보다도 몇 배 이상이나 격렬했다는 느낌이 들었다. 몸뿐만이 아니라 정신도 그랬다. 혼자 연극에 한참 빠져 있다가 공중제비를 돌아서 금세 제정신으로 돌아왔다. 소리는 여전히 계속되었다. 천둥을 땅 속에 묻어서 자유로운 울림을 속박한 것처럼 묵직하게, 초조하게, 음울하게, 갇힌 듯, 억눌린 것처럼, 바위에 부딪쳐서, 무엇인가에 싸인 듯, 격렬하게, 반향이 되어, 분출구를 잃고, 웅 하고 울부짖고 있었다.

　"놀랄 거 없어."

라고 하쓰 씨가 말했다. 그리고는 자리에서 일어났다. 나도 일어났다. 세 갱부도 일어났다.

　"이제 얼마 남지 않았어. 해치우자고."

라며 끌을 집어들었다. 하쓰 씨와 나는 작사장에서 나왔다. 그러자 연기가 왔다. 화약 냄새가 눈과 코를 찔렀다. 숨이 막혀 답답했기에 뒤를 돌아보았더니 작사장에서는 까앙, 까앙, 하며 벌써 일을 시작하고 있었다.

　"뭐죠?"

라고 괴로운 중에도 하쓰 씨에게 물어보았다. 사실 조금 전의 소리가 귀를 때렸을 때는, 이건 갱 안에서 엄청난 파열이 일어난 것이니 도망치지 않으면 목숨이 위험하다고까지 생각했을 정도였는데 하쓰 씨는 더욱 깊이 들어갈 기색이었기에 기분이 좋지 않다고는 생각됐지만 워낙 자유행동을 취할 수 있는 몸이 아니고 정신은 말할 것도 없이 독립의 기상을 갖추고 있지 못했기에, 아무리 선배라 할지라도 도망쳐도 좋을 때는 도망을 치게 해줄 것이라 안심하고 뒤를 따라갔더니 숨이 막힐 정도의 연기가 저쪽에서부터 흘러와, 이거 섣불리 들어갈 수는 없겠다는 마음도 생겨 마침 뒤를 돌아본 순간에 조금 전의 무리들이 연기 속에서 이미 깡, 깡 하며 광석을 두드리는 소리가 들렸기에, 그럼 역시 안심해도 되는 건가 하는 생각이 들었고, 너무 이상했기에 이렇게 물어본 것이었다. 그러자 하쓰 씨가 연기 속에서 두어 번 기침을 하면서,

"놀라지 않아도 돼. 다이너마이트야."

라고 가르쳐주었다.

"괜찮은 건가요?"

"괜찮지 않을지도 모르겠지만 굿길에 들어온 이상 어쩔 수 없어. 다이너마이트를 무서워해서는 단 하루도 굿길에 들어올 수 없으니까."

나는 입을 다물었다. 하쓰 씨는 연기 속을 헤집듯 하며 성큼성큼 안으로 들어갔다. 전혀 괴롭지 않지는 않을 테지만 신참인 내 앞에서 기세 좋은 모습을 보이기 위해서가 아닐까 하고 생각했다. 아니면 연기는 갱에서 갱으로 전부 빠져나가서, 땅 위에서라면 대체로 맑은 때라고 할 수 있지만 길이 어둡기 때문에 언제까지고 연기가 들어차 있는 것처럼 느껴지고 숨이 막힐 것처럼 느껴지는 것일지도 몰랐다. 그렇다면 내 쪽에 잘못이 있는 셈이다.

어쨌든 괴로운 것을 참으며 뒤따라갔다. 다시 태내에서 나오는 것처럼 구멍을 빠져나와 3, 4간쯤 거리를 두고 깎은 계단을 오른쪽으로, 왼쪽으로 꺾어지며 내려가자 길이 두 갈래로 갈라져 있었다. 그중 샛길 끝 쪽에서 와르르 하는 소리가 들렸다. 깊은 우물에 돌멩이를 던졌을 때의 소리와 비슷했지만 평범한 우물보다는 훨씬 더 깊은 듯했다. 왜냐하면 떨어지는 동안에 옆면에 부딪혀서 나는 소리가 맑았기 때문이었다. 뿐만 아니라 아주 오랫동안 계속되었다. 마지막 와르르는 바닥 깊은 속에서 시작해서 빠져나오기까지 상당히 시간이 걸렸다. 그러나 외줄기 길을 위로 똑바로 올라와 빠져나오는 것일 뿐, 달리 빠져나갈 길이 없기 때문에 아무리 시간이 걸려도 틀림없이 빠져나온다. 도중에 사라질 것 같으면 벽에서 반향이 일어, 바닥에서 생긴 울림은 아무리 희미하고 멀다 할지라도 전부 위쪽까지 올려보냈다. ─대충 이런 소리였다. 와르르, 와그르르, ……

하쓰 씨가 멈춰 섰다.

"들리지?"

"들립니다."

"스노코에 광석을 떨어뜨리는 거야."

"네에……."

"이왕 왔으니 스노코를 보여주도록 하지."

라며 갑자기 생각난 듯한 모습으로 하쓰 씨는 기세 좋게 한 발 뒤로 물러나 짚신의 방향을 바꾸었다. 내가 귀에 신경을 쓰느라 대답을 하기도 전에 하쓰 씨는 오른쪽으로 꺾어졌다. 나도 뒤이어 어둠 속으로 들어갔다.

꺾어져 들어간 길의 길이는 겨우 4자 정도밖에 되지 않았다. 거기서 다시 오른쪽으로 돌아드니 1간 정도 앞이 갑자기 어둑어둑하게 가로로도 세로로도 넓어져 있었다. 그 안에 검은 그림자가 두 개 있었다. 우리가 그 옆으로 다가갔을 때 검은 그림자 중 하나가 왼쪽 다리와 함께 앞으로 힘차게 내밀었던 힘을 뒤로 빼면서 커다란 키를 비스듬하게 집어던졌다. 키는 발밑의 판자 위로 떨어졌다. 와르르, 와그르르 하는 소리가 멀리로 떨어져갔다. 1자 앞에 커다란 구멍이 있었다. 넓이는 한 평쯤 될 것이었다. 키에 담은 광석 덩어리들을 지금 막 호리코가 던져넣은 것이었다. 끝 쪽의 벽은 직선으로 솟아 있었다. 희미한 불빛을 받아 색조차 분명하게 알 수 없는 위쪽 전체가 젖어 있었고 젖어 있는 부분만이 반짝반짝 빛나고 있었다.

"들여다봐."

하쓰 씨가 말했다. 구멍 앞 쪽으로 3자 정도 판자가 깔려 있었다. 나는 판자의 3분의 1 정도까지 앞으로 나갔다.

"더 앞으로 나가."

라고 하쓰 씨가 뒤에서 재촉했다. 나는 망설였다. 거기만 해도 판자가 빠져버리면 어디까지 떨어질지 알 수 없는 일이었다. 그런데 1자 더 앞으로 나가면 만약의 일이 일어났을 때 지면 위로 뛰어 내리는 시간이 1자 만큼 늦어진다. 1자는 아무것도 아닌 것 같지만 여기서는 평지의 10간에도 해당된다. 나는 약간 망설였다.

"더 나가라니까. 쫀쫀한 녀석이군. 그래서 호리코 일을 할
수 있겠어?"
라고 말했다. 이건 하쓰 씨의 목소리가 아니었다. 검은 그림자
중 한 명이 말한 것이리라. 나는 뒤돌아보지 않았다. 그러나
여전히 다리는 앞으로 나가지 않았다. 단지 시선만이 모습을
그대로 드러낸 채 빛나고 있는 어두컴컴한 맞은편 벽을 따라서
아래쪽으로 조금씩 내려갔는데 약 1간 정도는 그럭저럭 보였지만
그 너머부터는 새카만 어둠이었다. 새카만 어둠이었기 때문에
어디까지 시선에 들어오는 건지 알 수가 없었다. 단지 깊다고
생각하자면 한도 없이 깊었다. 떨어지면 큰일이라고 신경이 곤두
서자 뒤에서 등을 미는 것 같은 느낌이 들었다. 다리는 여전히
원래의 자리를 유지하고 있었다. 그때,
"방해하지 마. 저리 비켜."
라는 목소리가 들려왔기에 뒤를 돌아보니 호리코 한 명이 무거워
보이는 가마니를 끌어안고 서 있었다. 가마니의 크기는 쌀가마니
의 절반 정도밖에 되지 않았다. 그러나 두 손으로 아랫부분을
받치고 약간은 허리로 지탱하면서 잔뜩 기합을 넣고 있는 것을
보니 상당히 무거운 듯했다. 나는 그 모습을 보고 얼른 옆으로
피했다. 그리고 비교적 안전한, 판자가 부러져도 상관없이 지면으
로 뛰어내릴 수 있을 정도의 거리로까지 물러났다. 호리코는
가마니 때문에 눈앞이 막혀 있으니 틀림없이 위험할 것이라고
생각했지만, 거침없이 무거운 다리를 움직여 앞으로 나섰다.
구멍에서 2자 정도 떨어진 곳까지 가서 발을 나란히 하기에

이제는 멈추겠지 하며 바라보고 있었더니 다시 앞으로 나섰다. 남은 거리는 1자밖에 되지 않았다. 그 1자의 거리에서 다시 5치 정도 앞으로 나섰다. 그리고 예의바르게 좌우의 다리를 나란히 했다. 그리고 영차 하는 소리를 냈다. 가슴과 허리가 동시에 앞으로 내밀어졌다. 아슬아슬했다. 앞으로 고꾸라졌다고 생각한 순간 무거운 가마니가 공중제비를 돌며 호리코의 손에서 떠났다. 호리코는 원래의 자리에 서 있었다. 떨어진 가마니는 한동안 소리도 내지 않았다. 그러는가 싶더니 멀리서 풀썩하는 소리가 들렸다. 가마니가 바닥까지 떨어진 모양이었다.

"어때, 저렇게 할 수 있겠어?"

라고 하쓰 씨가 물었다. 나는,

"글쎄요."

라고 고개를 갸웃거리며 겁을 먹었다. 그러자 하쓰 씨와 호리코 모두가 웃음을 터뜨렸다. 나는 웃음거리가 되어도 어쩔 수 없는 일이라고 생각하며 여전히 겁을 먹고 있었다. 그때 하쓰 씨가 이런 말을 들려주었다.

"무슨 일에나 배움은 필요한 법이야. 해보기 전에는 만만하게 봐선 안 돼. 네가 호리코가 돼서 겁이 난다고 손으로만 던지려고 해봐. 전부 판자 위에만 떨어지고 정작 구멍에는 하나도 들어가지 않을 거야. 그리고 광석의 무게에 끌려가기 때문에 오히려 더 위험해. 저렇게 대담하게 가슴에서부터 던지지 않으면……."

이라고 말하는데 또 다른 사내가,

"두어 번 스노코 속에 떨어져보면 알게 돼. 하하하하."

라며 웃었다.

발걸음을 돌려 원래의 길로 나와 반 정쯤 가서 호리코는 오른쪽으로 꺾어져 들어갔다. 하쓰 씨와 나는 똑바로 내리막길을 내려갔다. 내리막을 다 내려서자 4, 5간 남짓 평평한 길을 꿰뚫듯 가로막고 있는 곳에서 하쓰 씨가 멈춰 섰다.

"이봐, 더 내려갈 수 있겠어?"

라고 물었다. 사실은 훨씬 전부터 더는 내려갈 수가 없었다. 그러나 중간에서 포기하면 낙제할 것이 뻔했기에 참고 참아서 여기까지 온 것인데, 내심 이제는 머지않아 제일 밑에 도착하겠지, 라고 생각하고 있었다. 그런데 상대방이 갑자기 멈춰 서서 일단락을 지은 다음, 아직 더 내려갈 생각이냐고 다시 물었으니 아직 내려가야 할 길이 결코 1, 2정이 아님을 의미하는 것이 된다. —나는 어둠 속에서 하쓰 씨의 얼굴을 보며 생각했다. 거절을 할까 생각했다. 이러한 때의 진퇴는 완전히 상대방의 생각에 따라서 결정되는 법이다. 아무리 멍청해도 아무리 영리해도 마찬가지다. 따라서 내 가슴에 물어보기보다는 하쓰 씨의 안색을 살펴 판단하는 편이 훨씬 더 빠르다. 다시 말하자면 자신의 성격보다는 주위의 사정이 운명을 결정하는 경우인 것이다. 성격이 수준 이하로 하락하는 경우인 것이다. 평생을 쌓아올린 것이라 자신하던 성격이 형편없이 무너지는 경우 중에서도 가장 현저한 예인 것이다. —나의 무성격론(無性格論)은 여기에서부터 출발한 것이다.

앞서 말한 것처럼 나는 하쓰 씨의 얼굴을 보았다. 그런데 내려가지 않겠니, 라는 친밀한 정감도 보이지 않았다. 내려가지 않으면 너를 위해서 좋지 않을 것이라는 충고의 뜻도 보이지 않았다. 꼭 데리고 내려가겠다는 위협도 나타나 있지 않았다. 내려가고 싶어 하는 초조한 기색은 물론 없었다. 단지 내려갈 수 없을 것이라는 모욕의 빛만이 가득 넘쳐나고 있었다. 그것은 아무렇지도 않았다. 그러나 그 뒷면에는 낙제라는 절실한 문제가 숨겨져 있었다. 그 경우의 낙제란 명예보다, 품성보다, 무엇보다 더 커다란 사건이었다. 나는 질식하는 한이 있더라도 내려가지 않을 수 없었다.

"내려가죠"

라고 대담하게 말했다. 하쓰 씨는 뜻밖이라는 표정이었지만,

"그럼 내려가자. 그 대신 약간 위험하다."

라고 조용히 동의를 표했다. 아니나 다를까, 위험했다. 90도 각도로 깎은 병풍 같은 구멍을 똑바로 내려가는 것이니 원숭이와 다를 바 없었다. 사다리가 걸려 있었다. 경사고 뭐고 없었다. 이쪽 벽에 찰싹 달라붙어서 내려다보니 봉을 공중에 매달아놓은 것처럼 끝이 보이지 않았다. 어디까지 이어진 건지, 어디에 묶여 있는 건지 전혀 알 수가 없었다.

"그럼 내가 먼저 내려가도록 하지. 조심해서 뒤따라오도록 해."

라고 하쓰 씨가 말했다. 하쓰 씨가 이처럼 정중하게 말을 할 줄은 꿈에도 생각지 못했다. 대충 얌전하게 내려가죠, 라고 대답을 했기에 얼마간 연민의 정이 솟았던 것이리라. 곧 하쓰 씨는 획

하고 돌아서 정식으로 구멍 쪽으로 엉덩이를 향했다. 그리고 웅크렸다. 그러는가 싶더니 다리부터 점점 들어갔다. 마지막에는 얼굴만이 남았다. 드디어 그 얼굴도 사라졌다. 얼굴이 나와 있는 동안에는 다소간의 안심감도 있었지만 검은 머리의 끝까지가 쑥하고 구멍 속으로 들어갔을 때는 걱정과 두려움 때문에 가만히 있을 수가 없어서 까치발을 하듯 발끝으로 서서 위에서부터 내려다보았다. 하쓰 씨가 내려가고 있었다. 검은 머리와 칸델라의 불빛만이 보였다. 그때 나는 기분이 나쁜 중에도 이렇게 생각했다. 하쓰 씨의 모습이 보이는 동안에 내려가지 않으면 못 내려갈지도 모른다. 체면을 구기게 될 것이다. 빨리 하는 게 좋겠다고 결심하고 갑자기 뒤로 돌아서 하쓰 씨처럼 무릎을 바닥에 붙인 다음 손으로 미끄러져 내려가면서 짚신 바닥으로 사다리를 찾았다.

두 손으로 첫 번째 단을 잡고 다리를 적당한 곳에 걸었더니 등이 새우처럼 굽었다. 그리고 천천히 발을 뻗었다. 똑바로 서니 칸델라의 불빛이 가슴 부근에 왔다. 가만히 있으면 구이가 될 것 같았다. 하는 수 없이 한쪽 발을 밑으로 내렸다. 손도 그에 따라서 바꿔 쥐지 않을 수 없었다. 내리려고 하니 엄지손가락에 걸고 있는 칸델라가 엉뚱한 곳에서 처치 곤란하게 움직였다. 마구 흔들었더니 옷이 탈 것 같았다. 그것을 주의하자면 벽에 부딪쳐서 불이 꺼질 것 같았다. 엄지손가락에 칸델라를 끼우고 추처럼 흔들었을 때는 아주 편리한 기계라고 생각했는데 이렇게 되니 굉장히 거추장스러웠다. 게다가 사다리는 폭이 좁았다. 단과 단의 간격이 매우 넓었다. 한 단 내려가는 데 평소보다

배는 힘이 들었다. 거기에 공포감까지 더해졌다. 그리고 바꿔줄 때마다 나무가 미끌미끌했다. 코를 처박듯이 해서 희미한 불빛에 비춰 보니 점토가 전체에 묻어 있었다. 오르내릴 때 짚신에서 묻은 것이라 여겨졌다. 나는 사다리 중간에서 머리를 옆으로 내밀어 밑을 내려다보았다. 보지 말았어야 했는데 나도 모르게 보고 말았다. 그러자 갑자기 빙글빙글 머리가 돌며 꼭 쥐고 있던 손이 풀리기 시작했다. 이래서는 죽을지도 모른다. 죽어서는 안 된다며 꼭 들러붙은 채 눈을 힘껏 감았다. 커다란 비눗방울이 둥실둥실 떠 있는 속으로 하쓰 씨가 내려가고 있었다. 사실을 말하자면 밑을 내려다봤을 때만 하쓰 씨의 모습이 보이니 감은 눈앞으로 솟아오른 비눗방울 안에 하쓰 씨가 있을 리 없었다. 그러나 정말로 보였다. 그리고 내려가고 있었다. 참으로 이상했다. 지금 와서 생각해보면, 현기증이 나기 전에 언뜻 하쓰 씨를 본 것임에는 틀림없지만 어지러움에 주저하여 죽는 것이 무서워졌기에 하쓰 씨의 모습이 망막에 비친 채 잊혀졌다가 나무에 들러붙어 눈을 감자마자 되살아난 것이리라. 단지 그런 현상이 학리적(學理的)으로 가능한 것인지는 알 수가 없다. 그 당시는 제정신이 아니었다. 갱은 어두웠고, 목숨은 아까웠으며, 머리는 혼란에 빠져 있었다. 살아 있는 것인지 죽은 것인지 알 수가 없었다. 그런 가운데 하쓰 씨가 내려갔다. 눈 속에서 내려가는 건지 발밑에서 내려가는 건지 분명하지가 않았다. 그런데 이상하게도 눈을 뜨자마자 다시 밑을 내려다보았다. 그러자 역시 하쓰 씨가 내려가고 있었다. 그것도 깎아지른 듯한 벽의 저쪽 편을 내려가고 있는 것 같았다. 이번에는 두 번째였기 때문인지 떨어질 정도로 현기증이 나지는 않았기에 눈동자를 한 곳에 고정시키고 가만히 살펴보았더니 정말로 건너편을 내려가고 있었다. 어떻게 된 일일까 생각했다. 그때 다시 칸델라가 치익 하는 소리를 냈다. 하쓰 씨가 보장을 한 불빛이기는 하지만 그렇게 되자 다시 마음이 불안해졌다. 하쓰 씨는 거침없이 가고 있는 모양이었다. 이렇게 된 이상 나도 전속력으로 내려가는 것이 상책이라고 생각했다. 그래서 미끌미끌한 나무 단을 번갈아 바꿔 잡아가며 간신히 3간쯤 내려갔더니 발이 흙 위에 닿았다. 밟아보았더니 역시 흙이었다. 혹시나 해서 손을 떼지 않고 발밑을 살펴보았더니 사다리는 완전히 끝나 있었다. 밟고 있는 흙도 폭 1자쯤에서 끊어져 있었다. 나머지는 바닥이 없는 구멍이었다. 그 대신에 이번에는 맞은편에 또 다른 사다리가 달려 있었다. 손을 내밀면 닿도록 걸려 있었다. 달리 방법이 없었기에 나는 다시 그 사다리로 옮겨갔다. 그리고 가능한 한 빨리 내려갔다. 길이는 전과 같았다. 그러자 다시 반대 방향에 또 사다리가 걸려 있었다. 역시 이것저것 따질 때가 아니었다. 다시 옮겨갔다. 그것까지도 간신히 내려갔더니 새로운 사다리가 처음과 같은 방향에 걸려 있었다. 거의 끝이 없었다. 여섯 번째 사다리에 왔을 때는 손이 얼얼하고 다리가 떨리고 숨결이 이상했다. 밑을 바라보니 하쓰 씨의 모습은 벌써 오래 전에 사라지고 없었다. 보면 볼수록 새카만 어둠이었다. 내 칸델라 에는 치익, 치익 하며 물방울이 떨어졌다. 짚신 안쪽으로는 물기가 스며들었다.

한동안 쉬고 있자니 손이 빠져버릴 것 같았다. 내려가기 시작하니 발을 헛디딜 것 같았다. 그러나 끝까지 내려가지 않으면 거꾸로 처박혀 머리를 다칠 뿐이라는 생각이 들자 그럭저럭 사다리를 내려갈 힘이 어딘가에서 나왔다. 그 힘이 어디서 나온 것인지는 도저히 알 수가 없다. 그러나 그때는 단번에 나온 것이 아니라 조금씩 팔과 배와 다리에서 배어 나오듯 나온 것이기 때문에 나도 잘 느끼지 못했었다. 마치 시험 전날에 밤을 새고 피로에 지쳐서 꾸벅꾸벅 졸다가 갑자기 눈을 뜨면 다시 대여섯 페이지는 읽을 수 있는 것과 같은 경우라고 생각한다. 그럴 때, 공부의 경우에는 무엇을 읽었는지도 모르면서 어쨌든 읽기는 다 읽게 되는 법인데 그와 마찬가지로 나도 틀림없이 내려갔다고는 단언하기 어렵지만 어쨌든 내려간 것만은 틀림없는 사실이었다. 내리 읽은 책의 내용은 잊어먹어도 페이지 수는 기억하고 있는 것처럼 사다리의 숫자만은 분명하게 기억하고 있다. 정확히 열다섯 개였다. 열다섯 개를 내려갔는데도 여전히 하쓰 씨가 보이지 않았기에 놀랐다. 그러나 다행스럽게도 외줄기 길이었기에 허둥지둥하며 좁다란 구멍을 기어 나가니 거기에 하쓰 씨가 있었다. 그것도 전에처럼 거칠게 말을 하지 않고,

"어때, 힘들었나?"

라고 물어주었다. 나는 너무나도 힘들어서,

"힘듭니다."

라고 대답했다. 다음으로 하쓰 씨가,

"조금만 더 가면 되니까 참도록 해."

라고 격려를 해주었다. 다음으로 나는,

　"아직 사다리가 남았습니까?"

라고 물었다. 그러자 하쓰 씨가,

　"하하하하, 이제 사다리는 없어. 괜찮아."

라며 호의적인 웃음을 흘렸다. 그래서 나도 계속 참을 수밖에 없겠다 포기하고 다시 하쓰 씨의 뒤를 따라갔더니, 다시 내려갔다. 그렇게 내려감에 따라서 길에 물이 고이기 시작했다. 철벅철벅하는 소리가 들렸다. 칸델라의 불을 가져가보니 시타야[28] 부근의 도랑이 넘친 것처럼 시커먼 것이 찰랑찰랑했다. 그 흙탕물이 또 엄청나게 차가웠다. 발가락 사이가 갈라지는 것 같았다. 그러나 전체가 물이었기 때문에 기껏 물속에서 꺼낸 발을 잔인하게도 다시 물속에 넣지 않을 수가 없었다. 한쪽 발을 들면 해오라기처럼 그대로 서 있고 싶어졌다. 그래도 하는 수 없이 짚신 바닥을 바닥에 대면 철벅 하는 소리가 들리자마자 물가에서 물고기의 비늘 같은 물결이 일었다. 그 한쪽 면이 칸델라 불빛을 받아 반짝반짝 빛났나 싶다가 바로 원래대로 잔잔해졌다. 기껏 잔잔해진 위를 다시 철벅 하고 밟아 흩뜨렸다. 물고기의 비늘이 반짝였다. 이렇게 안으로 안으로 들어가니 물은 점점 더 깊어졌다. 여기를 벗어나면 마른 곳이 나오는 건지, 장담할 수 없는 목적지를 향해서 빙글 돌아가니 발등까지 오던 물이 갑자기 정강이까지 왔다. 이 다음에는, 이라고 참으며 오른쪽으로 꺾어들었더니 바닥이

---

28) 下谷, 도쿄의 지명.

푹하고 꺼지며 무릎까지 잠겨버렸다. 이렇게 되면 움직일 때마다 텀벙텀벙 거린다. 무릎으로 가르는 물결이 소용돌이치며 흘렀다. 그 소용돌이가 점점 허벅지 쪽으로 밀려들었다. 너무 위험하다고 생각했다. 어떤 원인으로 물이 나온 것이니, 혹시 지금 당장이라도 갱 안에 물이 가득 차게 되는 것 아닐까 하는 생각이 들자 갑자기 허리에서부터 뱃속까지 차가워지기 시작했다. 그러나 하쓰 씨는 물러설 기색도 보이지 않고 부지런히 흙탕물을 가르며 나갔다.

"괜찮은 겁니까?"

라고 뒤에서 물어보았지만 하쓰 씨는 달리 대답도 하지 않고 여전히 텀벙텀벙 소리를 내며 물을 밀치고 나갔다. 내 생각에 의하자면 아무리 광산이라 할지라도 물에 잠겨서는 일을 할 수 있을 리가 없었다. 이렇게 첨벙대는 이상, 어떤 이변이 일어난 것이거나, 혹은 폐광이 된 것임에 틀림없다. 어쨌든 재난이라는 불안한 생각이 들어서 다시 한 번 하쓰 씨에게 물어볼까 생각하는 동안에 물이 결국에는 허리까지 와버렸다.

"더 들어가야 하나요?"

라고 나는 참을 수 없어졌기에 뒤에서부터 하쓰 씨를 불러 세웠다. 이 목소리는 평범한 질문의 목소리가 아니었다. 내 몸을 생각한 나머지 목숨이 입에서 튀어나온 것과 같은 소리였다. 따라서 정말 긴박한 순간이었다면 한마디 비명이 되어 나왔을 테지만, 아직 하쓰 씨 앞이라는 사실을 의식할 정도의 여유는 있었기에 잠깐 공포의 질문으로 모습을 바꾼 것일 뿐이었다. 이 목소리를 들었을 때는 하쓰 씨도 물속에서 멈춰 서서 뒤를 돌아보지 않을 수 없었다. 칸델라를 높이 치켜들었다. 눈동자를 고정시키더니 하쓰 씨의 눈썹 사이에 여덟팔자가 새겨졌다. 그러나 입가는 웃고 있었다.

"왜 그래? 기권인가?"

"아니요, 이 물이……."

라며 나는 허리 부근을 아주 무섭다는 듯이 바라보았다. 하쓰 씨는 조금도 동요하지 않았다. 역시 빙그레 웃고 있었다. 홍수가 난 길을 통행인이 옷을 걷어붙이고 재미있다는 듯 건널 때처럼 보였다. 그것으로 나의 의심도 풀렸지만 원래부터 겁쟁이였기 때문에 혹시나 해서 다시 한 번,

"괜찮을까요"

를 되풀이했다. 이때 하쓰 씨는 더욱 재미있다는 표정을 지었지만 곧 진지한 표정으로,

"8번 갱이야. 여기가 가장 밑바닥이지. 물 정도는 있는 게 당연한 일이야. 그렇게 겁먹을 필요 없어. 잔말 말고 이리로 와봐."

라며 좀처럼 돌아가려 하지 않았기에 하는 수 없이 가랑이까지 적셔가며 따라갔다. 안 그래도 어두운 갱 속이니 과감하게 비유를 하자면 머리부터 어둠에 젖어 있었다고 형용해도 상관없으리라. 게다가 진짜 물, 그것도 갱과 같은 색깔의 물에 젖어 있으니 좋지 않은 기분이 더욱 좋지 않았다. 거기다 물은 복사뼈 부근에서 경쟁이라도 하듯 콸콸 솟아오르고 있었다. 이제는 허리까지 잠기게 되었다. 그리고 움직일 때마다 물결이 일었기에 실제 물의

깊이 이상으로 젖어 있었다. 그렇게 젖은 부분이 채 마르기도 전에 물결이 걸핏하면 젖은 부분보다 높이 일었기에 조금씩 시간이 지남에 따라서 결국에는 배까지 차가워졌다. 갱이기에 머리가 차가워지고 물 때문에 배가 차가워지고, 이중으로 차가워지면서 어딘지도 모를 곳을 향해 두더지처럼 뒤따라갔다. 그러자 오른쪽에 구멍이 있었는데 동굴처럼 깊이 뚫려 있는 속에서부터 물이 흘러나왔다. 그리고 그 안에서 깡, 깡 하는 소리가 들려왔다. 작사장임에 틀림없었다. 하쓰 씨는 구멍 앞에 선 채,

"봐라. 이런 밑바닥에서도 일을 하는 사람들이 있어. 너도 할 수 있겠어?"

라고 물었다. 나는 가슴이 물에 젖을 정도로 몸을 숙여 굴 안을 바라보았다. 그랬더니 안쪽 전체가 희미하게 밝았으며—밝았다고 말했지만 흐리멍덩한, 분명하지 않은, 희미한 불을 억지로 넓은 곳에 펼쳐놓아서, 끝까지 뻗지 못하기에 기껏 켜놓은 불이 어둠에 압도되어 뿌옇게 흐려져 있는 형국이었다. 그 안에 한층 더 검은 것이 비스듬한 바위에 들러붙어 있는 부분에서 깡, 깡 하는 소리가 들려왔다. 굴의 사면(四面)에 막혀 울려 갈 곳을 잃은 답답함에, 물에 부딪혀 튕겨오른 것이 한꺼번에 구멍의 입구로 쏟아져나왔다. 물도 흘러나왔다. 천정이 어두운 것에 비해서는 물이 반짝거렸다.

"들어가볼래?"

라고 말했다. 나는 오싹하고 한기가 느껴졌다.

"들어가지 않아도 됩니다."

라고 대답했다. 그러자 하쓰 씨가,

　"그럼 그만두기로 하지. 하지만 그만두는 건 오늘뿐이야."

라고 단서를 달아놓고 일단 내 얼굴을 가만히 들여다보았다.
나는 역시 그 말에 걸려들었다.

　"내일부터 여기서 일하는 건가요? 일을 하게 된다면 몇 시간
물에 잠겨 있어야―잠겨 있으면 의무가 끝나는 겁니까?"

　"글쎄."

라며 생각을 하던 하쓰 씨가,

　"하루에 3교대니까."

라고 설명해주었다. 하루에 세 번 교대를 한다면 한 번에 여덟
시간이 된다. 나는 검은 물 위로 시선을 떨어뜨렸다.

　"괜찮아. 걱정하지 않아도 돼."

　하쓰 씨가 갑자기 위로를 해주었다. 불쌍하다는 생각이 들었던
모양이었다.

　"하지만 여덟 시간 동안은 일을 해야 하잖아요."

　"물론 정해진 시간만큼은 일을 해야 한다는 건 당연한 일이지.
그래도 걱정할 건 없어."

　"어째섭니까?"

　"괜찮다니까."

라며 하쓰 씨가 걷기 시작했다. 나도 말없이 걷기 시작했다.
텀벙거리는 소리를 내며 물속을 두어 걸음 걸었을 때, 하쓰 씨가
갑자기 뒤를 돌았다.

　"신참은 대부분 2번이나 3번 갱에서 일을 하게 돼. 일에 아주

능숙해지지 않으면 여기까지는 내려올 수 없어."

라고 말하며 빙그레 웃었다. 나도 빙그레 웃었다.

"마음이 놓이냐?"

라고 하쓰 씨가 다시 물었다. 하는 수 없이,

"네."

라고 대답해두었다. 하쓰 씨는 아주 흐뭇한 표정을 지었다. 그때 텀벙텀벙 움직이던 물이 갑자기 무릎 높이로 줄었다. 발끝으로 더듬어보니 계단이 있었다. 하나, 둘 헤아려보니 물은 세 번째 단에서 복사뼈까지 떨어졌다. 그리고 평평하게 계속 이어졌다. 생각했던 것보다 빨리 높은 곳으로 올라왔기에 아주 기뻤다. 그 다음부터는 시시각각으로 기뻐져서 길을 돌아들면 돌아들수록 지면이 말라갔다. 결국에는 찰싹거리는 소리도 들리지 않는 곳에 도착하게 되었다. 그때 하쓰 씨가 기계를 볼 마음이 있느냐고 물었는데 기계란 곳곳의 스노코에서 떨어져온 광석을 모아서 첫 번째 갱으로 끌어올려, 거기서 전차에 실어 굿길 밖으로 옮기는 장치를 말한다는 소리를 듣고 애초부터 거절을 했다. 아무리 재미있게 움직이는 기계라 할지라도 내일의 내게 필요하지 않은 것은 보고 싶은 마음이 들지 않았다. 기계를 보지 않는다면 그것으로 갱 안의 모습은 대충 둘러본 셈이 된다. 이에 안내를 맡았던 하쓰 씨가 돌아가자고 말했다. 허리까지 물에 젖는 것은 제아무리 하쓰 씨라도 한 번이면 충분했던 듯 돌아가는 길에는 비교적 젖지 않아도 되는 길을 지나주었다. 그래도 10간 정도는 종아리까지 물이 차올랐다. 그 10간 정도를 지날 때 상황을 잘 모르는 나는 다시 물이 있는 곳에 온 것이라 여기고 오는 길에 배꼽 근처가 얼어붙을 것 같았던 일을 생각하며 조마조마하게 차가운 발을 움직여갔지만 일이 좋은 쪽으로만 어긋나서, 가면 갈수록 물이 얕아졌다. 발이 가벼워졌다. 결국에는 다시 마른 땅에 올라서게 되었다. 하쓰 씨에게,

"이젠 끝인가요?"

라고 물어보니 하쓰 씨는 그저 웃기만 했다. 그때는 나도 기뻤지만 잠시 후 아까의 사다리 밑에 도착했다. 가슴 정도까지의 물은 참을 수 있었지만 이 사다리만은, ―하다못해 돌아가는 길만이라도 좋으니 피하고 싶었는데 역시 그 밑에 오고 말았다. 나는 촉도29)의 험난함을 누군가에게 들어서 알고 있었다. 그 사다리는 촉도를 거꾸로 늘어뜨린 다음 미련 없이 경사의 각도를 제거해버린 것과 같은 것이다. 나는 거기에 도착하자 갑자기 발이 움직이지 않게 되었다. 갑자기 각기(脚気)에 걸린 것 같은 기분이 들었는데 누군가가 뒤에서 느닷없이 허리를 잡아당겼다. 잡아당긴 것은 하쓰 씨가 잡아당긴 것이라고 생각할 독자도 있을지 모르겠지만, 그렇지 않다. 그런 기분이 들었던 것이니 굳이 형용을 하자면 산증(疝症)이 잡아당긴 것이라고 표현하면 될지 모르겠다. 어쨌든 허리를 펼 수가 없었다. 그러나 이것을 거꾸로 매달린 촉도의 저주 때문이라고 한마디로 단언할 마음은 없다. 아까부터 안내를 맡은 하쓰 씨의 기분이 아주 좋았기 때문에 상대방의 관대한

---

29) 蜀道. 중국의 산시 성에서 쓰촨 성으로 들어가는 길. 절벽에 나무를 짜서 만든 길이 구불구불 이어져 있는 험난한 길.

동정에 편승하여, 분발하겠다는 마음이 점차로 느슨해진 것도 틀림없는 사실이었다. 어쨌든 걸을 수가 없었다. 그런 모습을 지켜보고 있던 하쓰 씨가,

"어째 걸을 수 있을 것 같지가 않은데. 허리가 완전히 굽었어. 잠깐 쉬고 있어. 나는 놀러 갔다올 테니."

라고 말하고 어두운 곳으로 들어가 어디론가 가버리고 말았다.

나머지는 말할 필요도 없이 혼자 남게 되었다. 나는 털썩하고 엉덩이를 땅바닥에 붙였다. 이럴 때 아테시코는 아주 편리한 것이었다. 덕분에 바위에 뼈를 쩧거나 진흙으로 옷이 더러워질 염려가 없었던 만큼 비참한 상황 속에서도 약간은 기쁜 마음이 들었다. 그런 다음 딱딱하게 굽은 등을 벽에 기댔다. 그 이상은 손가락 하나 까딱하기 싫었다. 그 자세 그대로 그저 맞은편 벽을 바라보았다. 몸을 움직이지 않아서 마음도 움직이지 않은 것인지, 마음이 주저앉았기에 몸도 게으름을 피우는 것인지, 어쨌든 양쪽 모두가 생사의 갈림길에서 방황을 한 것인 듯, 한동안은 모든 것이 명료하지 못했다. 처음에는 한 번만이라도 좋으니 밝은 공기를 마시고 싶다는 생각이 들었지만 점점 마음이 어두워져갔다. 그러자 갱 속이 어둡다는 사실도 잊혀져갔다. 어디가 어딘지 알 수 없는 몽롱함 속에서 모든 것이 하나로 뭉뚱그려져갔다. 그러나 결코 잠을 잔 것은 아니었다. 가만히 의식이 희박해진 것일 뿐이었다. 그러나 그 희박한 의식은 열 배의 물에 녹인 속기(俗気)이기 때문에 아무리 불투명해도 정신을 잃지는 않는다. 마치 마주 앉아서 이야기를 하는 대신 전화로 이야기를 하는

정도—혹은 그것보다도 약간 불명료한 정도였다. 이처럼 수평 이하로 의식이 잠기는 것은, 세상의 태양이 너무 격렬해서 곤혹스러운 내게는—도쿄에도 시골에도 머물 수 없는 내게는—번민의 해열제를 복용하지 않으면 안 되는 내게는—신경 섬유의 끝부분에까지 전해진 과도한 자극을 잊어야 하는 내게는—필요하고, 원했고, 이상적인 일이었다. 조조 씨를 따라오는 길에 공상했던 갱부 생활보다도, 틀림없이 더 좋은 천국이었다. 만약 가출이 자멸의 첫 걸음이라면 이 경우는 자멸의—몇 번째 걸음인지 알 수는 없지만, 어쨌든 종착점에서 그다지 멀지 않은 정거장이었다. 하쓰 씨가 나를 남겨두고 어디론가 가버린 약간의 휴게 시간 동안에 뜻밖에도 이처럼 자멸 직전에까지 갑자기 이르렀는데, —과연 어떤 기분이었을까? 솔직히 말하자면 기뻤다. 그러나 기쁘다는 느낌은 열 배의 물에 녹인 제정신 속에 유리(遊離)되어 있었기 때문에 다른 속기와 마찬가지로 격렬하지는 않았다. 역시 희박했다. 그래도 느낌만은 틀림없이 있었다. 제정신을 잃지 않은 사람이 기쁜 느낌만을 놓칠 리가 없다. 나의 정신 상태는 활동 범위가 좁아진 불구자의 심적 현상과는 달랐다. 일반적인 활동을 마음껏 할 수 있는 자유의 세계는 원래대로 존재하고 있지만, 활동 그 자체의 강도가 약해진 것일 뿐이기 때문에 평소의 나와 당시의 나와의 차이는 단지 농담(濃淡)의 차이일 뿐이었다. 그 가장 옅은 생애 속에 옅은 기쁨이 있었다.

만약 그런 상태가 1시간 계속 됐다면 나는 1시간 동안 만족했을 것이다. 하루 동안 계속 됐다면 하루 동안 만족했을 것임에 틀림없다. 만약 100년 계속 됐다 할지라도 역시 기뻤을 것이다. 그런데—
이때 다시 새로운 마음의 작용이 나타났다.

왜냐하면 마침 그 상태가 내 희망대로 같은 곳에 머물러주지
않았기 때문이었다. 움직이기 시작했다. 기름이 떨어지기 시작한
램프의 불처럼 움직이기 시작했다. 의식을 숫자로 나타낸다면
평소 10이었던 것이 지금은 5가 되어 멈춰 있었다. 그것이 조금
지나자 4가 되었다. 3이 되었다. 이대로 계속 간다면 언젠가
한 번은 0이 될 것이다. 나는 그 경과에 따라서 옅어져가면서
변화하는 기쁨을 자각하고 있었다. 그 경과에 따라서 옅게 변화하
는 자각의 정도만큼 자각하고 있었다. 기쁨이란 어디까지나 기쁨
임에 틀림없다. 따라서 이론적으로 말하자면 의식이 어디까지
저하되더라도 나는 기쁘다고만 생각하여 만족할 뿐, 다른 길은
없을 것이다. 그런데 점점 떨어져서 드디어 0에 가까워졌을 때
갑자기 어둠 속에서 튀어올랐다. 이러다 죽는다는 생각이 튀어올
랐다. 바로 뒤이어 죽으면 안 된다는 생각이 튀어올랐다. 나는
동시에 눈을 번쩍 떴다.

발끝이 찢어질 것 같았다. 무릎에서 허리까지 피가 통하며
얼어붙어 있었다. 배에는 물이라도 찬 것 같았다. 가슴부터 위는
인간 같았다. 눈을 뜬 순간 눈을 뜨기 전의 일들을 생각해보니
'죽는다. 죽으면 안 된다.'까지가 순서대로 이어져오다가 거기서
뚝 끊겨버렸다. 끊긴 다음 바로 눈을 뜨는 동작이 있었다. 다시
말하자면 '죽는다.'에서 생명의 방향전환이 있었고 그 다음 첫
번째 동작으로 눈을 뜬 것이니 두 개는 완전히 별개의 것이었다.

그렇지만 두 개는 완전히 이어져 있었다. 이어져 있다는 증거로 눈을 떠 몸 주위를 보았을 때 '죽는다……'라는 목소리가 아직 귀에 남아 있었다. 틀림없이 남아 있었다. 나는 목소리네, 귀네라는 말을 썼는데, 달리 형용할 길이 없기 때문이다. 형용이 아니다, 실제로 '죽는다……'고 주의를 준 사람이 있었다고밖에는 여겨지지 않았다. 그러나 물론 사람이 있을 리 없었다. 그렇다고 해서 산—신은 정말 싫다. 역시 내가, 내 마음속에 서둘러 떠오르게한 것일 테지만 사람이 죽음을 그 정도로 걱정하리라고는 꿈에도 생각지 못했다. 그러니 자살을 할 수 있을 리가 없다. 이럴 때는 영혼의 작용 과정이 평소와 다르기 때문에 내 자신이 자신의 본능에 지배받고 있으면서도 전혀 자각을 하지 못하는 법이다. 조심해야 할 부분이라고 생각한다. 이 경우도 해석하기에 따라서는 신이 도와준 것이라고 볼 수도 있다. 그 사람에게서 한시도 떨어지지 않고 따라다니는—연인인 경우가 많은 듯하지만—그런 사람들의 영혼이 구해준 것이라고 할 수도 있을 것이다. 젊은 나이였음에도 불구하고 내가 그 목소리를 쓰야코 씨나 스미에 씨라고 해석하지 않았던 것은, 자만심이 강한 것을 생각하자면 감탄할 만한 일이었다. 나는 천성적으로 그렇게 시적이지는 않았던 것이리라.

그때 하쓰 씨가 홀연히 나타났다. 하쓰 씨를 보자마자 나의 의식은 더욱 명료해졌다. 지금부터 거꾸로 매달린 촉도를 올라가야 한다는 사실도, 내일부터 끌과 망치로 깡, 깡 하며 일을 해야 한다는 사실도, 남경미도, 빈대도, 잠보도 달마도 단번에 남김없이 깨닫게 되었으며 그리고 마지막으로 나의 타락을 가장 분명하게 깨달았다.

"기분이 조금은 좋아졌나?"

"네, 조금은 좋아진 듯합니다."

"그럼 슬슬 올라가볼까?"

라고 말하기에 고맙다는 말을 하고 자리에서 일어서니 하쓰 씨가 기세 좋게 사다리를 붙잡고 한쪽 다리를 올려놓으며,

"올라가는 건 약간 힘들어. 그렇게 알고 따라와."

라고 뒤돌아 주의를 주며 오르기 시작했다. 나는 왠지 쓸쓸한 마음이 되어 아래서 위를 올려다보니, 하쓰 씨는 올라가고 있었다. 원숭이처럼 오르고 있었다. 천천히 올라가줄 기색은 전혀 보이지 않았다. 빨리 하지 않으면 또 혼자 남게 될 우려가 있었다. 나도 과감하게 오르기 시작했다. 그러자 두어 단 발을 옮겼을까 말까 했을 때 과연 그렇구나 하는 생각이 들었다. 하쓰 씨가 말한 대로 아주 힘들었다. 지쳐 있었기 때문만은 아니었다. 내려올 때는 가슴에서부터 윗부분이 비교적 앞으로 나왔기에 등의 무게를 얼마간은 사다리에 실을 수 있었다. 그러나 올라갈 때는 전혀 반대로, 걸핏하면 몸이 뒤쪽으로 젖혀졌다. 젖혀졌을 때의 무게는 두 팔로 지탱하지 않으면 안 되기 때문에 한 단 오를 때마다 상박부와 어깨에 부담이 더해졌다. 뿐만 아니라 손바닥과 다섯 손가락으로 단의 전부를 쥐지 않으면 안 되었다. 그런데 앞서 말한 것처럼 그것은 미끌미끌했다. 사다리를 하나 오르는 것은 쉬운 일이 아니었다. 그런데 그것이 15개나 되었다. 하쓰 씨의

모습은 먼 옛날에 벌써 사라지고 없었다. 손을 놓기만 하면 새카만 어둠 속으로 처박히게 된다. 놓지 않으려 하면 어깨가 빠질 것 같았다. 나는 일곱 번째 사다리 위에서 화염과 같은 숨을 내쉬면서 노동의 어려움을 뼈저리게 느꼈다. 그리고 뜨거운 눈물로 눈 안이 가득했다.

　두어 번 위쪽 눈꺼풀과 아래쪽 눈꺼풀을 붙여보았지만 시각은 여전히 흐릿하기만 했다. 5치도 떨어져 있지 않은 벽조차도 분명하게 보이지 않았다. 손등으로 문지르고 싶었지만 마침 두 손 모두 움직일 수가 없었다. 나는 분했다. 어째서 이렇게 원숭이 흉내를 내야 할 정도로 몰락한 걸까 하고 생각했다. 쓰러질 것 같은 몸을 가능한 한 앞쪽으로 기울여 사다리에 기댈 수 있는 만큼 기대서 생각했다. 쉰 것이라고 해석하는 편이 온당할지도 모르겠다. 단지 중간에서 멈춰 선 것이라고 단언해도 좋을 것이다. 어쨌든 움직이지 않았다. 혹은 움직일 수가 없었다. 가만히 서 있었다. 칸델라가 치익 하는 소리를 내는 것도 발바닥으로 물이 배어드는 것도 전혀 느끼지 못했다. 따라서 몇 분이 지났는지 전혀 느낄 수도 없었다. 그러자 다시 뜨거운 눈물이 흘러내렸다. 마음은 의외로 선명했지만 눈이 점점 흐려졌다. 아무리 눈을 깜빡여도 소용없었다. 더운 물 속에 눈동자를 담그고 있는 것 같았다. 엉망진창이었다. 답답해졌다. 화가 났다. 감정이 격해졌다. 그리고 몸은 생각처럼 움직이지 않았다. 나는 이를 악물고 두 손으로 사다리를 두어 번 흔들어보았다. 물론 꿈쩍도 하지 않았다. 차라리 손을 놓아버릴까? 거꾸로 처박혀서 머리부터 깨져버리는 편이 결론이 빨리 나니 좋다. 죽고 싶다는 생각이 모락모락 피어올랐다. —사다리 밑에서는 죽으면 안 된다며 벌떡 일어났던 사람이 사다리 도중에 오자 갑자기 굵고 짧은 무분별함으로 죽고 싶다는 마음을 품게 된 것은, 내 일생 중에 있었던 심리 추이의 현상 중에서도 가장 기억할 만한 사실이다. 나는 심리학자가 아니기 때문에 이런 변화를 어떻게 설명해야 좋을지 알 수는 없지만 심리학자는 오히려 실제적 경험이 부족한 것처럼 보이니 거칠기는 하지만 일단은 나의 어리석은 견해만을 적어 참고로 하고 싶다.

아테시코를 엉덩이에 깔고 휴식을 취할 때는 처음부터 휴식을 취할 생각이었다. 그랬기 때문에 마음이 차분했다. 자극이 적었다. 그런 상태로 벽에 기대고 있으면 그 상태가 서서히 진행하기 때문에 자연스럽게 정신이 아득해진다. 영혼이 잠겨간다. 이와 같은 경우에 정신 운동의 방향은 언제나 일정해서 반드시 적극에서 출발하여 점점 소극으로 다가가는 경로를 취하는 것이 일반적이다. 그런데 그 일반적인 경로를 다 지나서 여기가 바로 막다른 곳이라는 순간에 다다르게 되면 영혼이 분열되어 두 가지 행동을 하게 된다. 하나는 순풍에 돛 단 듯한 기세로 그 밑바닥까지 흘러들어가 버린다. 그러면 그대로 죽어버리게 된다. 아니면 끝까지 가기 직전에 갑자기 반대 방향으로 튀어오르기 시작한다. 소극을 향해 나아가던 것이 갑자기 방향을 바꾸어 적극의 꼭대기로 돌아온다. 그러면 순식간에 생명이 확실해진다. 내가 사다리 밑에서 경험한 것은 이 두 번째에 해당한다. 그랬기 때문에 죽음에

다가가며 좋은 기분으로 삼도천의 이쪽까지 갔다가, 길을 반대로 밟아 되돌아오는 과정을 생략한 채 갑자기 사바의 한가운데로 출현하게 된 것이다. 나는 여기에, 죽음을 바꿔 삶으로 되돌아오는 경험이라는 이름을 붙였다.

그런데 사다리 위에서는 이와 완전히 반대되는 경험을 하게 되었다. 나는 하쓰 씨의 뒤를 따라서 오르지 않으면 안 되었다. 그 하쓰 씨는 이미 오래 전부터 보이지 않았다. 마음은 초조하고, 애가 타고, 손은 떨어지지 않고. 나는 원숭이보다도 하등했다. 한심했다. 괴로웠다. ―모든 것이 간절했다. 자각의 강도가 점점 격렬해질 뿐이었다. 따라서 이런 경우 정신 운동의 방향은 소극에서 적극을 향해 올라가는 상태다. 그런데 그런 상태가 계속 진행되어 흥분의 극에 달하게 되면 역시 두 가지 작용이 나타나게 되는데 특히 재미있는 것은 그 첫 번째, ―즉 적극의 정점에서 공중제비를 돌아 영혼이 소극의 끝에서 불쑥 모습을 드러내는 경우다. 쉽게 말하자면 살아 있다는 사실이 너무나도 명료해진 순간에 목숨을 버리자고 결심하는 현상을 말한다. 나는 여기에, 삶의 꼭대기에서 죽음으로 들어가는 작용이라는 이름을 붙였다. 이 작용은 모순처럼 보이지만 사실을 말하자면 그 어떤 모순도 아니며 영혼의 성질이기 때문에 의외로 자연스럽게 행해지는 법이다. 백 마디 말보다는 하나의 증거, 발분하여 죽는 사람은 깨끗하게 죽지만, 겁을 먹어 죽음을 당하게 되는 사람은 아무래도 깨끗하게 죽지 못하는 듯하다. 다른 사람의 얘기는 그만두고 이렇게 말하고 있는 내 자신이 좋은 증거다. 사다리 중간에서,

에잇 화가 난다, 죽어버리자고 생각한 순간에는 손을 놓는 것이 조금도 무섭지 않았다. 물론 전에처럼 가슴이 덜컥 내려앉지도 않았다. 그런데 막상 죽기 위해 손을 놓으려는 순간 다시 묘한 정신 작용이 일어났다.

나는 원래 소설적인 인간은 아니지만, 아직 어렸기 때문에 지금까지 들뜬 마음에 자살을 계획할 때면 언제나 화려하게 죽자고 생각했었다. 권총이 됐든, 단도가 됐든 화려하게—즉 사람들로부터 칭찬을 들을 수 있게 죽어보자고 생각했었다. 가능하다면 게곤의 폭포까지만이라도 가고 싶다고 생각한 적도 있다. 그러나 변소나 창고에서 목을 매다는 것은 아무래도 폼이 나질 않는다는 생각에 단념을 하고 있었다. 그 허영심이 그 순간 갑자기 고개를 쳐든 것이었다. 어디서 쳐든 것인지는 모르겠지만, 쳐들었다. 어쨌든 쳐들 만큼의 여지가 있었기 때문에 쳐든 것이 틀림없을 테니 나의 결심이 아무리 굳은 것이라 할지라도 그렇게 절박하지는 않았던 것이리라. 그런데 이처럼 단호하게 실제로 사다리에서 손을 떼려는 순간 머리를 쳐들 정도이니 상대도 상당한 세력을 가지고 있는 것이 틀림없다. 그런데 이것은 죽어서 동상이 되고 싶어 하는 정신과 그다지 동떨어져 있는 것이 아닐 테니 평범한 사람에게는 특별히 이상히 여겨야 할 소망이라고도 여겨지지 않을 테지만, 아무래도 당시의 내게는 약간 사치스러웠던 모양이다. 그러나 그 사치스러운 마음 덕분에 나는 발작적으로 갑자기 죽겠다는 생각을 버리고 부족하나마 지금까지 살아 있다. 막 죽으려던 순간까지도 약점을 끌어안고 있었던 덕분이다.

말하자면 이렇게 된 것이다. —결국에는 죽어버리자고 생각하여 몸을 약간 뒤로 밀어 쥐고 있던 손에서 힘을 빼려던 순간에, 어차피 죽을 거 여기서 죽으면 폼이 나질 않는다. 잠깐, 잠깐, 여기서 나가서 게곤의 폭포까지 가라, 라는 호령—호령이라고 하면 이상하지만 정말 호령과도 같은 것이 머릿속에서 울려 퍼졌다. 힘을 빼려던 손에 자연스럽게 힘이 들어갔다. 흐릿하던 눈이 갑자기 밝아졌다. 칸델라가 타오르고 있었다. 올려다보니 진흙에 젖은 사다리의 단이 어둠 속까지 뻗어 있었다. 무슨 일이 있어도 올라가야 한다. 만약 중간에서 좌절한다면 개죽음이다. 어두운 갱에서, 사람이라고는 아무도 없는 곳에서, 태양도 보지 못하고, 광석처럼 굴러떨어져서, 그것으로 그만 잊혀진다는 것은 —안내를 맡은 하쓰 씨에게조차 잊혀진다는 것은— 만약 발견된다 할지라도 반인반수의 갱부들에게 경멸을 받게 된다는 것은, 견딜 수 없는 일이었다. 무슨 일이 있어도 끝까지 올라가야 한다. 칸델라는 불타오른다. 사다리는 계속 된다. 사다리 위에는 갱이 이어져 있다. 갱 밖에는 태양이 내리쬐고 있다. 넓은 들이 있고, 높은 산이 있다. 들과 산을 넘어서 가면 게곤의 폭포가 있다. —무슨 일이 있어도 올라가야만 한다.

왼쪽 손을 머리 위까지 뻗었다. 미끄러운 나무에 손가락 자국이 남을 정도로 세게 쥐었다. 젖은 허리를 힘껏 폈다. 동시에 오른쪽 다리를 한 걸음 올렸다. 칸델라의 불이 어둠 속에서 세로로 움직여 갔다. 갱은 점차로 밝아져갔다. 밟고 지나온 단은 점점 어둠 속으로 떨어져갔다. 내뱉는 숨결이 검은 벽에 부딪쳤다. 뜨거운 숨결이었다. 그리고 때로는 하얗게 보였다. 다음에는 입을 다물었다. 그러자 코 안에서 소리가 났다. 사다리는 아직 끝나지 않았다. 절벽에서 물이 떨어졌다. 휙 하고 칸델라를 돌렸더니 절벽을 스치듯 활 모양으로 치익 하며 꺼지려다 손의 움직임을 멈춰 차분해졌을 때 다시 위쪽으로 유연을 피워올렸다. 다시 돌렸다. 불은 비스듬하게 움직였다. 사다리가 뻗어 있는 1자만큼의 폭을 넘어서 널따란 절벽이 눈에 들어왔다. 오싹했다. 눈이 어지러웠다. 눈을 감고 올라갔다. 불빛도 보이지 않고 절벽도 보이지 않았다. 단지 어둠. 손과 발이 움직이고 있었다. 움직이는 손도, 움직이는 발도 보이지 않았다. 손끝의 감각, 발끝의 감각만으로 살아나갔다. 살아서 올라갔다. 산다는 것은 오른다는 것이었으며, 오른다는 것은 산다는 것이었다. 그래도—사다리는 여전히 남아 있었다.

거기부터는 제정신이 아니었다. 내가 오른 것인지 하늘의 도움으로 오른 것인지 거의 알 수가 없었다. 단지 끝까지 올라가 더 이상은 한 단도 칠 사다리가 없다는 사실을 깨달은 순간 갱 속에 털썩 주저앉았다.

"뭐야. 올라왔잖아. 도중에서 죽어버린 줄 알았는데, —시간이 너무 오래 걸려서. 보러 갈까도 생각해봤지만 혼자서는 으스스한 생각이 들어서. 어쨌든 잘도 올라왔군. 대단해."
라며 초조하게 기다리고 있던 하쓰 씨가 크게 기뻐해주었다. 모르긴 몰라도 사다리 위에서 매우 걱정을 한 모양이었다. 나는 단지,

"약간 기분이 좋지 않아 중간에서 쉬었습니다."

라고만 대답했다.

"기분이 좋지 않았다고? 그거 난처했겠는데. 중간이라니, 사다리 중간에서?"

"네, 그렇습니다."

"흐음, 그럼 내일은 작업도 못하겠는데."

이 한마디를 들은 순간 나는 엿이라도 먹으라고 생각했다. 내가 두더지 흉내를 낼 줄 알아, 라고 생각했다. 이래봬도 아름다운 여성이 내게 반했단 말이야, 라고 생각했다. 갱에서 나가면 바로 게곤의 폭포까지 갈 것이라고 생각했다. 그렇게 해서 멋지게 죽을 것이라고 생각했다. 마지막으로 한시도 이런 짐승을 상대하고 있을 수는 없다고 생각했다. 그랬기에 나는 하쓰 씨를 향해서 간단하게,

"괜찮으시면 올라가시죠."

라고 말했다. 하쓰 씨는 이상하다는 표정을 지었다.

"올라가자고? 기운이 좋구면."

나는 '누굴 바보로 알아? 이 눈 뜬 장님이. 사람을 한참 잘못 봤어.'라고 말하고 싶었다. 그러나 말만은 정중하게 한마디,

"네."

라고 대답해두었다. 하쓰 씨는 여전히 꾸물꾸물하고 있었다. 놀랐다기보다는, 역시 사람을 무시하는 데서 오는 꾸물거림이었다.

"정말 괜찮아? 농담이 아니야. 얼굴빛이 좋지 않아."

"그럼 제가 앞장서겠습니다."

라며 나는 화를 내며 걷기 시작했다.

"안 돼, 안 돼. 앞서 가서는 안 돼, 뒤따라 와."

"그런가요?"

"당연하지. 뒤따라 와. 길잡이를 내버려두고 먼저 가는 녀석이
어디 있어? 안 그래?"

라고 하쓰 씨는 나를 떨쳐버리듯 앞으로 나섰다. 그런가 싶더니
갑자기 속력을 더했다. 허리를 구부리기도 하고, 손발로 기기도
하고, 등을 옆으로 돌리기도 하고, 머리만 굽히기도 하고, 갱의
모양에 따라서 여러 가지로 변화했다. 그리고 굉장히 서둘렀다.
마치 흙 속에서 태어나 동맥(銅脈) 안에서 교육을 받은 사람
같았다. 엿 먹이려고 빨리 가는 거냐, 라며 나도 지지 않을 생각으
로 걷기 시작했지만 거기까지 간 이상 아무리 마음을 굳게 먹었다
해도 될 리가 없었다. 대여섯 개쯤 모퉁이를 돌아 오르기도 하고
내려가기도 하며 허둥대는 동안 하쓰 씨는 보이지 않게 되었다.
그런가 싶더니 어떻게 하고, 어떻게, 고고고고고, 하는 노래를
불렀다. 하쓰 씨의 모습은 보이지 않았지만 하쓰 씨의 목소리만은
갱의 사방에 반향 되어 웅얼웅얼 들려왔다. 심술궂은 녀석이라고
생각했다. 처음에는, 당장 따라잡을 테니 두고보라며 기세를
올려 있는 힘껏 기기도 하고 구부리기도 했지만 하쓰 씨의 노래는
덧없이 점점 멀어져만 갔다. 그래서 나는 따라잡는 것은 일단
포기하기로 하고 하쓰 씨의 고고고고고를 길잡이 삼아 앞으로
나아가기로 했다. 얼마동안은 그것으로 대충 방향을 잡을 수
있었지만 점점 그 고고고고고도 가물가물해지더니, 결국 전혀

들리지 않게 되었을 때는 맥이 빠지지 않을 수 없었다. 외줄기 길이라면 하쓰 씨에게 의지하지 않고도 나 혼자 힘으로 볕이 닿는 곳까지 걸어 나가보이겠지만 워낙 오랜 세월 동안 파헤친 갱이기 때문에 마치 땅거미의 근거지처럼 여러 가지 구멍이 전혀 뜻밖의 곳에 뚫려 있었다. 아무 구멍으로나 함부로 들어가면 다시 허리까지 오는 물에 잠기거나, 아니면 거꾸로 매달린 촉도가 나올 것 같아 쉽게 들어갈 수가 없었다.

이에 나는 어둠 속에 멈춰 서서 칸델라 불빛을 바라보며 생각했다. 들어올 때는 8번 갱까지 내려갔으니 나갈 때는 무슨 일이 있어도 전차가 지나다니는 곳까지 올라가야 한다. 어떤 구멍이든 오르막이면 그리로 가자. 그 대신 내리막이라면 돌아서서 다시 다른 구멍으로 가기로 하자. 그렇게 돌아다니다보면 어딘가의 작사장이 나올 것이다. 그러면 갱부에게 묻기로 하자. 이렇게 결심하고 동서남북이 분명하지 않은 곳을 적당히 헤매다니고 있었다. 마음이 아주 급했기에 숨이 차올랐지만 정신없이 걸은 덕분에 발이 차가웠던 것만은 좋아졌다. 그러나 밖으로 나갈 수가 없었다. 왠지 같은 길을 오가고 있는 것 같은 기분으로 너무나도 답답했기에 벽에 머리를 부딪쳐 깨버리고 싶어졌다. 어느 쪽을 깨는 것이냐고 묻는다면, 물론 머리를 깨는 것이지만 벽도 얼마간은 깰 수 있을 것이라고 생각될 정도로 속이 끓어올랐다. 아무래도 걸으면 걸을수록 천장이 방해가 되었다, 좌우의 벽이 방해가 되었다. 짚신 바닥으로 밟는 계단이 방해가 되었다. 갱 전체가 나를 가둬둔 채 언제까지고 밖으로 내보내주지 않는 것이 가장 방해가 되었다. 이 방해물의 일부에 머리를 부딪쳐 하다못해 금이라도 가게 만들자고—그렇게 하지는 않았지만 종종 생각한 것은 빨리 게곤의 폭포에 가고 싶었기 때문이었다. 그러던 참에 맞은편에서부터 호리코 한 명이 다가왔다. 캐낸 동을 스노코로 옮기는 도중인 듯 가마니를 끌어안고 비틀비틀 칸델라를 흔들며 다가오고 있었다. 그 불빛을 본 순간에는 기뻐서 가슴이 펄쩍 뛰어올랐다. 이젠 됐다며 기운을 내서 다가가니 다가갈 필요도 없이 저쪽에서도 이쪽으로 걸어오고 있었다. 두 개의 칸델라가 1간 정도의 거리로 다가섰을 때 기다리고 있었다는 듯 나는 호리코의 얼굴을 보았다. 그런데 그 얼굴이 굉장히 시퍼렜다. 갱 속에서조차 정상이 아니다 싶을 정도로 시퍼렇게 보였다. 밝은 곳으로 데리고 나가 푸른 하늘 밑에서 본다면 어마어마하게 시퍼럴 것임에 틀림없었다. 그랬기에 말을 걸기가 싫어졌다. 이런 녀석이 사람을 놀리기도 하고, 곯리기도 하고, 창피를 주기도 하는 것일까 하는 생각이 들자 더욱 길을 묻기가 싫어졌다. 죽어도 혼자서 나가겠다는 마음이 생겼다. 너희 같은 녀석들에게 말을 걸 만큼 가벼운 사내가 아니야, 라고 마음속으로 분명하게 말하며 스쳐 지났다. 상대방은 아무것도 모르기 때문에 물론 아무 말도 없이 스쳐 지나갔다. 앞길이 어두워졌다. 칸델라는 하나가 되었다. 마음은 더욱 초조해졌다. 그러나 좀처럼 나갈 수가 없었다. 그리고 길은 어디까지고 이어져 있었다. 오른쪽으로도 왼쪽으로도 나는 오른쪽으로도 기어보고 왼쪽으로도 기어보았다. 또 위로도 걸어 가보았다. 그러나 나갈 수가 없었다. 결국 나가지 못하는 걸까

하며 약간 당황을 하기 시작한 순간에 깡, 깡 하는 소리가 들리기
시작했다. 대여섯 걸음 앞에 있는 막다른 곳에서 꺾어져 들어가니
조그만 작사장이 있고 갱부 한 사람이 열심히 망치를 휘둘러
끌을 두드리고 있었다. 두드릴 때마다 광석이 벽에서 떨어졌다.
그 옆에 가마니가 있었다. 그것은 조금 전에 스노코에 던져넣었던
가마니와 같은 크기였는데 안은 이미 가득 차 있었다. 호리코가
와서 짊어지고 가기만 하면 그만이었다. 나는 이번에야말로 이
녀석에게 물어봐야겠다고 생각했다. 그러나 정작 중요한 그 사람
은 열심히 깡, 깡 하는 소리를 내고 있었다. 게다가 얼굴도 제대로
보이지 않았다. 마침 잘 됐으니 잠깐 쉬었다 가자는 생각이 들었다.
다행히 가마니가 있었다. 그 위에 엉덩이를 얹으면 더없이 좋은
의자가 될 것이었다. 나는 털썩, 가마니 위에 아테시코를 얹었다.
그러자 갑자기 깡, 깡 하는 소리가 멈췄다. 갱부의 그림자가
불쑥 길고 커졌다. 끌을 든 채였다.

"뭐 하는 거야?"

날카로운 목소리가 구멍 가득 울렸다. 내 귀에는 마구 쑤셔넣는
소리처럼 들렸다. 커다란 그림자가 성큼성큼 걸어왔다.

보니, 다리가 길고 가슴이 떡 벌어진 듬직한 체구의 사내였다.
얼굴은 키에 비해서 작았다. 그 윤곽이 어느 정도 분명히 보이는
곳까지 오더니 사내는 멈춰 섰다. 그리고 나를 내려다보았다.
입을 굳게 다물고 있었다. 쌍꺼풀 진 커다란 눈을 부릅뜨고 있었다.
콧날이 곧게 뻗어 있었다. 피부가 검붉었다. 평범한 갱부가 아니었
다. 갑자기 이렇게 말했다.

"너 신참이지?"

"맞습니다."

내 엉덩이는 이때 이미 가마니에서 떨어져 있었다. 맞은편에서 다가오는 갱부가 왠지 무서웠다. 지금까지 만 명이 넘는 갱부들을 짐승처럼 경멸하고 있었는데, —맹세코 죽어버리겠다고 결심했었는데, —성큼성큼 걸어온 갱부가 금세 무서워졌다. 그러나,

"왜 이런 곳에서 헤매고 있는 거지?"

라는 질문을 받았을 때는 약간 안심했다. 내 모습을 보고 일부러 가마니 위에 앉은 게 아니라는 사실을 꿰뚫어본 듯한 어투였다.

"사실은 어제 저녁에 한바에 도착해서, 이곳의 모습을 보기 위해 갱에 들어온 겁니다."

"혼자서?"

"아니요, 한바의 우두머리가 사람을 붙여 줬는데……."

"그랬겠지, 혼자서 들어올 수 있을 만한 곳이 아니니까. 어떻게 된 거지, 그 길잡이는?"

"먼저 나가버렸습니다."

"먼저 나갔다고? 너를 내버려두고?"

"뭐, 그런 셈입니다."

"뻔뻔한 녀석이군. 알았어, 조금 있다 내가 데려다줄 테니 기다리고 있어."

라고 말한 뒤 다시 끌과 망치를 깡, 깡 울리기 시작했다. 나는 명령대로 기다렸다. 그 사내를 만나고 났더니 더 이상은 혼자서 나갈 마음이 생기지 않았다. 죽어도 혼자서 나가겠다고 허세를

부리며 했던 결심이 갑자기 어딘가로 사라져버렸다. 나는 이 변화를 깨달았다. 그렇지만 특별히 부끄럽다고는 생각지 않았다. 사람들에게 공표한 일이 아니니 상관없다고 생각했다. 그 후, 사람들에게 공표했기에 하지 않아도 될 일, 해서는 안 될 일을 몇 번이고 했다. 사람들에게 공표를 한 것과 하지 않은 것 사이에는 커다란 차이가 있다. 머지않아 깡, 깡 하는 소리가 멈췄다. 갱부가 다시 내 앞으로 와서 양반다리를 하고 앉아,

"잠깐 기다려. 한 대 피워야겠으니."

라며 담배 상자를 꺼냈다. 가죽인지 종이인지 분명하지 않은 갈색 물건이었는데 모모히키에 찔러넣은 위로 소매 없는 옷의 자락이 덮여 있었다. 갱부는 맛있다는 듯이 뱃속까지 빨아들인 연기를 코로 내뱉는 동안 짧은 담배설대 중간을 담배 상자의 통으로 툭 하고 두드렸다. 조그만 불똥이 담배통에서 힘차게 튀어나와 갱부의 짚신 앞에 떨어지는가 싶더니 칙 하고 꺼졌다. 갱부는 빈 담뱃대를 훅 하고 불었다. 담배설대 안에 고여 있던 연기가 한꺼번에 담배통으로 나왔다. 갱부는 그때 처음으로 입을 열었다.

"넌 어디 사람이냐? 이런 곳에 대체 뭐 하러 온 거지? 몸을 보니 매끈한 거 같은데. 지금까지 일을 해본 적도 없는 것 같고, 어째서 온 거지?"

"솔직히 일해본 적은 없습니다. 하지만 약간 사정이 있어서, 왔습니다. ……."

여기까지는 말을 했지만 갱부라면 넌덜머리가 났기에, 그만

돌아갈 것이라고는 말하지 않았다. 죽을 것이라고는 더더욱 말하지 않았다. 그러나 지금까지처럼 마음속으로는 짐승 취급을 하면서도·말만은 정중하게 했던 것과는 분위기가 전혀 달랐다. 나는 단지 미주알고주알 내 생각을 말하지 않은 것일 뿐, 이야기만큼은 진지하게 했다. 표리는 조금도 없었다. 진심으로 정중하게 대답했다. 갱부는 한동안 말없이 담뱃대를 바라보았다. 그러더니 다시 담배를 채워넣었다. 연기가 코에서 막 나오기 시작할 무렵 입을 열었다.

그때 내가 그 갱부의 말을 듣고 가장 놀랐던 것은, 그의 교육 상태였다. 교육을 받은 데서 나오는 품위 있는 감정이었다. 식견이었다. 열성이었다. 마지막으로 그가 사용한 한자어였다. —그는 갱부라면 꿈에서라도 알지 못할 한자어를 아주 간단하게, 마치 가정 안에서 어제까지 늘 써왔던 것처럼 구사했다. 나는 그때의 모습을 지금도 눈앞에 그려보는 적이 있다. 그는 둥그렇게 뜬 커다란 눈으로 내 얼굴을 응시한 채, 고개를 약간 앞으로 내밀고, 양반다리를 한 무릎에 한쪽 손을 반대로 뻗고, 왼쪽 어깨를 약간 들어올리고, 오른쪽 손가락으로 담뱃대를 쥐고, 얇은 입술 사이로 깨끗한 이를 때때로 드러내며, —이런 말을 했다. 말의 순서나 단어는 분명한 기억을 그대로 옮긴 것이다. 단지 목소리만은 어떻게 해볼 수가 없다. —

"경험이 무엇보다도 중요하다고들 하질 않나. 이런 천한 일을 하고 있기는 하지만 어쨌든 연장자가 하는 말이니 참고로 들어두게. 청년은 정(情)의 시대야. 나도 그런 때가 있었어. 정의 시대에는 실패를 하는 법이야. 자네도 그렇겠지. 나도 그랬어. 누구나 그러는 법이야. 그렇기 때문에 짐작은 하고 있어. 자네의 사정과 나의 사정이 얼마나 다른지는 모르겠지만 어쨌든 짐작은 하고 있어. 질책은 하지 않아. 동정할 뿐이지. 말 못할 이유도 있겠지. 듣고 상담을 해줄 만한 몸이라면 들어도 주겠지만, 굿길에서 나갈 수 없는 인간이 들어봤자 어쩔 수 있는 것도 아니니 자네도 얘기하지 않는 편이 좋아. 나도……."

라고 말했을 때 나는 그 사내의 눈빛이 약간 이상하게 빛난다는 사실을 깨달았다. 뭔가를 크게 느끼고 있는 듯했다. 그것이 본인이 말한 것처럼 굿길에서 나갈 수 없기 때문인지, 혹은 지금 말한, '나도'의 뒤에 올 이야기 때문인지는 잘 알 수 없었지만 어쨌든 묘한 눈이었다. 게다가 그 눈이 나를 날카롭게 바라보고 있었다. 그리고 그 날카로움 속에 회구(懷舊)라고 해야 할지, 침음(沈吟)이라고 해야 할지, 왠지 사람을 끌어당기는 그리움이 있었다. 그 검은 갱 속에 사람이라고는 그 갱부밖에 없었는데 그 갱부도 그때는 온통 눈뿐이었다. 내 정신의 전부는 곧 그 안구 속으로 빨려들어갔다. 그리고 그의 말을 신중하게 들었다. 그는, '나도'를 두 번 되풀이했다.

"나도 원래는 학교에 다녔었어. 중등 이상의 교육을 받았던 적도 있어. 그런데 스물세 살 때 어떤 여자와 친해져서—자세한 이야기는 하지 않겠지만 그것 때문에 저질러서는 안 될 죄를 저질렀어. 죄를 저지르고 나서보니 이미 사회에서 받아주지 않는 몸이 되어 있었어. 애초부터 취흥에 젖어서 저지른 일이 아니라 어쩔 수 없는 사정 때문에 어쩔 수 없는 죄를 저지른 건데도, 사회는 냉혹한 법이야. 내부의 죄는 얼마든지 용서하지만, 표면의 죄는 결코 놓치지 않아. 나는 정직한 사람이야, 도리에 맞지 않는 일을 싫어해, 그런데 죄를 범하게 되었으니, 죄를 범한 이상은 어쩔 수가 없었어. 학문도 버리지 않으면 안 되었어. 공명도 내팽개치지 않을 수 없었어. 모든 것이 끝장이었어. 억울하지만 어쩔 도리가 없었어. 게다가 제재(制裁)의 손에 붙들리지 않을 수 없었어(고의인지 우연인지는 모르겠지만 그는 특별히 제재의 손이라는 단어를 사용했다). 그러나 내게 잘못했다는 의식이 없는데도 그렇게 죄인이 되어야 한다는 것은, 아무래도 내 성질에 맞지 않았어. 그래서 무턱대고 달렸어. 도망칠 수 있을 만큼 도망쳐 여기까지 와서 결국에는 굿길 안으로 숨어들었어. 그로부터 6년 동안 태양을 본 적은 한 번도 없었어. 하루하루 갱 속에서 깡, 깡 두드리고 있을 뿐이야. 만 6년 동안 두드렸어. 내년이 오면 이제는 굿길에서 나가도 상관없어, 7년째니까. 하지만 나가지 않을 거야, 또 나갈 수도 없어. 제재의 손에는 잡히지 않겠지만, 나가지 않을 거야. 이렇게 된 이상 나가봐야 소용없어. 사바에 돌아갈 수 있다 한들, 사바에서 행한 짓이 없어지는 건 아니야. 과거는 지금도 마음속에 있어. 안 그런가, 과거는 지금도 마음속에 있지 않은가? 자네는 어떤가? ……."
라며 중간에 갑자기 내게 질문을 던졌다.

　나는 아닌 밤중에 홍두깨 같은 질문에 준비된 답을 가지고 있지 않았기 때문에 퍼뜩 놀랐다. 내 마음속에 있는 것은 과거의 일이 아니었다. 1, 2년 전부터 어제까지 이어온, 현재와 다를 바 없는 과거였다. 나는 차라리 내 심사를 이 사람에게 전부 털어놓을까도 생각해보았다. 그러자 상대방은 마치 털어놓게 할 수는 없다는 듯 나를 가로막으며 이야기를 이어가기 시작했다.

"여기서 6년 사는 동안 인간의 더러운 면은 거의 전부 봐왔어. 그래도 나갈 마음은 들지 않아. 아무리 화가 나도 아무리 구토가 날 것 같아도 나갈 마음이 들지 않아. 그리고 사회에는, ─태양이 비추는 사회에는─ 여전히 여기보다 괴로운 부분이 있어. 그것을 생각하면 참을 힘도 생기지. 단지 어둡고 좁은 곳일 뿐이라고 생각하면 돼. 몸에도 지금은 똥 냄새가 배었고, 하루라도 칸델라의 기름 냄새를 맡지 않으면 견딜 수가 없어. 하지만─하지만 그건 내 일이야. 자네의 일이 아니야. 자네가 그렇게 되어서는 안 돼. 살아 있는 인간의 몸에 똥 냄새가 배어서는 안 돼. 아니, 어떤 결심으로 어떤 목적을 가지고 왔다 해도 안 돼. 결심이고 목적이고 단 이삼일이면 전부 죽어버리게 돼. 그것이 가엾은 거야. 그것이 불쌍한 거야. 이상이고 뭐고 아무것도 없는, 끌과 망치 외에는 달리 써먹을 기술을 가지고 있지 않은 녀석이라면 그래도 상관없겠지. 그러나 자네와 같은─자네는 학교에 다녔었지? ─무슨 학교를 다녔었나? ─응? 허긴, 어디든 상관없지. 게다가 젊잖아. 굿길에 던져지기에는 너무 젊어. 여기는 인간쓰레기들이 던져지는 곳이야. 인간의 무덤이나 다를 바 없어. 산 채로 매장당하는 곳이야. 일단 발을 들여놓으면 그것으로 끝, 제아무리 훌륭한 사람이라 할지라도 빠져나갈 수가 없는 함정이야, 그런 줄도 모르고, 대충 알선업자의 말만 믿고 끌려온 거겠지. 자네를 위해서 그 점을 슬퍼하네. 사람 하나를 타락시키는 것은 커다란 사건이야. 죽여버리는 편이 죄가 가볍지. 타락한 사람은 그만큼 피해를 줘. 다른 사람에게 피해를 줘. —실은 나도 그런 사람 중 하나야. 그러나 이렇게 된 이상 타락한 채로 사는 수밖에 달리 길이 없어. 아무리 울부짖어도, 후회해도 타락한 채로 사는 수밖에 달리 길이 없어. 그러니까 자네는 지금 당장 돌아가도록 해. 자네가 타락하면, 자네에게만 피해가 되는 것이 아니야. —자네에게는 부모님이 계신가? ……."

나는 단 한마디, 계시다고 대답했다.

"계시다면 더욱 그래. 그리고 자네는 일본인이잖아. ……."

나는 대답을 하지 않았다.

"일본인이라면 일본을 위해서 도움이 되는 직업을 갖도록 해. 학문을 한 사람이 갱부가 되는 것은 일본의 손해야. 그러니까 빨리 돌아가는 게 좋을 거야. 도쿄라면 도쿄로 돌아가. 그리고 정당한—자네에게 맞는— 일본의 손해가 되지 않는 일을 하도록 해. 누가 뭐래도 여기는 안 돼. 여비가 없다면 내가 주도록 하지. 그러니 돌아가. 알았지? 나는 야마나카(山中) 조에 있어. 야마나카 조에 와서 야스(安)를 찾으면 금방 알 수 있어. 찾아오도록 해. 여비는 어떻게 해서든 마련해줄 테니."

야스 씨의 말은 이것으로 끝이었다. 갱부의 수는 만 명이라고 들었다. 그 만 명이나 되는 사람들 모두가 이비인정(理非人情)을 알지 못하는 짐승으로 발달한 괴물이라고만 생각하고 있던 차에 그 사람과 만나게 된 것은 참으로 소설이었다. 입하(立夏)에 눈이 내린 것보다 갱 속에서 야스 씨가 나를 타이른 것이 훨씬 더 기적인 것처럼 여겨졌다. 섣달 그믐날이 지나면 새해가 온다는 사실 정도는 알고 있었지만, 가뭄에 단비라는 속담도 기억하고 있었지만, 궁하면 통한다는 숙어도 배운 적이 있었지만, 어려운 때는 누군가가 와서 도와주는 법이라고 생각하여 일부러 어려운 처지에 빠진 척 연극을 한 적도 종종 있었지만, —이때는 전혀 달랐다. 만 명이나 되는 갱부들을 진심으로 짐승이라 생각하고, 그 짐승들이 또 전부 나의 적이라는 생각을 잊을 수 없는 통분의 불꽃으로 가슴에 새긴 순간이었기 때문에 그 야스 씨에게는 더더욱 놀랐다. 동시에 야스 씨의 훈계가 내 처음 뜻을 단번에 뒤엎을 정도의 힘으로 내 귀에 울렸다.

두 사람은 한동안 입을 다물고 있었다. 야스 씨는 일단 하고 싶은 말을 전부 했기 때문에 입을 다물고 있는 것이었지만 내게는 야스 씨에 대해서 어떤 식으로든 대답을 해야 할 의무가 있었다. 의무를 다하지 않는다면 야스 씨에게 미안한 일이었다. 진심으로 감사의 뜻을 전한 뒤 내 생각도 약간은 들려주고 싶은 마음이 굴뚝같았지만 코끝이 얼마간 쩡해서, 자유스럽지가 못했다. 게다가 억지로 말을 하려고 하면 입으로 나오지 않고 코로 빠져나올 것만 같았다. 그것을 참으려고 하면 입술의 양끝이 근질근질하고 코가 꿈틀거렸다. 코와 입이 막혀버리자 분출구를 잃은 감동이 잠시 후 눈 안으로 모이기 시작했다. 눈썹이 무거워졌다. 눈꺼풀이 뜨거워졌다. 참으로 난처했다. 야스 씨도 묘한 얼굴을 하고 있었다. 두 사람 모두 겸연쩍은 기분이 들어 양반다리를 하고 마주 앉은 채 입을 다물었다. 그때 다음 작사장에서 광석을 두드리는 소리가 깡, 깡 하고 들려왔다. 지금 생각해보면 나와 야스 씨가 말없이 얼굴을 마주보고 있던 장소가 지면 밑 몇 자 정도의 깊이였는지, 그것을 정확히 알아둘 걸 그랬다. 도회에서도 이런 기우(奇遇)는 드물다. 광산 안에서는 일어날 리가 없다. 태양이 비치지 않는 갱 속에 세상으로부터, 사람들로부터, 역사로부터, 태양으로부터도 잊혀진 두 사람이 고마운 가르침을 주고 존귀한 눈물을 흘린 무대가 있으리라고는, 양반다리를 하고 말없이 서로의 얼굴을 지켜본 본인들 이외에는 아는 사람이 없을 것이다.

야스 씨는 다시 담배를 빨기 시작했다. 후, 후 하고 담배 연기가 나왔다. 그 연기가 진하게 나왔다가 어둠 속으로 사라지고 진하게 나왔다가 어둠 속으로 사라지는 동안에 나는 드디어 목소리가 자유로워졌다.

"감사합니다. 당신이 말씀하신 대로 과연 인간이 머물 곳은 아닐 테지요. 저도 당신을 만나기 전까지는 오늘을 마지막으로 광산에서 나갈 생각이었습니다. ……."

산을 나가서 죽을 생각이었다고는 차마 말을 할 수가 없었기에 여기서 잠깐 말을 끊었더니,

"그렇다면 더 말할 필요도 없지. 얼른 돌아가도록 해."
라고 야스 씨가 격려를 해주었다. 나는 역시 입을 다물었다. 그러자,

"여비라면 내가 마련해 주겠다니까."

라고 말했다. 나는 아까부터 여비, 여비 하는 소리를 단지 선의로만 받아들이고 있었는데, 그렇다고 해도 받을 생각은 추호도 없었다. 어제 한바 우두머리의 도움을 거절했을 때의 마음과 같은가 하면 또 그렇지도 않았다. 어제는 꼭 받고 싶었다. 이마를 땅바닥에 대고서라도 받고 싶었다. 그러나 푼돈을 받기보다는 갱부가 되는 편이 득이라고 생각했기에 손을 내밀어 받고 싶었지만 거절한 것이었다. 야스 씨의 여비는 처음부터 받고 싶지 않았다. 호의를 무시해서는 안 된다는 점에서 봤을 때는 받지 않으면 미안한 일이 되고, 갱부를 그만두려면 받는 것이 편리하겠지만 그럼에도 불구하고 받고 싶지 않았다. 이제 와서 생각해보면 상대방의 인격에 대해서 받는다는 것은 커다란 수치다, 내 인격이 떨어지는 것이다 하는 생각에서 온 것인 듯하다. 상대방이 참으로 훌륭했기에 나도 가능한 한 훌륭하게 보이고 싶다, 훌륭하지 않으면 내 체면이 떨어질 우려가 있다, 상대방의 호의를 받아들여 그에 상당하는 만족감을 상대방에게 주는 것은 내게도 기쁜 일이지만, 받을 이유가 없는데 자신의 이득만을 생각해서 함부로 받는 것은 거지와 같은 수준의 인간이다, 이 존경스러운 야스 씨 앞에서, 나는 거지다, 거지 이상의 인물은 아니다, 라고 사실상의 증명을 해보이는 일을 나는 참을 수가 없었던 것이다. 나이가 어리면 어리석은 대신에 의외로 깨끗한 법이다. 나는,

"여비는 받지 않겠습니다."

라고 거절했다.

이때 야스 씨는 담배를 두어 모금 빨다가 담뱃대를 통에 넣으려

하고 있었는데 내 얼굴을 힐끗 보더니,

"이거 실례를 했군."

이라고 말했기에 나는 아주 안 됐다는 생각이 들었다. 만약 줄
테니 받아두라고 강경하게 나왔다면 틀림없이 받았을 것이다.
그 후 주의를 해서 사람들이 돈을 받는 장면을 살펴보니 처음에는
일단 거절을 했다가 나중에는 대체로 받는 듯한데, 이것은 순전히
이런 심리상태가 발달한 형식에 지나지 않는다고 생각한다. 다행
히도 야스 씨가 훌륭한 사람으로 '이거 실례를 했군.'이라고 말해
주었기에 나는 이 형식에 빠지지 않았으니 고마울 따름이다.

야스 씨는 여비에 대한 얘기를 철회하고,

"하지만 도쿄에는 돌아갈 생각이지?"

라고 물었다. 그때는 죽어야겠다는 결심이 약간 약해진 때여서
경우에 따라서는 여비만이라도 모아 돌아가야겠다는 생각도
갖고 있었기 때문에,

"잘 생각해보기로 하겠습니다. 어쨌든 조만간 다시 상의를
드리러 가겠습니다."

라고 대답했다.

"그런가. 그럼 우선은 길을 알 수 있는 데까지 데려다주기로
하지."

라며 담뱃갑을 모모히키에 찔러넣고 그 위로 소매 없는 웃옷을
내려 덮었다. 나는 칸델라를 들고 자리에서 일어났다. 야스 씨가
앞장을 섰다. 갱은 의외로 오르기 쉬웠다. 계단처럼 깎아놓은
것을 너덧 개 지나서 두 번 정도 기었더니 천장이 상당히 높아

똑바로 서서 걸을 수 있는 길이 나왔다. 그 길을 구불구불 돌아서 오른쪽으로 올라가니 갑자기 제1경비소 앞으로 나왔다. 야스 씨는 전기등이 보이는 곳에서 멈췄다.

"그럼 여기서 헤어지기로 하지. 저게 경비소야. 저 앞에서 오른쪽으로 꺾어져 올라가면 레일이 깔린 길이 나와. 거기서부터 는 외길이야. 나는 아직 시간이 이르니 조금 더 일을 하지 않으면 나갈 수 없어. 밤에는 돌아갈 거야. 5시 이후라면 있을 테니 시간이 나면 오도록 해. 조심해서 가야 한다. 잘 가."

야스 씨의 그림자는 순식간에 어둠 속으로 들어갔다. 돌아서서 감사의 인사를 했을 때는 이미 칸델라의 불빛이 모퉁이를 돌고 있었다. 나는 혼자서 굿길 입구를 나왔다. 어슬렁어슬렁 나가야까 지 갔다. 도중에 여러 가지 일들을 생각했다. 저 야스라는 남자가 순조롭게 사회 속에서 생활했다면 지금쯤 어떤 사람이 되었을지 는 알 수 없지만 어쨌든 갱부보다는 출세를 했을 것임에 틀림없다. 사회가 야스 씨를 죽인 것인지, 야스 씨가 사회에 대해서 잘못을 저지른 것인지—저렇게 사내다운, 시원시원한 사람이 그렇게 함부로 나쁜 짓을 했을 리 없으니 어쩌면 야스 씨가 나쁜 것이 아니라 사회가 나쁜 것일지도 모른다. 나는 젊었기 때문에 사회가 무엇인지 그 당시에는 정확히 알지 못했지만 어쨌든 야스 씨를 내몬 것을 보니 사회란 것도 변변치 못한 것이 아닐까 하는 생각이 들었다. 야스 씨를 좋게 생각했기 때문인지, 아무래도 야스 씨가 도망을 칠 수밖에 없는 죄를 저질렀다고는 여겨지지 않았다. 사회가 야스 씨를 죽인 것이라는 생각을 억누를 수 없었다.

그러면서도 지금 말한 것처럼 사회가 무엇인지를 알지 못했다. 단지 인간일 것이라고 생각했다. 그 인간이 어째서 야스 씨 같이 좋은 사람을 죽인 것인지 더더욱 알 수가 없었다. 따라서 사회가 나쁜 것이라고 단정 지어봤지만 사회가 밉다고는 조금도 생각되지 않았다. 단지 야스 씨가 불쌍하다고 여겨질 뿐이었다. 가능하다면 내가 대신하고 싶었다. 나는 내 멋대로 나를 죽이러 여기에 온 것이었다. 그것이 싫어지면 다시 돌아가도 상관없었다. 야스 씨는 사람들에게 살해당해서 어쩔 수 없이 여기에 온 것이었다. 돌아가고 싶어도 돌아갈 곳이 없었다. 아무리 생각해봐도 야스 씨 쪽이 더 불쌍했다.

야스 씨는 타락했다고 말했다. 고등교육을 받은 사람이 갱부가 됐으니, 타락임에는 틀림없었다. 그런데 그 타락이 단지 신분의 타락뿐만이 아니라 품성의 타락까지도 의미하고 있는 듯해서 마음이 아팠다. 야스 씨도 달마에게 돈을 쏟아 붓고 있는 걸까, 갱 속에서 주사위로 도박을 하고 있는 걸까, 잠보를 환자에게 보이며 놀리고 있는 걸까, 아내를 저당으로—설마 그렇지는 않겠지. 어제 막 도착한 나를 보고 조롱하지 않은 사람이 없었는데 야스 씨만은 어두운 갱 속에서 내 인격을 충분히 인정해주었다. 야스 씨는 갱부로 일하고 있지만 마음까지 갱부가 된 것은 아니었다. 그래도 타락했다고 말했다. 그리고 그 타락에서 평생 벗어날 수 없다고 말했다. 타락의 밑바닥에서 죽어지낸다고 말했다. 그렇게까지 타락했다는 사실을 깨닫고 있으면서도 살아서 일을 하고 있다. 살아서 깡, 깡 두드리고 있다. 살아서—나를 도와주려

하고 있다. 야스 씨가 살아 있는 이상 나도 죽어서는 안 된다. 죽는 것은 나약한 것이다. …….

이렇게 결심하고 어떻게 되든 상관없으니 우선은 갱부가 된 뒤에 생각하자며 가능한 한 빠른 걸음으로 돌아가보니 나가야의 반 정쯤 앞에 있는 돌에 하쓰 씨가 앉아서 기다리고 있었다. 비는 그쳤다. 하늘은 아직 흐렸지만 다시 젖을 것 같지는 않았다. 산에서 바람이 불어왔다. 추워도 밝은 세상이 아주 기뻤다. 내가 너무 기쁜 나머지 지친 다리를 끌면서도 서둘러 다가갔더니 하쓰 씨가 신기하다는 얼굴로,

"이야, 나왔구나. 길을 잘도 찾았네."

라고 말했다. 자신이 안내를 맡았으면서도 사람을 내버려둔 채 어떻게 하고, 어떻게, 고고고고고 하는 노래를 불러 애를 바싹 태워놓고, 그 사람이 이리저리 헤매고 헤매다 갱의 모퉁이에 머리를 부딪쳐 깨버릴까 하는 생각까지 한 끝에 간신히 야스 씨의 도움을 받아 나왔더니, '길을 잘도 찾았네.'라며 딴청을 피웠다. 그렇게까지 해놓고도 십장이 무서워 도중에서 기다리고 있다가 같이 데리고 갈 심산이었던 것이다. 나는 돌 위에 앉아서 희미한 미소를 짓고 있는 그 길잡이의 머리 위에 침을 뱉어줄까도 생각해보았다. 그러나 나는 이제 막 죽기를 단념한 사람이었다. 당분간은 여기에 머무르지 않으면 안 될 몸이었다. 침을 뱉으면 싸움이 날 뿐이다. 싸움을 하면 질 게 뻔했다. 질 뿐만 아니라 스노코에 던져져 기껏 죽기를 단념한 보람이 없어질 것이었다. 그래서 이렇게 대답했다.

"어떻게 간신히 나왔습니다."

그러자 하쓰 씨는 더욱 알 수 없다는 표정으로,

"그래? 놀랐는데. 혼자서 나왔단 말이지?"

라고 물었다. 그때 나는 나이에 비해서는 대처를 잘했다. 대처를 잘했다고 말할 정도이니, 단지 내게 손해가 되지 않도록 대답을 했을 뿐 그 이상으로 칭찬받을 가치가 있는 행동은 하지 않았지만 어쨌든 열아홉 살치고는 꽤 복잡한, 보통내기는 아니었다고 생각한다. 왜냐하면 그 질문을 받았을 때 사실은 야스 씨의 이름이 목구멍을 넘어오려 했었다. 그것을 끝내 말하지 않았다는 점이 자랑스럽다. 상당히 하찮은 자랑이지만 그 이유를 설명하자면, 이렇게 생각하고 있기 때문이다. 야마나카 조의 야스 씨는 틀림없이 세력이 있는 갱부일 것이다. 그 야스 씨가 일부러 제1경비소 옆까지 낯선 나를 친절하게 데려다주었다는 사실이 알려지면 이 안내자는 체면을 잃게 될 것이다. 책임이 있는 자신이 책임을 방기한 채 갱에서 먼저 나왔다는 사실이 알려지면—그것도 악의에서 먼저 나온 것이라는 사실이 명료하게 증명되면 그 사람은 십장에게 사과를 하는 것으로 끝나지는 않을 것이다. 그렇게 되면 나중에 틀림없이 분풀이를 할 것이다. 무책임한 행동이 탄로 난다면 그것은 통쾌한 일이지만—나는 결코 관대한 마음에 사로잡힌 것이라는 등의 기독교적 거짓말은 하지 않겠다. —거기까지는 통쾌하지만 분풀이를 당하게 된다면 커다란 피해를 보게 된다. 솔직히 말하자면 나는 피해를 보게 될 것이라는 생각에 사로잡힌 것이었다. 그래서,

"네, 여기저기 길을 물어서 나왔습니다."

라고 얌전하게 대답했다.

하쓰 씨는 절반은 실망한 듯한, 절반은 안심한 듯한 표정을 짓다가 곧 돌에서 일어나,

"십장에게 가자."

라며 다시 걷기 시작했다. 나는 말없이 따라갔다. 어제 십장을 만난 곳은 한바였지만 십장이 살고 있는 곳은 다른 집이었다. 나가야 옆으로 반 정쯤 올라가니 돌담으로 두 방향을 막고 평평하게 고른 땅 위에 2층 집이 서 있었다. 집은 그렇게 보기 흉하지 않았지만 집 외에는 나무도 정원도 없었다. 여전히 2층 창문으로 악마가 얼굴을 내밀고 있었다. 입구까지 가서 하쓰 씨가 부르자 창을 활짝 열고 한바의 우두머리가 얼굴을 내밀었다. 메리야스 셔츠 위에 작업복을 입은 채였다.

"다녀왔는가? 수고했네. 그만 가서 쉬게."

라는 말이 끝나기가 무섭게 하쓰 씨가 모습을 감췄다. 이제는 둘만이 남았다. 십장은 창문 안에서, 나는 바깥에 선 채로 이야기를 시작했다.

"어떻습니까?"

"대충 보고 왔습니다."

"어디까지 내려갔습니까?"

"8번 갱까지 내려갔습니다."

"8번 갱까지. 그거 힘들었겠네요. 길이 꽤나 험했지요? 그래서……"

라며 약간 고개를 앞으로 내밀었다.

"그래서—역시 여기에 있을 생각입니다."

"역시."

라고 되풀이하며 한바의 우두머리가 내 얼굴을 가만히 바라보았다. 나도 말없이 서 있었다. 2층에는 여전히 얼굴들이 나와 있었다. 그것도 두 개 정도가 더 늘었다. 그 얼굴을 보면 불쾌하고 불쾌해서 견딜 수가 없었다. 한바에 돌아가서 그 얼굴들에게 둘러싸일 일을 생각하면 소름이 돋았다. 그래도 있을 생각이었다. 무슨 일이든 참고 있을 생각이었다. 그러나 '역시 있을 생각입니다.'라고 단호하게 대답하고 2층의 얼굴들을 문득 올려다본 순간에는 참으로 한심하기 짝이 없었다. 저런 녀석들과 함께 있게 해달라고 손을 모아 빌지 않으면 안 될 정도로 전락한 것일까 하는 생각이 들자 몸도 영혼도 소금을 뿌려놓은 해삼처럼 보잘 것 없이 느껴졌다. 그때 한바의 우두머리가 드디어 입을 열었다. 시원하고 똑 부러지게 말했다.

"그럼 여기에 두기로 하지. 하지만 규칙이니 의사의 진찰을 한번 받아야 해. 건강 증명서를 받아오지 않으면 안 돼. —오늘—오늘은 늦었으니 내일 아침에 가서 받으면 되겠지. —진료소 말인가? 진료소는 여기서 남쪽에 있어. 올라올 때 봤지? 저기 파란 페인트를 칠한 집이야. 그럼 오늘은 피곤할 테니 한바로 가서 푹 쉬도록 해."

라고 말한 뒤 창문을 닫았다. 창문을 닫기 전에 나는 머리를 약간 숙인 다음 한바로 돌아갔다. 푹 쉬라고 말해준 한바 우두머리의 친절은 고마웠지만 푹 쉴 수 있었다면 그렇게 고생스럽지는 않았을 것이다. 깨어 있으면 영맹한 무리들에게, 잠에 들면 빈대에 게 시달릴 뿐이었다. 가끔 밥통 뚜껑을 열면 목으로 넘어가지 않는 벽토가 나왔다. —그래도 있을 생각이었다. 있겠다고 결정한 이상 무슨 일이 있어도 있을 생각이었다. 적어도 야스 씨가 살아 있는 동안에는 있을 생각이었다. 굿길 속의 인간이 전부 빈대가 된다 할지라도 야스 씨가 살아서 일을 하는 동안에는 나도 살아서 일을 할 생각이었다. 이런 생각에 잠겨 반 정 정도 길을 내려가 한바로 돌아가서 2층으로 올라갔다. 올라가보니 아니나 다를까 많은 사람들이 이로리 주변에서 기다리고 있었다. 나는 마음이 울적했지만 가능한 한 아무렇지도 않은 얼굴로 방해가 되지 않는 곳에 가서 앉았다. 그러자 시작 됐다. 비아냥거림인지, 냉평 인지, 욕설인지, 우스갯소리인지가 쉴 새 없이 계속되었다.

하나하나 전부 기억하고 있다. 평생 잊을 수 없을 정도로 내 부드러운 머리를 자극했기 때문에 똑똑히 기억하고 있다. 그러나 일일이 되풀이할 필요는 없을 것이다. 그냥 대체로 어제와 비슷하 다고 생각하면 된다. 나는 갑자기 야스 씨가 보고 싶어졌다. 그 저녁밥을 억지로 두 그릇 먹고 다른 사람의 눈에 띄지 않게 살짝 한바에서 빠져나왔다.

야마나카 조는 잠보가 지난 돌담 사이를 뚫고나가 완만한 내리막길 끝에서 오른쪽으로 올라가면 대각선으로 머리 위를 덮는 커다란 홰나무 뒤쪽에 있었다. 저물녘의 문틈을 들여다보았 더니 호리코 한 명이 칸델라와 소맷부리가 없는 옷을 손질하고 있었다. 안은 의외로 조용했다.

"야스 씨, 돌아오셨습니까?"

라고 정중하게 묻자 호리코는 얼굴을 들어 나를 잠깐 보더니 안을 향해서,

"이봐, 야스 씨, 누군가가 찾아왔어."

라고 부르자마자 야스 씨가 마치 기다리고 있기라도 했다는 듯 발소리를 내며 나왔다.

"그래, 왔구나. 들어오너라."

야스 씨는 줄무늬 기모노(着物)에 방울 무늬가 들어간 짧은 허리띠를 두르고 서 있었다. 마치 도쿄의 마부와도 같은 차림이었다. 거기에는 약간 놀랐다. 야스 씨도 내 차림을 보더니 고개를 갸우뚱하며,

"그래, 도쿄에서 도망쳐왔을 때의 옷 그대로인가보지? 나도 그런 옷을 입었던 적이 있었지. 지금은 이 모양이지만."

이라고 말한 뒤, 양쪽의 소매 끝을 잡아당겨보였다.

"뭐로 보이나? 인력거꾼?"

이라고 말하기에 나는 조심스러워서 빙그레 웃어보였다. 야스 씨는,

"하하하하, 심성은 이것보다 더 타락했어. 놀라서는 안 돼."

나는 뭐라고 대답해야 좋을지 몰랐기에 역시 빙그레 웃으며 서 있었다. 당시에는 어찌해야 좋을지 모를 때면 빙그레 웃어넘기곤 했었다. 그런 면에서 보자면 야스 씨는 나보다 훨씬 더 처세에 능했다. 그런 모습을 보더니,

"아까부터 올 거라는 생각이 들어서 기다리고 있었어. 들어와."
라며 야스 씨가 먼저 분위기를 바꿔주었다. 이 사람은 세상 물정에
밝은 지식을 응용하여 세상 물정에 밝지 못한 사람을 도와주는
쪽이라고 감탄을 했다. 그와는 반대로 지금까지는 바보 취급을
받아왔기에 특별히 감탄한 것이리라. 그래서 야스 씨가 말한
대로 나가야에 들어가보았다. 방은 역시 넓었지만 내가 묵는
곳만큼은 아니었다. 전등에 불이 들어와 있었다. 이로리도 있었다.
단지 인수가 적었다, 기껏해야 대여섯 명밖에 되지 않았다. 그것도
저쪽 편에 무리지어 있었기 때문에 이쪽 편에는 둘밖에 없었다.
거기서 다시 이야기를 시작했다.
"언제 돌아갈 건가?"
"돌아가지 않기로 했습니다."
야스 씨는 이런 바보를 봤나 하는 듯한 얼굴로 어처구니가
없다는 듯 바라보았다.
"당신이 하신 말씀은 잘 알고 있습니다. 하지만 저도 취흥에
젖어서 여기에 온 것은 아니니 돌아가고 싶어도 돌아갈 곳이
없습니다."
"그럼 역시 세상에 얼굴을 내밀 수 없는 일을 저지른 건가?"
라고 야스 씨가 날카로운 어조로 물었다. 어쩐지 상대편이 놀란
듯했다.
"그렇지는 않지만—세상에 얼굴을 내밀고 싶지 않습니다."
라고 대답하자 내 태도와 내 얼굴 표정과 내 어조를 주의 깊게
살피고 있던 야스 씨가 갑자기 웃음을 터뜨렸다.

"농담 하지 마. 그런 취미도 다 있나? 세상에 얼굴을 내밀고 싶지 않다니, 대체 무슨 일이지? 그건 사치가 아닌가? 단 하루만이라도 좋으니 그런 몸이 되어봤으면 좋겠다."

"대신할 수만 있다면 대신해드리고 싶습니다."

라고 아주 진지하게 말하자 야스 씨는 다시 웃음을 터뜨렸다.

"정말 어쩔 수가 없구먼. 생각해봐. 세상에 얼굴을 내밀고 싶지 않은 사람이 말이야, 이 굿길에는 얼굴을 내밀고 싶어지겠나?"

"조금도 내밀고 싶지는 않습니다. 어쩔 수가 없어서—어쩔 수가 없습니다. 어젯밤에도 오늘도 한껏 놀림을 당했습니다."

야스 씨는 다시 웃었다.

"뻔뻔스러운 녀석. 누가 놀렸지? 젊은 사람을 붙들고 좋았어, 내가 복수를 해주도록 하지. 그 대신 돌아가."

나는 이때 마음이 아주 든든해졌다. 머물러야겠다는 생각이 더욱 강해졌다. 그런 영맹한 무리들이라도 나만 강해진다면 조금도 무섭지 않다, 한꺼번에 싸잡아서 욕을 해줄 수 있을 정도의 용기가 점점 솟아나는 것 같다는 생각이 들었다. 그래서 야스 씨에게 복수를 해주지 않아도 좋으니 부디 돌려보내지 말고 당분간 있게 해달라고 부탁했다. 야스 씨는 너무나도 어처구니가 없어서, 가엾어 보이기까지 하는 얼굴로 넋을 놓고 있었지만,

"그럼, 있도록 하게. —내게 부탁하고 자시고 할 것도 없이 그건 자네 마음이야. 상의할 필요도 없는 일이지."

"그래도 당신이 승낙해주시지 않으시면 있기가 거북하니."

"그렇게까지 말한다면 당분간 있도록 하게. 오래 있어서는 안 돼."

나는 얌전하게 야스 씨의 말에 따르겠다고 했다. 사실은 나도 그럴 생각이었으니 이것은 결코 상대방의 체면을 생각해서 한 말이 아니었다. 그 뒤로도 여러 가지 이야기를 했지만 굿길 안에서의 술회와 크게 다를 바 없는 것이었다. 단지 야스 씨의 형님이 고등관이 되어 나가사키(長崎)에 있다는 사실을 듣고는 크게 감동했다. 야스 씨와 같은 몸이 되어도, 형님과 같은 몸이 되어도 틀림없이 괴로울 것이라는 생각이 들었는데 나와 아버지와의 관계가 떠오르자 왠지 모르게 슬퍼졌다. 돌아갈 때는 야스 씨가 출구까지 배웅을 나와 상의할 일이 있으면 언제든지 찾아오라고 말해주었다.

바깥으로 나와보니 흐렸던 하늘이 어느 틈엔가 개서 가느다란 달이 보였다. 길은 의외로 밝았다. 그 대신 아주 추웠다. 겹옷을 뚫고 셔츠를 뚫고 뾰족한 달빛이 살갗까지 파고드는 듯한 느낌이었다. 가슴 앞에서 팔짱을 끼고 그 안에 코 아랫부분을 찔러넣고 어깨를 잔뜩 웅크린 채 걷기 시작했다. 몸은 움츠러들었지만 마음은 조금 전보다 훨씬 더 든든해졌다. 당분간만 참으면 된다. 익숙해지면 그렇게 힘들지 않을 거다. 누가 뭐래도 만 명이나 되는 사람들이 모여서 매일매일 함께 일을 하고 함께 밥을 먹고 함께 잠을 자고 있으니 나도 이레 정도만 연습을 하면 버젓하게 타락한 사람이 될 수 있을 것이다. ─그때 내 머릿속에는 타락이라는 두 글자가 이렇게 떠올랐다. 그러나 단지 그 상황에 적당한

문자로 떠오른 것일 뿐, 타락의 내용을 분명하게 대표하고 있는 것은 아니니 그다지 두렵다고는 생각지 않았다. 그리고 비교적 힘차게 한바로 돌아갔다. 5, 6간쯤 앞까지 왔을 때 떠들썩한 소리가 들렸다. 바깥은 쓸쓸한 달밤이었다. 나는 방 안에서 떠드는 소리를 들으며, 쓸쓸한 달을 바라보며 한동안 서 있었다. 그랬더니 아무래도 들어가기가 싫어졌다. 달빛을 받으며 바깥에 서 있는 것도 얼마간은 견디기가 어려워졌다. 야스 씨가 있는 곳으로 가서 재워달라고 하고 싶어졌다. 뒤돌아 한 걸음 옮겨보았지만 이건 너무 심하다는 생각이 들어 마음을 고쳐먹고 어기적어기적 나가야 안으로 들어갔다. 옆에 널따란 방이 있고 입구에는 방문이 닫혀 있었다. 전등이 머리 위에 있었기 때문에 그림자는 하나도 보이지 않았지만 떠드는 소리는 바로 그 안에서 들려왔다. 나는 나막신을 벗고 발소리가 나지 않도록 장지문 옆을 지나서 2층으로 올라갔다. 계단을 올라가서 커다란 방을 둘러본 순간 안도의 한숨이 나왔다. 방에는 아무도 없었다.

　단지 긴 씨만이 생과자처럼 납작하게 누워 있을 뿐이었다. 그리고 무명천에 둘러싸여 매달려 있는 남자도 있었다. 그러나 두 사람 모두 극히 조용했다. 있어도 없는 것과 마찬가지로 방 안은 아득하고 횅댕그렁하기만 했다. 나는 방 한가운데까지 가서 선 채로 생각했다. 이불을 펴고 잘 것인가, 아니면 지금 입은 옷 그대로 그냥 잘 것인가, 그도 아니면 어젯밤처럼 기둥에 기대서 밤을 새울 것인가. 그냥 자기에는 춥고, 기둥에 기대 있는 것은 힘들었다. 어쨌든 이불을 펴고 싶었다. 어쩌면 오늘은 아주 피곤하니 빈대가 있어도 잘 수 있을지 모른다. 그리고 깨끗한 이불을 고르면 될 것이다. 또 날에 따라서 빈대의 숫자가 달라질 수도 있지 않을까. 여러 가지 이유를 갖다붙여 이불을 꺼낸 다음 가만히 누웠다.

그날 밤의 경험을 기억대로 기록한다면 내가 천하의 바보라는 사실을 떠들고 다니는 꼴만 될 뿐, 그 외에는 어떤 이익도 재미도 없으니 그만두기로 하겠다. 한마디로 말하자면 어젯밤과 같은 고통을 어젯밤 이상으로 받아 잠들기가 무섭게 벌떡 일어나고 말았다. 일어난 뒤에 빈대에 그렇게 물어 뜯겼으면서 어째서 질리지도 않고 다시 이불을 꺼내 잠을 잔 것일까 하고 후회를 했다. 생각해보면 전부가 자업자득이었고, 게다가 상식이 있는 사람이라면 누구나 피할 수 있는, 또 피하지 않으면 안 될 자업자득이었으니 내가 생각해도 참으로 멍청하다며 내 자신이 참으로 혐오스러워졌기에 이불 위에 양반다리를 하고 앉은 채 생각에 잠겨 있었더니 다시 맹렬하게 물어뜯기 시작했다. 엉덩이와 허벅지와 무릎이 동시에 튀어올랐다. 나는 해오라기처럼 이불 위에 섰다. 그리고 사방을 둘러보았다. 그리고 울기 시작했다. 하는 수 없었기에 감색 허리끈을 풀어 네 개로 접은 다음 알몸 전체를 닥치는 대로 찰싹, 찰싹 두드리기 시작했다. 그런 다음 옷을 입었다. 그리고 어젯밤의 기둥이 있는 곳으로 갔다. 기둥에 기댔다. 집이 그리워졌다. 아버지보다도, 어머니보다도, 쓰야코 씨보다도, 스미에 씨보다도 집의 세 평짜리 방이 그리워졌다. 이불장에 들어 있는 면직물로 된 이불과, 검은 벨벳으로 만든 장식용 깃이

달린 중간 크기의 잠옷이 그리워졌다. 30분이라도 좋으니 그 이불을 깔고 그 잠옷을 입고 따뜻하고 편안하게 잠을 자고 싶다, 지금은 누가 그 방에서 자고 있을까. 아니면 내가 사라지고 난 뒤부터는 책상이 놓인 채 비워두고 있는 것일까? 그렇다면 그 이불과 잠옷 모두 개서 이불장에 넣어두었을 것이다. 참으로 아깝다. 아버지도 어머니도 스미에 씨도 쓰야코 씨도 빈대에 물리지 않으니 행복할 것이다. 지금쯤은 깊이 잠들어 있으리라. 부럽다. ―아니면 잠들지 못하고 뒤척이고 있을까? 아버지는 잠이 오지 않으면 화를 내며 한밤중에 담뱃서랍에 붙어 있는 대나무 통을 통통 두드리는 것이 버릇이었다. 담배를 피우는 것이라고 하지만 담배는 핑계에 지나지 않으며 사실은 화풀이로 두드리는 것이 아닐까 여겨진다. 지금은 뻔질나게 두드리고 있을 지 모른다. 몹쓸 아들 녀석이라며 두드릴지, 어떻게 됐을까 걱정이 된 나머지 잠을 자지 못하고 두드릴지. 어느 쪽이든 가엾기는 마찬가지였다. 그러나 나도 그다지 생각하고 있지 않으니 아버지도 그렇게 괴로워하고 있지는 않으리라. 어머니는 잠이 오지 않으면 손을 씻으러 간다. 정원 쪽으로 난 조그만 창문을 열고 손을 씻은 뒤 창살 내리는 것을 잊어, 다음 날 아버지에게 야단을 맞곤 했다. 어젯밤도 오늘밤도 틀림없이 야단을 맞았을 것이다. 스미에 씨는 쿨쿨 자고 있을 것이다―아무리 생각해봐도 자고 있을 것이다. 내 앞에서는 둥글어지기도 하고 모가 나기도 하고 여러 가지 재주를 피워 사람을 휘둘리게 하지만 내가 없어지면 곧바로 모든 것을 잊고 평소처럼 밥을 먹고 편안하게 자는 여자이니 틀림없을 것이다. 그런 여자, 지금까지 본 신문 소설에는 나오지 않았기에 처음에는 이상하다고 생각했지만 분명히 증거가 있으니 틀림없다. 그런 여자를 사모하여 한시도 잊지 못하다니 참으로 커다란 업보다. 정말 얄밉다는 생각이 들지만 얄미우면서도 역시 반한 모양이다. 좋지 않은 일이다. 지금도 그 하얀 얼굴이 눈앞에서 어른거린다. 괘씸한 얼굴이다. 쓰야코 씨는 깨어 있을 것이다. 그리고 울고 있을 것이다. 참으로 불쌍하다. 그러나 내가 반한 기억도 없고 또 반하게 할 만한 장난을 한 적도 없으니 아무리 깨어나 있다 해도, 울어주어도 소용이 없다. 불쌍하기는 참으로 불쌍하지만 어쩔 수가 없다. 상관하지 않기로 하겠다. —그리고 마지막으로 다른 일은 아무래도 좋으니 단지 편안하게 잠을 자고 싶었다. 평소의 하얀 밥도 신물이 날 정도로 먹고 싶었지만 그보다도 빈대가 없는 이불에 들어가 자고 싶었다. 30분 만이라도 좋으니 푹 자고 싶었다. 그런 다음이라면 배라도 가를 수 있을 것 같았다. …….

이런 생각을 하고 있자니 다시 날이 밝았다. 생각하는 도중에 어느 사이엔가 잠이 든 모양으로 눈을 떠보니 아무것도 생각하고 있지 않았다. 그리고 난 다음에는 어슬렁어슬렁 밑으로 내려가서 세수를 하고 남경미를 먹었다. 모든 일이 어제와 같았기 때문에 이번에는 간단했다. 9시가 되기를 기다렸다가 병원으로 향했다. 병원은 그저께 산을 올라올 때 봤던 파란 페인트를 칠한 건물이라고 들었기 때문에 길과 집 모두 틀릴 리가 없었다. 한바에서 나와 2정쯤 가니 바로 길 옆에 있었다. 목조이긴 하지만 상당히 훌륭한 건물로 꽤 넓은 만큼 영맹한 무리들과는 전혀 어울리지 않았다. 야만인들이 병에 걸린다는 것조차 벌써 이상한 일이라 여겨졌는데 병에 걸린 사람을 치료하기 위한 기계와 약품과 의사와 건물을 갖추고 있다니 세상은 참으로 알 수 없는 곳이라는 생각이 들었다. 도둑놈들이 돈을 모아서 초등학교를 세워 자녀들을 다니게 하는 것과 다를 바 없었다. 문명과 몽매의 양 극단이 이 페인트칠을 한 파란 집 안에서 만나 한쪽이 한쪽에 영향을 주면 몽매가 더욱 건강하게 몽매해진다. 참으로 어처구니없는 결과가 일어나는 것이다. 이런 생각을 하며 걸어가는데 이번에도 도깨비들이 창으로 얼굴을 내밀어 지켜보고 있었다. 기껏 하던 생각도 그 기분 나쁜 얼굴들을 올려다보자 순식간에 무너져버리고 말았다. 그 얼굴들 중에 야스 씨와 같은 사람이 딱 한 명이라도 있었다면 되살아난 것처럼 기뻤을 테지만 모두가 약속이라도 한 듯 하나같이 영맹함의 극치를 달리고 있었다. 저래서는 아무리 봐도 병원이 필요할 것 같지 않다는 생각까지 들었다.

날씨만은 기분 좋게 활짝 개어 있었다. 붉은 흙을 뿌려놓은 것 같은 산의 표면에 햇볕이 부딪쳤다. 어제, 그제 내린 비를 머금은 흙은 동쪽에서 내리쬐는 햇살을 받고 있었지만 아직 마르지는 않았다. 그 위로 비치는 햇살을 한껏 빨아들이고 있었다. 풍경은 맑음 속에서 촉촉하게 피어올라, 나가야와 나가야 사이로 아래쪽 산을 바라보니 새파란 빛깔이 터져버릴 것처럼 짙게 겹쳐져 있었다. 바람은 전혀 없었다. 어젯밤과 오늘 아침 사이에는 거의 15도 정도나 차이가 있을 것 같았다. 길가에 한 송이 민들레가 피어 있었다. 아까울 정도로 아름다운 색이었다. 이것도 영맹과는 전혀 어울리지 않았다.

　병원에 도착했다. 콘크리트를 깐 복도가 지면과 닿을 듯 말 듯 5, 6간 정도 이어져 있고 그 끝에 진찰실이라는 팻말이 걸려 있었으며 그 앞 오른쪽에 대기실이라고 적혀 있었다. 지금 말한 폭 1간의 복도를 가로질러 대기실로 들어서니 바닥은 역시 콘크리트였고 벤치가 두 개 정도 놓여 있었다. 조그만 유리 창문에는 접수라고 해서체로 써 붙여놓았다. 내가 그 창구로 가서 내 이름이 적힌 종이를 내밀었더니 창 안에 앉아 있던 스물 두엇쯤의 젊은 남자가 그 종이를 받아들고, 있지도 않은 눈썹을 여덟팔자로 찌푸려 까다로운 눈빛으로 꼼꼼히 살펴보더니,

　"아, 너구나."

라며 사뭇 건방진 태도로 말했다. 그다지 좋은 기분은 아니었다. 무슨 필요가 있어서 나를 그렇게 얕잡아보는 건지 불만이 가득했다. 그래서 단지,

　"네."

라고 가능한 한 무뚝뚝하게 대답했다. 접수는 그것만으로는 아직 인사가 부족하다는 듯 한동안 나를 노려보았지만 내가 그 말만 하고 입을 다문 채 서 있었기에,

　"잠깐 기다려."

라며 탁 하고 창문을 닫고는 나가버렸다. 짚신 소리가 들렸다. 저렇게 찍찍 끌지 않아도 좋을 텐데 하는 생각이 들었다.

　나는 벤치에 앉았다. 접수는 좀처럼 돌아오지 않았다. 멍하니

앉아 있자니 눈앞에 잠보가 나타났다. 영차, 영차 사람들이 긴 씨를 짊어지고 오는 모습이 보였다. 그래도 병원이 필요한 것일까 하는 생각이 들었다. 무엇을 위해서 약을 쓰고 환자를 돌보는 건지 거의 의의를 찾아볼 수 없었다. 그처럼 보기 좋은 위선도 없을 것이다. 환자를 괴롭힐 수 있을 만큼 괴롭히고 있었다. 잠보를 가지고 놀 수 있을 만큼 가지고 놀았다. 그 대신 의사의 진찰을 받게 해주겠다는 것일까? 정중함의 극치가 아닐 수 없다.

"야, 저리로 가봐."

라고 갑자기 접수의 목소리가 들렸다. 돌아보니 접수는 유리창 안에 거만하게 버티고 서서 나를 내려보듯 노려보고 있었다. 나는 대기실에서 나왔다. 오른쪽으로 꺾어져 복도를 따라 진찰실로 들어갔더니 약 냄새가 코를 찔렀다. 그 냄새를 맡자마자 나도 머지않아 죽을 것이라는 생각이 떠올랐다. 죽어서 이곳의 흙이 된다면 신기한 일이다. 이런 것을 운명이라고 하는 것이리라. 운명이라는 두 글자는 예전부터 알고 있었지만 그저 글자만 알고 있었을 뿐 의미는 알지 못했었다. 의미는 알고 있어도 납득하기가 어려웠다. 서양인들이 죽순을 상상하듯 정의만을 알고는 만족하고 있었다. 그런데 인류지대사인 죽음이라는 실제와 인간의 짐승인 갱부들이 살고 있는 굿길을 연결하고, 이삼일 전까지 아무런 부족함도 없이 살아오던 도령을 갑자기 공중에 매달아 그 둘 사이에 놓아두면 도령은 그제야 그렇게 된 거군, 이라며 고개를 끄덕이게 된다. 운명은 불가사의한 마력으로 가련한 청년을 가지고 노는 것이라는 사실을 알게 된다. 그러면 이전까지는 평범한 산이었던 것이 평범하지 않은 산이 되어버린다. 평범한 흙이었던 것이 평범하지 않은 흙이 되어버린다. 푸를 뿐이라고 생각했던 하늘이 푸르게만은 보이지 않게 된다. 이 병원의, 이 진찰실의, 이 약품의, 이 냄새까지가 꿈처럼 이상한 것이 된다. 그리고 이 의자에 앉아 있는 본인마저도 누구인지 거의 알 수 없게 된다. 본인 이외의 세계는 명료하게 보일 뿐, 어떤 의미가 있는 세계인지는 전혀 알지 못하게 된다. 나는 진찰실과 약국을 겸하고 있는 그 방의 의자에 앉아 양탄자와 테이블과 약병과 창과 창밖의 산을 둘러보았다. 가장 명료한 시각으로 둘러보았지만 전부가 그저 한 폭의 그림으로 보일 뿐, 그 외에는 아무것도 인식할 수가 없었다.

그때 문을 열고 의사가 나타났다. 그 얼굴을 보니 역시 갱부와 같은 타입이었다. 검은 모닝코트에 줄무늬 바지를 입고, 목깃 바깥으로 턱을 내밀어,

"너냐? 건강진단을 받겠다는 게."

라고 말했다. 그 말투에는, 말에 대해서나 개에 대해서도 반드시 진심으로 품어야 할 정도의 경의가 담겨 있었다.

"네."

라며 나는 의자에서 일어났다.

"직업은 뭐지?"

"특별히 직업은 없습니다."

"직업이 없다. 그럼 지금까지 뭘 해서 먹고살았지?"

"그냥 부모님의 신세를 졌습니다."

"부모님의 신세를 졌다. 부모님의 신세를 지며 빈둥빈둥 했단 말인가?"

"네, 그렇습니다."

"그럼 건달이구먼."

나는 대답을 하지 않았다.

"옷을 벗어."

나는 옷을 벗었다. 의사는 청진기로 가슴과 등을 잠깐 짚어보더니 갑자기 내 코를 쥐었다.

"숨을 쉬어봐."

숨이 입으로 나왔다. 의사는 입 근처에 손을 댔다.

"이번에는 입을 막아."

의사는 코 밑으로 손을 가져갔다.

"어떻습니까? 갱부가 될 수 있겠습니까?"

"틀렸어."

"어디 병이라도 있나요?"

"지금 써줄게."

의사는 네모난 종이에 무언가를 써서 내던지듯 내게 건네주었다. 보니 기관지염이라고 적혀 있었다.

기관지염이라면 폐병의 근원이다. 폐병에 걸리면 살아남을 방법이 없다. 아하, 그래서 조금 전에 약 냄새를 맡았을 때 죽을 것이라는 느낌이 든 거로구나. 이번에는 드디어 죽게 될 것 같다. 지금부터 2, 3주 정도만 지나면 긴 씨처럼 영차, 영차 하며 잠보를 보여줄 것이고 그 다음 드디어는 내가 잠보가 되어, 마음껏 가지고 놀다가, 두드리다가, —하지만 신참이니 가지고 놀 사람도, 두드려 줄 사람도 없을지 모르겠지만— 결국에는, —어떻게 되는 건지 나도 잘 모르겠다. 그런 건 몰라도 상관없었다. 살아서 움직이고 있는 지금조차도 알 수 없었다. 단지 세계가 끝도 없이 밋밋하게 이어져 있는 가운데 선명한 색만이 여럿 늘어서 있을 뿐이었다. 갱부는 세상에서 가장 더러운 사람이라 느끼고 있었지만 이처럼 만물을 색의 변화로 보니 더럽고 자시고 할 것도 없었다. 아무래도 상관없으니 마음대로 하라지, 나는 그저 팔짱을 끼고 있으면 운명이 어떻게든 결론을 내주리라. 죽어도 상관없다, 살아도 상관없다. 게곤의 폭포에 가는 것도 귀찮아졌다. 도쿄로 돌아간다? 무슨 필요가 있어서 돌아가지? 어차피 기침 두어 번 하면 끝날 목숨이다. 운명이 여기까지 데리고 왔으니 운명에 떠밀릴 때까지는 여기에 머무는 것이 가장 쉽고 가장 편리하고 가장 온당한 것이다. 여기에 머물면서 그저 타락을 수련하고 있으면 죽을 때까지 견딜 수 있으리라. 폐병 환자에게 다른 수련은 어려울지 몰라도 타락의 수련이라면—문득 가는 길에 아까 보았던 민들레를 만났다. 조금 전에는 아까울 정도로 아름답다고 생각했지만 지금 다시 보니 별 것 아니었다. 어째서 이것이 아름다웠던 것일까 하며 한동안 멈춰 서서 바라보았지만 역시 아름답지 않았다. 그리고 다시 걷기 시작했다. 완만한 경사를 오르자 얼굴이 자연스럽게 위를 향했다. 그러자 평소와 다름없이 나가야에서 갱부가 턱을 괸 채 나를 내려다보고 있었다. 조금 전까지는 그렇게 싫던 얼굴이 마치 흙으로 빚은 인형의 얼굴처럼 보였다. 보기 싫지도, 무섭지도, 얄밉지도 않았다. 그저 얼굴이었다. 일본 최고 미인의 얼굴이 그저 얼굴인 것처럼 갱부의 얼굴도 그저 얼굴이었다. 이렇게 말하는 나 자신도 뼈와 살로 이루어진 단순한 인간이었다. 의미고 뭐고 없었다.

나는 이런 상태로, 아무도 없는 길을 가는 듯한 마음으로 십장의 집까지 갔다. 안내를 부탁했더니 안에서 열대여섯 살 정도의 아가씨가 활짝 문을 열고 나왔다. 이런 아가씨가 이런 곳에 있을 리 없으니 평소 같았으면 깜짝 놀랐겠지만 이때는 전혀 아무것도 느낄 수 없었다. 단지 기계처럼 인사를 하자 아가씨는 한손을 문에 댄 채 안쪽을 바라보며,

"아빠. 손님."

이라고 말했다. 나는 이때, 이 아가씨가 한바 우두머리의 딸이구나, 라고 짐작했는데 그저 그렇게 짐작했을 뿐 아가씨가 거기에서 있었음에도 불구하고 아가씨에 대해서는 잊고 말았다. 그러자 십장이 나왔다.

"무슨 일이지?"

"다녀왔습니다."

"건강진단을 받고 오는 길인가? 어디."

나는 오른손에 진단서를 쥐고 있다는 사실을 잊었기에, 어디에 뒀더라 하며 찾기 시작했다.

"손에 쥐고 있잖아."

라고 십장이 말했다. 과연 손에 쥐고 있었기에 주름을 펴서 십장에게 건네주었다.

"기관지염. 병이 있잖아."

"네, 틀렸습니다."

"이거 곤란한데. 어떻게 할 건가?"

"역시 있게 해주십시오."

"그건 어렵지 않을까?"

"그래도 돌아갈 수는 없으니, 제발 있게 해주십시오. 심부름도 상관없고, 청소도 상관없습니다. 무슨 일이든 하겠습니다."

"무슨 일이든 하겠다니, 병이 있는데 어렵지 않을까? 어떻게 하지? 그래도 이왕 여기까지 왔으니 생각해보기로 하지. 내일까지는 대충 감을 잡을 수 있을 테니 내일 다시 오도록 해."

나는 돌처럼 굳어서 한바로 돌아갔다.

그날 밤에는 아무렇지도 않게 이로리 옆에 양반다리를 하고 앉아 있었다. 갱부들이 무슨 말을 하든 상대하지 않았다. 상대할 마음이 생기질 않았다. 아무리 떠들어대도, 아무리 놀려대도, 설령 짓밟거나 발로 찬다 할지라도 그들은 나와 함께 한 장의 판에 새겨진 한 무리의 상(像)에 지나지 않는다는 생각이 들었다. 잘 때 이불은 펴지 않았다. 역시 이로리 옆에 양반다리를 하고 앉아 있었다. 모두가 잠들고 난 뒤에 나도 거기서 선잠을 잤다. 이로리에 숯을 넣는 사람이 없어서 불이 점점 약해져 추위가 한껏 기세를 올렸기에 눈이 떠졌다. 목 부근이 오싹오싹했다. 그런 다음 일어나서 밖으로 나가 하늘을 보았더니 별이 가득했다. 저 별은 무엇 때문에 저렇게 반짝이는 걸까, 라고 생각한 뒤 다시 안으로 들어갔다. 나와 긴 씨 중 누가 먼저 죽을까? 야스 씨는 이 굿길에 들어온 지 6년이 지났다고 했는데 앞으로 몇 년 더 광석을 두드릴 수 있을까? 역시 결국에는 긴 씨처럼 납작하게 한바의 구석에 누워 있게 될 것이다. 그렇게 죽을 것이다. ─나는 이로리 옆에 앉아서 날이 밝을 때까지 생각을 계속했다. 그 생각은 꼬리에 꼬리를 물고 끊임없이 솟아올랐지만 전부가 메마른 것이었다. 눈물도, 정도, 색도, 냄새도 없었다. 무서운 것도, 두려운 것도, 미련도, 마음에 남는 것도 없었다.

날이 밝자 평소와 다름없이 밥을 먹고 십장의 집으로 갔다. 십장은 기운이 넘치는 목소리로,

"왔구나, 마침 적당한 자리가 생겼어. 사실은 여러 가지로 찾아보았지만 아무래도 적당한 자리가 없어서 말이지. ─약간 난처했었는데 드디어 적당한 자리를 찾아냈어. 한바의 장부를 정리하는 일인데 이건 없어도 상관없는 자리이기는 하지만. 실제로 지금까지는 할멈이 해왔을 정도지만, 그렇게까지 부탁을 하니. 어떤가, 그 정도라면 내가 어떻게 주선을 해볼 수 있겠는데."

"네, 감사합니다. 무슨 일이든 하겠습니다. 장부 정리라면 어떤 일을 하는 겁니까?"

"별거 아니야. 그저 장부를 적기만 하면 되는 거야. 한바에 있는 저 많은 녀석들이 짚신이네, 콩이네, 톳이네 매일 여러 가지 물건을 사니까 말이지, 그걸 하나하나 장부에 적어두기만 하면 되는 거야. 그리고 물건은 할멈이 건네줄 테니 그저 누가 무엇을 얼마나 가져갔는지 알 수 있게 해놓기만 하면 돼. 그러면 우리가 그 장부를 보고 결산일에 그 금액을 뺀 급여를 지불할

테니. —힘을 쓰는 일이 아니니 누구나 할 수 있는 일이지만 알다시피 전부 까막눈들뿐이라 말이지. 자네가 맡아주면 우리도 아주 편리할 텐데, 어떤가? 장부 정리는?"

"좋습니다, 하겠습니다."

"월급이 얼마 되지 않아 정말 미안한데, 한 달에 4엔이야. —식비를 제하고."

"그거면 충분합니다."

라고 대답했다. 그러나 별로 기쁘지도 않았다. 이로써 안심이라는 생각은 애초부터 들지도 않았다. 광산에서의 내 지위는 이렇게 해서 간신히 결정됐다.

이튿날부터 나는 부엌의 한구석에 자리를 잡고 앉아 정해진 대로 장부를 적기 시작했다. 그러자 지금까지는 그처럼 사람을 경멸하던 갱부들의 태도가 완전히 바뀌어 오히려 상대방이 내 비위를 맞추게 되었다. 나도 당장 타락을 연습하기 시작했다. 남경미도 먹었다. 빈대에게도 물렸다. 도회에서는 알선업자들이 매일 같이 촌닭들을 데리고 왔다. 어린애들도 매일 끌려왔다. 나는 월급 4엔으로 과자를 사서 어린애들에게 주었다. 그러나 그 후 도쿄로 돌아가야겠다고 생각한 뒤부터는 그만두었다. 나는 5개월 동안 별 탈 없이 장부 정리를 했다. 그리고 도쿄로 돌아왔다. —갱부에 대한 나의 경험은 이것으로 끝이다. 그러나 모두가 사실이다. 그 증거는, 소설이 되지 못한다는 점만 봐도 알 수 있다.

◎『갱부』의 작의(作意)와 자연파 · 전기파의 교섭

　『갱부』의 내력은 이렇다. ―어느 날 내게로 어떤 젊은이가 불쑥 찾아와서 자신이 겪었던 일 가운데 이러이러한 재료가 있으니 소설로 써주지 않겠는가, 그 보수를 얻어 사실은 신슈[1]로 가고 싶다는 것이었다. 지금은 우리 집에 있지만 그때는 전혀 모르는 사람이었기에, 게다가 우에다 빈(上田敏) 군이 인사를 하러 와서 정신이 없던 차였기에 내게는 이야기를 들을 여유가 없었다. 그랬기에 지갑에서 얼마간 끄집어내 이것으로 갈 수 있겠느냐고 물었더니 갈 수 있습니다, 라고 대답했다. 오늘 밤에는 아직 떠나지 않을 거냐고 물었더니, 있을 거라는 대답. 그럼 오늘 밤, 어쨌든 와서 그 재료라는 놈을 들려달라고 하고 일단은 돌려보냈다. 그렇게 말하기는 했으나 어떤 속임수였다면 오지 않을 것이라 생각했는데, 정직하게 그날 밤에 찾아왔다. 그리고 3시간쯤 이야기를 들려주었다. 그것은 신문에 실었던 것[2]과는 달리 주로 갱부가 되기 전의 이야기였는데, 나는 개인사정은 쓰고 싶지 않았다. 상대방이 말한 대로 쓰면 될 테지만, 소설로 삼기 위해서는 아무래도 이야기를 변화시키지 않으면 안 된다.

---

1) 信州. 지금의 나가노 현을 일컫던 옛 이름.
2) 이 글은 『갱부』의 신문연재를 마친 뒤 쓴 글이다. 여기서 '신문에 실었던 것'은 『갱부』를 말한다.

그러면 그 사람이 가엾은 처지에 놓이기에 가능한 한 쓰고 싶지 않았다. 그래서 전부 듣고 난 뒤에, 그걸 신슈로 가서 자네 자신이 써보는 건 어떻겠는가, 완성된 것이 재미있으면 잡지에 실릴 수 있도록 힘을 써볼 테니, 라고 권하자, 그럼 그렇게 하겠습니다, 라고 말하고 돌아갔다. 그런데 그 후에 신슈에도 가지 않고 글도 쓰지 않는 듯. 그러는 사이에 아사히신문에 소설이 끊겨서 시마자키(島崎) 군의 작품이 나올 때까지 틈을 메우기 위해 내가 무엇인가를 쓰지 않을 수 없게 되었다. 바로 떠올린 것이 예의 이야기로, 본인에게 갱부의 생활에 관한 곳만을 재료로 쓰고 싶은데 상관없겠느냐고 거듭 확인을 했더니 전혀 상관없다고 허락을 얻었기에 비로소 쓰기 시작한 것이 『갱부』다. 처음 생각으로는 30회 정도로 끝낼 심산이었으나, 결국에는 길어져 90여 회에 이르고 말았다.

거기에 등장하는 갱부는 물론 내가 적당히 만들어낸 상상의 인물이다. 갱부의 나이는 19세인데 19세라고는 받아들이기 어려운 부분이 적혀 있다. 따라서 현실의 사건은 이미 끝난 뒤로, 그것을 나중에 회고하여 몇 년인가 전의 일을 기억하며 쓰고 있는 형식이 되어 있다. 말하자면 옛날얘기를 쓰는 것과 같은 작법이라 그때·그 사람이 쓰는 것처럼 서술할 때보다는 아무래도 느낌이 생생하지는 않다. 그렇기에 어떤 의미에서 말하자면 문학적 가치는 떨어진다. 그 대신(나를 변호하려는 건 아니지만) 옛날의 일을 회고하면 공평하게 쓸 수 있다. 그리고 예전의 일들을 비평하며 쓸 수 있다. 좋은 점이든 나쁜 점이든 같은 눈으로 보며 쓸 수 있다. 한편으로는 열이 식어 있는 대신, 한편으로는 글쎄 뭐라고 하면 좋을까? 멀다는 느낌이 있다. 감촉이 멀다. 이른바 센세이셔널의 강렬한 모서리를 제거할 수 있다. 이는 그러나 어떤 사람들에게는 마음에 들지 않으리라.

또 하나는 그러한 작법을 유지하면 어떤 일을 하는 동기(모티브)나 행위 등의 해부가 쉬워진다. 원래 이 동기(모티브)의 해부는 매우 복잡해서 우리가 깨닫지 못하는 부분이 많다. 이것을 참된 사실로 묘사하려면 극히 번잡하기에 글로는 거의 표현할 수가 없다. 혹시 표현했다 할지라도 번거롭기 짝이 없어서 이해할 수 없는 것이 되어버리고 만다. 재미없는 일일지 모르겠으나 어떤 의미에서 보자면 그런 방면의 일은 그다지 많은 사람들이 하고 있지는 않다. 그런데 나는 오히려 그것을 써보고 싶다, 세세하게 해보고 싶다는 생각이 있기에 사건의 진행에 흥미를 갖기보다는 사건 자체의 진상을 노출하는 갑이라는 것과 을이라는 것과 병이라는 것이 모여서 그렇게 된 것이라는 점에 주로 흥미를 갖고 쓴다. ─구체적으로 말해보자면, 원인도 있고 결과도 있어서 맥락이 상통하는 하나의 사건이 있다고 하자. 그러나 나는 그 원인과 결과는 그다지 생각하지 않는다. 사건 속 하나의 진상, 예를 들어 B라면 B에 저회하는 취미를 느낀다. 따라서 서술법도 B라는 진상의 원인과 결과는 고려하지 않고 갑, 을, 병 3가지 진상이 모여 B를 이루고 있는 그것이 재미있다고 쓴다. 즉, 똑같이 저회하고 있다고 해도 분해적으로 이루어져 있는 곳이 많다. 어떤 사람은 이런 서술법이 취향에 맞지 않으리라.

혹시 맞는 점이 있다고 한다면 B라는 진상은 어떠한 것들이 모여서 이루어졌는지 설명하여 지적 호기심을 만족시켰을 때 흥미를 느낀다. 그러나 설명을 들어도 그런 것은 재미가 없다거나, 나는 조금도 이해할 수 없다고 하는 사람에게 흥미는 전혀 느껴지지 않는 것은 당연한 이치다.

여기에 하나의 행위가 있다. 예를 들어서 활인화(活人畵)를 구경하고 있다고 하자. 그렇다면 그 시각에는 3가지 취향이 있다. 바라건대 활인화 속의 인물이 움직이지 않고 오래도록 저 마음에 드는 자세를 취하고 있어주었으면 좋겠다고 희망하는 취향이 하나다. 두 번째는 저 상태가 변하면 다음에는 어떻게 될까를 생각하는, 이는 사건의 줄거리를 즐기는 사람이다. 또 세 번째는 사건의 내막에 흥미를 느끼는, 즉 활인화를 보여주기까지의 성립·사정을 알고 싶어 하는 사람이다. 내가 앞서 이야기한 서술법은 이 세 번째에 속하는 것으로, 즉 콤포지션을 이루는 요소를 알 수 있다는 점이 재미있다. 『갱부』는 세 번째 경우를 염두에 두고 썼다. 지적 호기심이 없는 사람은 이를 그다지 재미있어하지 않는다. 따라서 그런 사람의 눈에는 활동이 둔하고 그저 쓸데없이 길기만 하여 같은 곳을 몇 번이고 저회하는 것처럼 여겨지리라.

그러나 이런 서술방법은 나의 주의가 아니다. 어떤 순간, 어떤 경우에 해보고 싶다는 생각이 들 뿐이다.

무릇 이 세상에는 오해라는 것이 있어서, 요즘 자연파의 논의가 활발해져감에 따라서 나는 그 파와 도저히 서로 받아들일 수 없는 자인 것처럼 여겨져버리고 말았다. 대체로 지금의 자연파는 로맨티시즘을 공격하는 것이 아니라 적극적으로 자신들 파의 주의를 주장하고 있다. 더는 로맨티시즘 대 자연주의가 아니다. 절대적으로 자연주의 만능론이 되어버려서 나머지 것들은 일고의 가치조차 없이 빈척(賓戚)당하고 있다. 자연주의에 대한 논의도 여러 가지로 나왔다. 해석도 각양각색이다. 나도 하나하나 본 것은 아니지만, 본 것들은 전부 재미있었다. 그런데 세상에서는 나를 자연파라고 보지 않는다. 자연주의를 주장하는 사람은 간접적으로 나를 공격하고 있는 것처럼 외면상으로는 보인다. 이런 의미에서 말하자면 나는 벌써부터 변명을 하지 않으면 안 되었다. 하지만 지금까지 아무런 말도 하지 않았다. 말하지 못하는 걸지도 모르겠지만, 굳이 말하자면 말하지 않는 것이다. 왜냐하면 나는 자연파가 싫지 않다. 그 파의 소설도 재미있다. 나의 작품은 자연파의 소설과 어떤 의미에서는 다를지 모르겠으나, 그렇다고 해서 자연파를 공격할 필요성은 조금도 찾지 못하겠다. 누가 쓰든 완성도가 떨어지는 것은 좋지 않으며 좋은 작품은 당연히 좋은 것이니 특별히 이렇다 할 의견도 발표하지 않았던 것이다.

그런데 자연파 사람들은 우리가 쓰는 것은 좋지 않으며, 자신들의 작품이 아니면 문학이 아닌 것처럼 말한다. 그렇다면 자연파의 입장과 나의 그것의 비교연구가 얼마간은 필요해진다. 첫 번째로 자연파란 무엇인지, 역사적으로 어떤 가치가 있으며 어떻게 발전해왔는지, 두 번째로 자연파는 일본으로 건너와서 그 소설에 어떻게 나타났는지 등을 연구하지 않으면 안 된다. 그러나 자연주의는 누구에게나 어려운 것인 듯, 자연주의가 무엇이냐고 물어도 대부분의 사람들은 명료하게 대답하지 못한다. 하지만 어렴풋하게는 알고 있다. 그러나 단지 정리는 하지 못한다. 여러 작품을 읽고 비교하여 그 공통 요소를 뽑아낸 뒤 자연주의란 이러이러한 것이라고 말하기도 쉽지 않다. 복잡해서 해부가 불가능하기 때문이리라. 또 하나는 자연주의란 의미가 늘 흔들리고 있기 때문이 아닐지.

따라서 역사적 연구는 일단 접어두고 심리적 및 사물을 보는 시선에 대한 연구 등부터 시작하면 쉬워지지 않을까, 그 극히 간단한 최초의 경험에서 시작하여 점차 복잡 곳으로 들어가 살펴보면 재미있지 않을까, 나는 생각했다. 이에 애초부터 거칠고 불완전한 것이기는 하나 정리할 수 있을 만큼 정리를 해보았다. 그렇게 하면 그 결과에서 역사적인 자연파네 무슨 파네 하는 것은 물론 사라지게 된다. 그래도 그냥 그 이름과 연관 지어 생각해보면, 로맨티시즘과 내추럴리즘은 대립하고 있다는 흥미로운 일종의 현상이 드러난다. 고전주의(클래시시즘)도 이 양자의 중간에 넣으려면 넣을 수 있겠지만 고전주의(클래시시즘)는 세상에서 거의 언급하지 않으니 이번에는 그 이름조차 꺼내지 않았다(이번 달의 『호토토기스』에 실은 「창작가의 태도」가

이 연구에 대한 발표다). 그러한 연구—라고 하면 사실은 과장스럽지만, 그런 방법으로 시작한 것에 의하면 로맨티시즘과 자연주의는 세상에서 생각하고 있는 것처럼 상반되는 것이 아니다. 서로 맞서서 하나가 될 수 없는 것이 아니라 오히려 하나의 맥락이 진행하고 있는 것과 같은 것이다. 그 맥락의 양 극단에 2개의 주의를 놓으면 정중앙 부분에서 절반씩 교차하는 곳이 생긴다. 혹은 3분의 1과 3분의 2에서 교차하는 곳도 있다. 혹은 5분의 1과 5분의 4에서 교차하는 곳도 있다. 즉, 그러데이션을 이루는 형태가 된다. 광선을 스펙트럼으로 분해하면 7가지 색깔로 나뉘지만 색과 색 사이는 확연하게 구분되는 것이 아니라 서로가 섞여 있다. 바로 그와 같다는 사실을 알게 된 것이다.

그렇다면 지금까지 사람들이 생각하고 있던 것보다 양 주의를 조금 더 접근시켜서 비교할 수 있게 된다. 어느 한쪽으로 정의해야만 한다는 생각이 옅어지기 시작했다. 이는 하나의 참고가 될 만한 가치를 가지고 있지 않을까?

또 하나는, 이런 계단으로 진행하는 것은 역사적으로 어떻게 움직여 그 사이를 오갔을까가 문제가 된다. 어떠한 사회적 상태일 때 로맨티시즘으로 치우치고, 어떠한 때에 자연주의로 기우는가 하는 점이 흥미로운 문제가 된다. 이러한 점에 대해서 내가 도달한 결론에 의하면, 엇갈리며 번갈아 나타나는 것이 순당(노말)한 상태가 아닐까 여겨진다. 그런데 이렇게 말하면 어떤 시기의 문학은 반드시 자연주의이고, 어떤 시기의 문학은 반드시 로맨티시즘인 것처럼 받아들여질지 모르겠으나, 그러한 부분을 자세히 이야기하자면 사람이 봐서 그렇게 분명하게는 알 수 없는 경우도 있으리라.

또 하나는 양 주의를 어느 한쪽으로 정리해야만 한다는 필요성은 사라졌으니 그렇다면 어느 쪽이 더 많이 섞였는가 하는 문제가 생겨난다. 따라서 번갈아가며 오는 추세는, 명백하게 이론적이고 대략적인 논의에 지나지 않는다. 그리고 이 2개의 경향이 어떤 지점에서 평형(이퀄리브리엄)을 얻은 경우에는, 조화를 이루는 어떤 시기에는, 대립하지 않고 잘 어울리는 일도 있다. 고전주의란 역사적으로 일어난 이름이니 역시 역사적으로 정의를 내려야 할 테지만, 지금과 같은 연구방법에 따라서 어느 부근에 클래시시즘이 자리하고 있는가 살펴보자면 앞서 말한 평형을 얻은 중앙에 있다. 그곳을 떼어 살펴보면 역사상의 클래시시즘에 상당하는 부분이 나오지 않을까? 그러나 이 평균점은 아주 근소한 정도로도 파괴되어버리고 만다. 그러면 어느 한쪽, 예를 들어 자연주의 쪽이 이긴다. 이긴 기세를 타고 극단적으로 로맨티시즘 쪽으로 갔다가 다시 되돌아온다. 되돌아와서 예전의 지점을 지나치고도 다시 반대 방향으로 달려간다. 그림으로 나타내자면 다음과 같다.

언뜻 보기에는 같은 일을 되풀이하고 있는 것이라 여겨지지만, 사실상 되풀이되고 있는 것은 경향뿐이며 같은 문학을 되풀이하는 것은 결코 불가능하다. 또 있을 수도 없는 일이다. 따라서 같은 로맨티시즘이라 할지라도 50년 전 것과 지금 것은 당연히 다르지 않으면 안 된다. 자연주의도 마찬가지다. 만약 고전파도 존재한다면 역시 마찬가지다. 그렇다면 경향만 되풀이되고 문학 자체는 어째서 되풀이되지 않는가 하면 그것은 너무나도 자명한 일로 예를 들어 위의 도해에서 로맨티시즘이 이겼다고 하자. 그러면 그 기세를 몰아 자연주의 쪽으로 밀고 들어가는데, 극단까지 가면 다시 원래대로 돌아온다. 그 돌아온 것은 같은 로맨티시즘이라 할지라도 최초의 그것과는 달라져 있다. 왜냐하면 일단 자연주의의 영역을 통과하며 그 재료를 함유한 채 돌아왔기 때문이다.

　우선 나는 대체로 이상과 같은 결론에 도달했기에 잠깐 발표를 해두었다. 이렇게 해서 자연주의와 로맨티시즘은 숯과 얼음처럼 서로 받아들일 수 없는 것이라는 사상은 타파할 수 있었던 듯하다. 그리고 자연주의네 로맨티시즘이네 하는 이름에 속박되고 거기에 구애되어 발생하는 폐도 얼마간 제거되지 않을까 여겨진다.

1908년 4월 『문장세계』

◎ 해 설

고미야 도요타카(小宮豊隆)

『갱부』의 유래 및 작의에 대해서는 소세키 자신의 담화를 필기한 것이 전집의 『별책』 속에 「갱부의 작의와 자연파 · 전기파의 교섭」이라는 제목으로 실려 있다. 또한 『갱부』에 사용된 소재의 전부는 역시 전집의 『일기 및 단편』 속의 메이지 41년(1908)이라 추정되는 「단편」 제10에 게재되어 있다. 그 상세한 내용은 생략하겠지만, 한마디로 말하자면 소세키는 그 소재를 어떤 청년으로부터 공급받았다.

소세키에게 그 이야기를 한 청년의 목적은 자신이 갱부가 되기까지의 경험담을, 연애문제를, 소세키가 소설로 써주었으면 하는 것이었다. 그리고 그에 대한 보수로 얼마간의 돈을 소세키에게서 받아 고향으로 돌아가는 데 있었다. 소세키는 그 청년에게 얼마간의 돈을 주기는 했으나 그 경험담은 타인이 올바로 쓸 수 있는 것이 아니라는 이유로 자신은 거기에 손을 대려 하지 않았다. 그런데 1908년 첫날부터 소세키가 신문에 소설을 게재하지 않으면 안 될 갑작스러운 사정이 생겼기에 소세키는 그 청년에게 양해를 구하고 그 청년의 갱부로서의 경험을 소재로 삼기로 마음먹었다. 그렇게 해서 완성된 것이 이 『갱부』다.

소세키는 물론 이 『갱부』에서 그 청년의 신상에 관한 이야기는 다루지 않았다. 소세키는 그 청년이, 어떤 이유에서 죽어버리고 싶다는 기분이 들어 밤 9시에 거의 알몸으로 도쿄를 나와 그날 밤에는 오미야(大宮)에 있는 어떤 신사의 가구라도에서 밤을 보내고 이튿날 마에바시(前橋) 부근의 끝도 없이 이어지는 소나무 숲길을 따라 걷다가 그 길 옆에 있는 찻집에서 알선업자에게 붙들려 갱부가 되지 않겠느냐는 권유를 듣고 결국에는 동의하여 마에바시에서 우쓰노미야(宇都宮)까지는 기차로, 그리고 거기서 부터의 산길은 걸어서 아시오(足尾)까지 가서, 거기서 여러 가지 경험을 하며 한동안 지내다 다시 아시오에서 나온다는 그 청년의 순수한 갱부생활만을 떼어내어 그것을 자신의 소설로 써내려갔다. 그와 같은 신상에 관한 이야기는 자신이 직접 써야 한다, 가능하다면 어딘가에 발표할 수 있게 뒤를 봐줄 테니 꼭 자신이 그것을 쓰라고 간곡하게 청년에게 부탁한 만큼 소세키는 자신의 노트에도 청년의 신상에 관한 이야기는 일절 기록해두지 않았다. 기록해둔 것은 그 순수한 갱부생활 부분뿐이었다. 거기에는 지금 까지 자신이 전혀 알지 못했던 세계를 알게 되었다는 흥미도 있었을 것임에 틀림없으며, 또 그 부분이라면 자신이 써도 될 것이라고 생각했기 때문일 것임에 틀림없고, 마지막으로 그렇게 해두면 조만간 어딘가에 도움이 될 것이라고 생각했기 때문이기 도 할 것임에 틀림없다. 그런데 어딘가에 도움이 될 것이라 생각했 던 그 시기가, 소세키가 막연하게 예기하고 있던 것보다 훨씬 더 빨리 찾아온 것이다. 청년이 처음 소세키의 집으로 찾아온 것은 마침 우에다 빈이 서양으로 가기 전에 인사를 하러 온

날이었다고 한다. 그날이 언제였는지는 분명하지 않지만 아마도
11월 말쯤이었을 것으로 여겨진다. 문단 사람들이 우에노(上野)
의 세이요켄(精養軒)에서 우에다 빈을 위해 송별회를 연 것은
11월 25일이었다. 그때 소세키는 대략적인 요건만 들은 뒤 다른
날 다시 오라고 그 청년을 돌려보냈다. 이렇게 해서 『갱부』는,
앞에서도 이야기한 것처럼 이듬해 첫날부터 규칙적으로 연재되
기에 이르렀다.

　『갱부』의 줄거리는 매우 간단하다. 알선업자에게 붙들린
청년이 동산으로 가서 그곳의 갱부들에게 호통을 듣기도 하고
조소당하기도 하고, 혹은 훈계를 당하기도 하고 충고를 듣기도
한다. 또 남경미를 먹기도 하고 빈대에 물리기도 한다. 혹은
갱 안을 끌려다니기도 하고 위협을 받기도 하고 위로를 얻기도
한다. 그런 다음 의사로부터 기관지염이라는 진단을 받아 갱부가
될 수 있는 자격을 잃었으나 그래도 남아 있고 싶다고 청하여
한바의 장부를 정리하는 일을 얻게 되고, 한동안 그 일을 하다가
산에서 내려온다. 줄거리라고 할 수 있는 것은 단지 이것뿐이다.
『갱부』는 줄거리가 거의 없는 소설이라고 해도 좋으리라. 물론
이 정도의 대략적인 줄거리만으로도 소세키 정도의 상상력이라
면 그것을 섬세하게 엮어서 얼마든지 복잡한 것으로 만들 수
있었으리라. 그러나 소세키는 군이 그렇게 하지 않았다. 뿐만
아니라 소세키는 청년이 들려준 줄거리는 거의 그대로 둔 채
조금의 작위도 가하지 않겠다고 엄중한 주의를 기울인 듯하다.
소세키는 『갱부』 속에서 <……조금 더 크게 말하자면 이 한

편의 「갱부」 자체가 역시 그렇다. 정리가 되지 않는 사실을 사실 그대로 기록할 뿐이다. 소설처럼 만들어낸 것이 아니기에 소설처럼 재미있지는 않다. 그 대신 소설보다 더 신비적이다. 모든 운명이 각색한 자연스러운 사실은, 인간이 구상해서 만들어 낸 소설보다 더 불규칙적이다. 그렇기 때문에 신비한 것이다. 나는 언제나 이렇게 생각한다.>라고 말했다. 『갱부』의 줄거리 와 노트에 적어놓은 소재를 비교해보면 위의 말을 누구나 분명히 알 수 있으리라 생각한다. 한마디로 말하자면 소세키는 이 『갱 부』에서 줄거리를 본령으로 삼겠다는 생각은 애초부터 없었다. 소세키가 본령으로 삼으려 했던 것은 그 줄거리의—사건의— 언어·동작의 동인에 대한 해부였다.

우리의 생활에 있어서 하나의 언어·동작으로까지 결정을 맺는 동인은 무수하게 많다. 이것을 파헤쳐 끝까지 추구하려 하면, 경우에 따라서는 천만 마디 말로도 부족함을 느끼게 될지 모른다. 설령 거기까지는 가지 않는다 할지라도 하나의 소설에서 이런 종류의 심리해부에 힘을 쏟으려 하면 할수록 그 소설은 줄거리의 진행이 더뎌진다는 것은 자명한 사실이다. 여기서 소세 키가 언어·동작의 깊은 곳까지 파고 들어가 일반적으로는 깨닫지 못하는, 그 사람을 움직여서 특정한 언어·동작을 발산하게 하는 것을 밝은 곳으로 가져오려 꾀했다는 사실은, 애초부터 줄거리의 진행은 포기했다는 사실을 의미한다. 어떤 면에서 말하 자면 이는 제공받은 소재가 이미 줄거리성이 부족하여 소세키는 줄거리 쪽은 포기할 수밖에 없었던 것이라고 할 수도 있을지 모르겠다. 그러나 한편으로 소세키는, 제공받은 이야기의 줄거리 성이 부족하기는 하나 어쨌든 한 사람이 경험한 사실을 주어진 사실 그대로 존중하면서도 그 사실에 대한 '정신분석'을 시도하는 일에 커다란 흥미를 느꼈던 듯하다.

프로이트는 인간을 움직이게 하는 근본 동력으로 리비도를 가정했다. 그리고 모든 것을 리비도와 연관 지으려 했다. 그러한 가정을 가지고 있지 않은, 또한 아마도 갖는 것을 흔쾌히 여기지 않았던 소세키는 그 대신 거기서 '나'를, '아집'이네 '허영'이네 하는 것들을 보았다. 동시에 소세키는 어떻게 처리하고 어떻게 정리해야 좋을지 모를 만큼 모순으로 가득한, 멋대로 모습을 바꾸며 멋대로 드나드는 인간의 이해할 수 없는 마음을 보았다. 울다가 웃으면 엉덩이에 뿔이 난다는 말은 마음이 쉽게 변하는 아이들을 놀리기 위한 말이다. 그러나 소세키는 그러한 변화와 모순을 아이에게서뿐만 아니라 어른에게서도, 그것도 교양을 갖춘 사람의 일상생활에서도 발견한다. 여기서 이른바 이 『갱부』 건축의 3대 기둥을 형성하는 것 가운데 하나인 소세키의 '무성격론'이 나온다. 다른 하나는 말할 필요도 없이 '나'에 대한 지적이다. 마지막 하나는 그것과 반대되는, '나'에게서 벗어난 진심, 친절, 성실, 사랑에 대한 강조다.

사람은 시시각각으로 변한다. 올해의 그는 작년의 그가 아니다. 오늘의 그는 어제의 그가 아니다. 1시간 전의 그는 1시간 뒤의 그가 아니다. 사람을 하나의 성격으로 정리하여 언제까지고 그 하나의 성격에만 머물 것이라고 생각한다면 그것은 사람을 자동

인형 취급하는 것이다. 소설을 쓰는 입장에서 말하자면 이보다 더 좋은 일도 없을 테지만, 그러나 그것은 결국 작위에 지나지 않는다. 인간은 시시각각 끊임없이 유동하는 생물이다. 살아서 유동하는 이상 모순도 있고 당착도 있다. 아니, 모순되고 당착하는 것이 인간의 살아 있다는 증거다. 따라서 살아 있는 인간을 가장 자연스럽게 그려내기 위해서는 그 인간을 이른바 '무성격'으로 묘사하는 것 외에 달리 길은 없다. 스트린드베리는 『율리에 아가씨』의 서에서 이와 거의 같은 말을 하고 주인공인 율리에를 '무성격'으로 묘사했으며, 이러한 사실을 자신의 자연주의 희곡의 가장 자연주의다운 점 가운데 하나로 꼽았다. 그러한 점에서는 소세키의 『갱부』도 역시 자연주의적 소설이라고 말할 수 있으리라.

그러나 실제로 소세키는 『갱부』에서 순수하게 자연주의를 고수하지는 못했다. 『갱부』에서 인간의 '무성격'을 이야기하고, 인간인 '나'를 지적하고, 군자와 짐승 사이를 전전하는 존재로서의 인간에 대한 견해를 표명하고 있음에도 불구하고 소세키는 그 모순과 그 '나'만의 세계가 빚어내는 불안함과 천박함을 끝까지 견뎌내지는 못했다. 따라서 소세키는 야수의 무리와도 같은 갱부들 속에서도 심성이 고귀하고 사랑과 친절함으로 가득한 야스 씨와 같은 사람의 존재를 매우 고마운 일이라고 감정을 담아 정중하게 보고했다. 물론 『갱부』 속에서 야스 씨의 주인공에 대한 충고는, 야수의 무리에 둘러싸여 시종일관 굳은 표정을 지어야 했던 주인공에게는 부드럽고 따뜻한 구원의 손길이었다.

그러나 그것은 동시에 『갱부』의 작가에게 있어서도 역시 부드럽고 따뜻한 구원의 손길이었다. 아마도 작가는 실제로 소설 속 내용 그대로의 이야기를 들었을 것이라 여겨진다. 그러나 어둠과 습기에 둘러싸인 지하 수백 척의 동갱 속에서 칸델라 불빛을 앞에 두고 축축한 흙 위에 양반다리를 하고 앉아 싸구려 담배를 피우며 고참 갱부가 신참 갱부에게 갱부가 되려는 무분별함을 간곡하게 설득하는 광경을 소세키는 얼마나 이상한 감격으로 묘사했는지. 만약 소세키가 순수한, 철두철미한 자연주의자였다면 『갱부』 속에 그러한 장면은 결코 삽입하지 않았을 것이다. 혹시 삽입했다 할지라도 그런 식으로 삽입하지는 않았을 것이다. 사실 소세키는 인간인 '나'가 마음에 걸려서 견딜 수 없었던 것이다. 또 인간의 '무성격'이 마음에 걸려서 견딜 수 없었던 것이다. 그랬기에 소세키는 그것을 지적했다. 그것을 지적하면서 한편으로는 '나'를 초월한 인간의 언어ㆍ동작, 혹은 모순ㆍ끝도 없이 변하는 인간의 마음속에서 유일하게 영원한 가치가 있는 것, 즉 상대방의 인격을 위로하고, 상대방의 타락을 저지하고, 상대방의 향상에 이바지하려 하는 따뜻하고 고귀한 야스 씨의 언어ㆍ동작을 접하자 거기에 감동하여 그것을 빛나는 인간성으로 높이 게양하지 않을 수 없었던 것이다. 소세키에게 있어서는 그러한 감동이 그 자신을 재촉하여 인간인 '나'를, 인간의 모순을, 지적하게 한 것이다. 소세키는 자신 속에 그처럼 아름다운 것, 그처럼 순수한 것을 넉넉히 품고 있었다.

소세키도 말한 것처럼 『갱부』는 주인공 자신이 지난 과거,

자신이 19세였을 때 경험한 일을 상당한 연수가 흐른 뒤에, 상당한 나이가 되어 상당한 인생수업을 쌓은 뒤에 추억하며 쓰는 형식을 취하고 있다. 따라서 사건 자체는 '먼' 저편에 있다. 주인공은 그 '먼' 사건을 현재의 머리로 해부하여, 그때 이러이러한 언어·동작을 취한 것은 이러이러한 동기에 의한 것이라는 식으로 그 사건으로까지 전개되어나간 여러 요소를 우리에게 천천히 들려준다. 어쩌면 이는 소세키가 그 청년의 이야기를 들으며 쉴 새 없이 자신의 머릿속에서 번뜩인 것을 기초로 하여 만들어진 것일지도 모르겠다는 생각이 든다. 어쨌든 이는 괴테가 말한 의미에서의 희곡적인 것이 아니라 사서시적인 것이다. 소세키도 말한 것처럼 감촉이 '먼' 느낌이다. 감촉이 '먼'만큼 작가의 태도는 공평하고 객관적이다. 그리고 여기서는 그 주된 목표가 '정신분석'에 있기에 『갱부』에서 넘쳐나는 주요한 것은 지적인 요소다. 그런 의미에서 이는 과학적 소설이기도 하고 자연주의적 소설이기도 하다. 소세키는 예전에 사생문(寫生文)을 '사생문가는 아버지가 아들을 보는 태도로 사물을 본다.'고 정의한 적이 있는데, 그런 의미에서 이 『갱부』는 사생문적 소설이라고도 말할 수 있다.

　『갱부』가 과학적인, 자연주의적인, 사생문적인 소설이라는 점은 『갱부』의 문체에 대해서도 이야기할 수 있다. 『갱부』의 문체는 자연스럽고 꾸밈이 없으며 그 뜻이 잘 전달된다. 작가의 목적이 이미 주인공이 경험한 과거의 사건에 대한 '정신분석'에 있는 이상, 그 문체가 자연스럽고 꾸밈이 없고 그 뜻이 잘 전달되는 것은 오히려 필연일 테지만, 이를 두꺼운 화장과 복잡함과 시적 형식으로 일관한 『우미인초』의 문체와 비교해보자면, 겨우 2개월 전에 게재를 마친 소설과 이것이 같은 작가의 붓에서 나왔다고는 도저히 여겨지지 않을 정도로 『갱부』는 문체에 있어서 『우미인초』와 아주 먼 곳에 떨어져 있다. 물론 소세키는 과거의 작품에 있어서도 『고양이』를 쓰면서 한편으로는 『런던탑』을 쓰고 『환영의 방패』를 썼다. 『도련님』 이후에 『풀베개』를 쓰고 『풀베개』 다음에는 『이백십일』을 썼다. 화려한 것과 수수한 것, 시적 형식으로 가득한 것과 자연스럽게 평명한 것을 서로 번갈아가며 교차시키는 것은 소세키 스스로를 위해 필요한 것이었을지도 모르겠으나, 이 정도로 과감한 대조는 소세키의 다른 어디에서도 찾아볼 수 없는 대조 아닐까 여겨진다. 더구나 『갱부』는 『우미인초』와 문체 면에서만 대조를 이루는 것이 아니다. 연애다운 연애조차 없는 동산에서의 생활을 주로 한 제재가 그렇다. 작품의 구성이 그렇다. 희곡적이 아니라 서사시적으로 다루었다는 점이 그렇다. 감정보다 지성에 호소하려는 그 호소법이 그렇다. 성격도 사건도 그저 있는 그대로 다루어 조금의 작위도 가하려 하지 않은, 그런 의미에서 자연과 진실을 특히 존중하려 한 작가의 태도가 그렇다.

소세키는 원래 같은 자리에 서서, 같은 단계에 서서 2개의 소설을 쓰는 것을 좋아하지 않았다. 일신우일신(日新又日新)이라는 말이 있는 것처럼 끊임없이 새로운 경지를 개척하고 끊임없이 진전하기를 멈추지 않았던 것이 바로 소세키였다. 그런 의미에서

『갱부』 속의 '무성격'론은 소세키 자신의 예술성 및 생활과의 연관에 있어서 가장 깊은 의미를 짜낼 수 있지만, 사실 소세키는 일정 기간을 산 후에는 자기 자신을 태워 죽이고 그 재 속에서 다시 젊은 모습으로 되살아나는 이집트의 페닉스와도 비교할 수 있는 작가다. 소세키는 한 작품을 내놓을 때마다 그것으로 자기 자신을 태워 죽이고 그 재 속에서 생생하게 되살아난 것이다. 『갱부』는 『우미인초』를 불태우고 그 재 속에서 태어난 새로운 소세키의 얼굴이다.

물론 『갱부』는 당시 독자들로부터 그렇게 환영받지 못한 것처럼 보인다. 이는 줄거리성이 부족한 『갱부』의, 지적 요소가 지배하고 있는 '저회취미(低徊趣味)'에 독자들이 입맛을 충족시키지 못했다는 점도 있을 테지만, 『갱부』가 그다지 인기를 얻지 못했던 것은 『우미인초』의 찬란한 '추이취미(推移趣味)' 후에 이것이 바로 이어졌다는 사실이 가장 커다란 이유라고 생각한다. 여러 가지 점에서 화장기 없이 홑옷 한 벌만 입은 듯한 『갱부』에 사람들은 틀림없이 환멸을 느꼈을 것이다. 그러나 『갱부』는 끊임없이 진전한 소세키의 예술적 여정 가운데서도 충분히 주목해야 할 만한 작품이라는 점을 잃지 않았다. 왜냐하면 『우미인초』는 소세키의 『런던탑』·『환영의 방패』·『하룻밤』·『해로행』·『풀베개』로 이어지는 이른바 장식적 취미 소설을 집대성하면서 그 계열의 막을 내리는 역할을 하고 있는데 반해서 『갱부』는 소세키의 『칼라일 박물관』과 『환청에 들리는 거문고 소리』와 『이백십일』 등의 이른바 맨얼굴적 취미 소설 계열에 속하면서 문체 면에서 이후 소설의 문체를 규정한다는 의미에서 소세키의 이후 소설의 막을 연 역할을 담당하고 있기 때문이다.

『우미인초』에서 작가는 작중인물에게 상당히 분명한 호악을 드러냈다. 작가는 후지오(藤尾)도 미워했지만 후지오의 어머니는 더욱 미워했다. 『갱부』 속에서도 주인공을 조소하기도 하고 매도하기도 한 갱부에게 작가는 그다지 좋은 감정을 가지고 있지는 않았다. 그러나 『갱부』의 세계는 감촉이 '먼' 세계다. 작가가 좋은 감정을 가지고 있지 않다 할지라도 작가는 작중 사건에서 상당히 '먼' 곳에 있다. 『우미인초』에서 작가는 독자 앞에 얼굴을 들이민 채 이야기를 하는 듯한 측면이 있다. 『갱부』에서 작가는 사건에서 '먼' 것처럼 독자들로부터도 '먼' 곳에 있다. 그런 만큼 작가의 태도에는 사람들에게 강요하는 듯한 느낌이 적다. 『우미인초』에서 작가는 <소설은 자연을 조탁(彫琢)한다. 자연 자체는 소설이 되지 못한다.>고 말하고 고노(甲野)·무네치카(宗近)·고도(孤堂)·사요코(小夜子)를 시치조(七条)의 정거장에서 신바시(新橋)까지 우연히도 같은 기차에 타게 했다. 작가는 『갱부』 속의 정리되지 않은 하나의 사건에 대해서, <소설이 될 것 같으면서도 전혀 소설이 되지 않는 점이, 세상 냄새가 나지 않아서 기분이 좋다.>라고까지 말했다. 『우미인초』에서는 후지오네, 후지오의 어머니네, 아사이(浅井)네, 그 외에도 대부분의 인물이 성격의 틀에 갇혀 있다. 그러나 『갱부』에서 작가는 <소설가들은 곧잘 이런 성격을 쓰겠다, 저런 성격을

만들어보겠다며 자랑스럽다는 듯 이야기한다. 독자들도 그 성격이 이렇다는 둥, 저렇다는 둥 아는 척을 하며 이야기하지만 그것은 전부 거짓말을 쓰면서 즐거워하거나 거짓말을 읽으며 기뻐하는 것이리라. 사실을 말하자면 성격이라고 정의할 수 있는 것은 존재하지도 않는다.>라며 거짓·작위·형식을 매도하고, 자연스러움에 중점을 둔, 진실을 표방하는 작품을 쓴 것이다. 물론 그러한 사고는 『갱부』의 제재 자체가 요구하는 필연적인 사고 방식임에는 틀림이 없다. 그러나 그러한 제재를 소세키가 다루기에 이르렀다는 사실 자체부터가 이미, 소세키가 예전에 살고 있던 『우미인초』의 세계에서 더는 살고 있지 않다는 사실을 증명하는 것이다.

'나'를 포착하는 방법이 『우미인초』와 비교해서 훨씬 더 내면적이라는 점에도 역시 주목할 만한 가치가 있다. 이는 소세키가 『갱부』에서 '정신분석'을 시도함에 있어서 자기 자신의 마음을 내성하는 것이 아닌 한, 예를 들어 소재를 제공한 청년의 마음을 재료로 삼아 관찰·분석할 수도 없는 일이니 내면적이 되는 것도 당연한 일일지 모르겠으나, 그래도 어쨌든 『우미인초』의 '나'의 포착법은 얼마간 대략적이기도 하고 조금은 엉성한 듯한 느낌도 드는 데 반해서, 여기서는 그 상세함에 있어서도, 날카로움에 있어서도, 깊이에 있어서도, 또한 공평함에 있어서도 새로운 면을 보여주었다는 점에 이론의 여지는 없다. 특히 인간의 심적 움직임 자체에 대한 소세키의 관심과 깊이는 『우미인초』에서보다 한층 더 명료하게 나타나 있다. 이는 틀림없이 갱부의 문체가 자연스럽고 꾸밈이 없고 뜻을 잘 전달하고 있는 데다가 사건의 직접적인 강도에 휘둘리지 않아도 되기에 자유롭게 침잠하고, 자유롭게 포착하고, 자유롭게 표현할 수 있었기 때문이었으리라. 그러나 소세키의 마지막 대작인 『명암』에서 보여준 인간 심리에 대한 천착을 함께 생각해본다면, 상당히 다른 면모이기는 하나 어쨌든 그 싹이 여기에서 이미 움트기 시작했다는 점에서 특히 이 『갱부』는 주목할 만한 가치가 있는 작품이라고 할 수 있을 것이다.

1935년 9월 30일

나쓰메 소세키 연보

1867년 음력 1월 5일에 도쿄에서 출생했다. 본명은 긴노스케(金之助). 태어난 직후 요쓰야(四谷)에 있는 고물상으로 보내졌으나 곧 생가로 돌아왔다. 나쓰메 가는 원래 지역에서 상당한 세력을 가지고 있었으나 당시는 가운이 기울기 시작했다.

1868년 시오바라 쇼노스케(塩原昌之助)의 양자로 들어갔다.

1874년 양아버지의 여성문제 때문에 양어머니와 함께 일시 생가로 돌아왔다. 공립 소학교의 하등소학교 제8급에 입학했다.

1876년 양부모가 이혼했기에 시오바라 가에 적을 둔 채 생가로 돌아왔다.

1878년 4월에 상등소학교 제8급을 졸업했다. 10월에 긴카(錦華) 소학교 소학심상과 2급 후기를 졸업했다.

1879년 도쿄 부 제일중학교에 입학했다.

1881년 어머니가 돌아가셨다. 제일중학교를 중퇴하고 한자를 배우기 위해 사립 니쇼(二松) 학사에 입학했다.

1883년 대학 예비문 수험을 위해 간다(神田) 스루가다이(駿河台)에 있는 세이리쓰(成立) 학사에 입학하여 영어를 배웠다.

1884년 대학 예비문 준비과정에 입학했으며 영어를 공부했다.

1886년 대학 예비문이 제일고등중학교로 바뀌었다. 성적이 떨어진 데다 복막염에 걸려 유급했으나 이후 심기일전하여 수석을 놓치지 않았다. 자립을 위해 혼조(本所)에 있는 에토(江東) 의숙의 교사가 되었다.

1888년 제일고등중학교 예과를 졸업하고 한문학 전공을 위해 본과 제1부(문과)에 입학했다. 시오바라 가에서 나쓰메 가로 다시 적을 옮겼다.

1889년 마사오카 시키(正岡子規)를 알게 되었다. 이해에 처음으로 소세키라는 호를 사용했다.

1890년 제일고등중학교를 졸업하고 제국대학 영문과에 입학했다. 염세주의에 빠지게 된다.

1891년 딕슨 교수의 의뢰로 『호조키(方丈記)』를 영어로 번역했다.

1892년 징병을 피하기 위해 분가하여 홋카이도(北海道)로 이적, 홋카이도의 평민이 되었다. 도쿄 전문학교 강사로 취임했다. 『철학잡지(哲学雑誌)』의 편집위원이 되었다. 다카하마 교시(高浜虚子)를 알게 되었다.

1893년 문과대학 영문과를 졸업하고 대학원에 입학했으며 학장의 추천으로 도쿄 고등사범학교의 영어교사로 취임했다.

1894년 초기 폐결핵 진단을 받았다. 12월부터 이듬해 1월까지 가마쿠라(鎌倉)에서 참선했다.

1895년 친구의 알선으로 에히메(愛媛) 현 마쓰야마(松山) 중학의 교사로 취임했다. 이때의 경험이 『도련님』의 소재가 되었다. 12월에 도쿄로 와서 귀족원 서기관장인 나카네 시게카즈(中根重一)의 장녀인 교코(鏡子)와 맞선, 약혼했다.

1896년 제5고등학교 강사로 취임하여 구마모토(熊本)로 향했으며 그곳에 집을 빌려 교코와 결혼했다. 교수로 승진했다.

1897년 이 무렵부터 하이쿠(俳句)가 알려지기 시작했다. 아버지가 세상을 떠났다. 도쿄로 돌아와 머물던 중 아내가 유산했다.

1898년 아내 교코는 히스테리가 심해져 자살까지 계획했었다.

1899년 영어 주임이 되었다.

1900년 문부성으로부터 영어 연구를 위해 만 2년간의 영국 유학을 명받았다. 런던에서 셰익스피어 연구가인 크레이그로부터 개인교습을 받았다.

1901년 이 무렵부터 『문학론』 집필을 시작했다. 유학비 부족과 고독감 등으로 신경쇠약에 걸렸다.

1902년 신경쇠약이 심해져 발광했다는 소문이 일본에 전해졌다. 12월에 런던을 떠나 귀국길에 올랐다.

1903년 제일고등학교 강사, 도쿄 제국대학교 영문과 강사로 취임했다. 신경쇠약이 재발했다.

1904년 메이지(明治) 대학 강사를 겸임했다. 교시의 권유로 쓴 첫 창작 『나는 고양이로소이다(吾輩は猫である)』를 낭독에 의해 발표했다.

1905년 『나는 고양이로소이다』를 『호토토기스(ホトトギス)』에 연재했다. 1회 예정이었으나 호평을 얻어 이듬해 8월까지 연재했다. 『런던탑(倫敦塔)』, 『칼라일 박물관(カーライル博物館)』, 『환영의 방패(幻影の盾)』, 『환청에 들리는 거문고소리(琴のそら音)』, 『하룻밤(一夜)』, 『해로행(薤露行)』을 발표했다.

1906년 『도련님(坊っちゃん)』을 『호토토기스』에 발표했다. 이 무렵 위장병으로 괴로워했다. 『풀베개(草枕)』를 발표했다. 면회일을 목요일로 정한 데서 '목요회(木曜会)'가 시작되었다. 『취미의 유전(趣味の遺伝)』, 『이백십일(二百十日)』을 발표했다.

1907년 아사히(朝日)신문사로부터 초빙의 이야기가 있어 모든 교직을 내려놓고 아사히신문사에 입사, 전업 작가가 되었다. 『우미인초(虞美人草)』를 아사히신문에 연재했다. 위장병에 시달렸다. 『태풍(野分)』을 발표했다.

1908년 『산시로(三四郎)』를 아사히신문에 연재하기 시작했다. 『갱부(坑夫)』, 『몽십야(夢十夜)』, 『문조(文鳥)』를 발표했다.

1909년 『그 후(それから)』를 아사히신문에 연재했다. 조선과 만주를 여행했다. 『영일소품(永日小品)』, 『만한 곳곳(滿韓ところどころ)』을 발표했다.

1910년 『문(門)』을 아사히신문에 연재했다. 위궤양으로 각혈, '슈젠지의 대환(修善寺)'을 겪었다. 『생각나는 것들(思い出す事など)』을 발표했다.

1911년 문학박사호가 보내졌으나 고사했다. 위궤양이 재발하여 오사카에서 입원했다. 아사히신문의 문예란이 폐지되자 사표를 제출했으나 재고를 요청받아 철회했다.

1912년 『피안 지날 때까지(彼岸過迄)』를 아사히신문에 연재했다. 치질로 두 번째 수술을 받았다. 남화풍의 수채화를 그리기 시작했다. 12월부터 『행인(行人)』을 아사히신문에 연재했다.

1913년 심각한 신경쇠약으로 고통 받았다. 위궤양이 재발하여 5월까지 누워 있었다.

1914년 『마음(こゝろ)』을 아사히신문에 연재했다. 위궤양으로 병상에 누웠다. 가쿠슈인(学習院)에서 『나의 개인주의(私の個人主義)』를 강연했다.

1915년 『유리문 안(硝子戸の中)』을 아사히신문에 연재했다. 교토로 여행을 갔다가 위궤양으로 쓰러졌다. 6월부터 『한눈팔기(道草)』를 아사히신문에 연재했다. 아쿠타가와 류노스케(芥川竜之介), 구메 마사오(久米正雄) 등이 목요회에 참가했다.

1916년 류머티즘 치료를 위해 유가와라(湯河原) 온천에서 요양했으나 이후 류머티즘이 아니라 당뇨에 의한 통증이라는 진단을 받았다. 『명암(明暗)』(미완)을 아사히신문에 연재했다. 위궤양이 재발하여 용태가 악화되었고 출혈 이후 12월 9일에 사망했다.

한 편의 시처럼 펼쳐놓은 '비인정'의 세계

풀베개

—나쓰메 소세키 지음 11,800원

일본을 대표하는 두 거장(소설+만화)의 만남

(삽화와 함께 읽는) 도련님

—나쓰메 소세키 글 / 곤도 고이치로 그림 11,200원

일본의 국민작가 나쓰메 소세키의 주옥같은 단편

나쓰메 소세키 단편소설전집

—나쓰메 소세키 지음 13,000원

「영일소품」, 「생각나는 것들」, 「유리문 안」을 한 권에

나쓰메 소세키 수상집

—나쓰메 소세키 지음 13,000원

대중소설의 선구자, 나오키상으로 이름을 남긴

나오키 산주고 단편소설선집

—나오키 산주고 지음 14,000원

다자이 오사무의 대표작 「인간실격」에서부터 유서까지

그럼, 이만…… 다자이 오사무였습니다.

—다자이 오사무 지음 12,000원

한 남자를 향한 지독한 사랑, 다자이 오사무의 마지막 여인

그럼, 안녕히…… 야마자키 도미에였습니다.

—야마자키 도미에 외 지음 13,000원

미에 대한 끝없는 탐구, 예술을 위한 예술
일본 탐미주의 단편소설선집
—무로우 사이세이 외 지음 13,000원

암울한 현실에 맞서 치열한 삶을 살았던 작가들의 이야기
일본 무뢰파 단편소설선집
—사카구치 안고 외 지음 13,000원

지금 우리의 현실과 놀랍도록 똑같은 100년 전의 팬데믹 상황
간단한 죽음
—기쿠치 간 외 지음 12,000원

구로사와 아키라 감독 영화의 원작소설
붉은 수염 진료담
—야마모토 슈고로 지음 12,000원

서민들의 삶 속에서 건져올린 참된 인간의 모습
계절이 없는 거리
—야마모토 슈고로 지음 12,000원

너는 혼자가 아니야! 성장소설의 대표작
사 부
—야마모토 슈고로 지음 13,000원

일본 대문호의 계보를 잇는 야마모토 슈고로 드라마 원작소설
유령을 빌려드립니다
—야마모토 슈고로 지음 13,000원

문학을 향한 열정으로 문학사에 이름을 새긴 작가들

일본의 문학상이 된 작가들

—아쿠타가와 류노스케 외 지음 12,000원

전쟁은 우리에게 무엇을 남겼는가

스물네 개의 눈동자

—쓰보이 사카에 지음 11,500원

추리소설의 출발점에 선 작가들의 단편 모음집

세계 미스터리 고전문학 01

—에드거 앨런 포 외 지음 12,000원

끝도 없이 펼쳐지는 환상의 세계

세계 판타스틱 고전문학 01

—피츠 제임스 오브라이언 외 지음 12,000원

일본 추리소설의 대부 에도가와 란포가 낳은 기형적 소설

엽기의 끝

—에도가와 란포 지음 12,000원

일본의 명탐정 아케치 고고로의 통쾌한 활약상

지옥의 어릿광대

—에도가와 란포 지음 8,200원

에드거 앨런 포부터 아가사 크리스티까지, 트릭의 역사

추리소설 속 트릭의 비밀

—에도가와 란포 지음 12,000원

파시즘의 창시자 / 독재는 어떻게 태어나는가

무솔리니 · 나의 자서전

—베니토 무솔리니 지음 13,000원

일본 천황의 권위를 비웃으며 일제와 당당히 맞섰던

운명의 승리자 박열

—후세 다쓰지 지음 13,000원

전 세계를 열광의 도가니에 빠트린 명탐정 셜록 홈즈의 작가

아서 코난 도일 자서전

—아서 코난 도일 지음 14,000원

인물과 사건으로 읽는 일본, 칼의 역사

(전기) 도쿠가와 이에야스

—나카무라 도키조 지음 14,000원

가이의 호랑이, 전국의 시대에 울려퍼진 그의 호령

(소설) 다케다 신겐

—와시오 우코 지음 13,400원

에치고의 용, 일본 최대의 격전인 가와나카지마 전투의 승패는?

(소설) 우에스기 겐신

—요시카와 에이지 지음 13,400원

오다 노부나가와 아케치 미쓰히데의 미묘한 마음속 대립을 그린

(소설) 아케치 미쓰히데

—와시오 우코 지음 13,000원

옮긴이 박현석

대학 졸업 후 일본으로 건너가 유학 및 직장 생활을 하다 지금은
전문번역가로 활동 중이며 우리나라에 아직 소개되지 않은 유명
작가들의 작품을 소개하기 위해서 출판을 시작했다. 나쓰메 소
세키의『갱부』,『태풍』, 다자이 오사무의『판도라의 상자』, 나가
니시 이노스케의『붉은 흙에 싹트는 것』, 요시카와 에이지의『우
에스기 겐신』등을 국내에서 처음으로 번역·출간했으며, 야마
모토 슈고로, 고가 사부로, 구사카 요코, 와시오 우코 등의 작가
도 소개했다. 그 외에도『나쓰메 소세키 단편소설전집』,『나쓰메
소세키 수상집』,『도련님』,『풀베개』등을 번역·출간했다.

갱 부

초 판 1쇄 발행 2011년 5월 15일
개정판 1쇄 발행 2023년 7월 10일

지은이 나쓰메 소세키
옮긴이 박현석
펴낸이 박현석
펴낸곳 현 인

등 록 제 2010-12호
주 소 서울시 도봉구 덕릉로 62길 13, 103-608호
전 화 010-2012-3751
팩 스 0505-977-3750
이메일 gensang@naver.com

ISBN 979-11-90156-40-0

* 잘못 만들어진 책은 교환해 드립니다.
* 이 책 내용의 일부 또는 전부를 재사용하려면
  반드시 호人의 동의를 얻어야 합니다.